海峡出版发行集团 | 鹭江出版社
THE STRAITS PUBLISHING & DISTRIBUTING GROUP | LUJIANG PUBLISHING HOUSE
2014年·厦门

图书在版编目（CIP）数据

时间看得见 / 老鹰著 . —厦门：鹭江出版社，
2014.8
（老鹰爱小鸡丛书）
ISBN 978-7-5459-0725-4

Ⅰ. ①时…　Ⅱ. ①老…　Ⅲ. ①成功心理—通俗读物
Ⅳ. ① B848.4-49

中国版本图书馆 CIP 数据核字（2014）第 134345 号

"老鹰爱小鸡"丛书
SHIJIAN KANDEJIAN
时间看得见
老鹰　著

出版发行：海峡出版发行集团
　　　　　鹭　江　出　版　社
地　　址：厦门市湖明路 22 号　邮政编码：361004
印　　刷：北京盛源印刷有限公司
地　　址：北京市通州区漷县镇后地村北街 300 米工业园内　邮政编码：101109
开　　本：880mm × 1230mm　1/32
插　　页：2
印　　张：9.25
字　　数：231 千字
版　　次：2014 年 8 月第 1 版　2014 年 8 月第 1 次印刷
书　　号：ISBN 978-7-5459-0725-4
定　　价：32.00 元

目录

第四章　你所不知道的职场第二规则

总序言

老鹰给你讲故事

近年，流行“职场干货”“成功人士的习惯”等段子。实话说，六年前，我写此书第四稿时也曾有过同样的思路。但后来见一位高人，他说：“那些东西的作者多没进过你出入的那些大机构、大公司，你不如把自己的亲身经历写出来，让年轻人自己去领悟。”于是，就有了这套书上百个真实的职场故事。

老鹰的第一个故事

2014 年 6 月的一天，老鹰和几位大咖聚会，其间，听到一些年轻员工不靠谱的事。

中视金桥国际传媒集团首席媒介官沈鸿雁讲：“前几天，有个平时表现很不错的 90 后到我办公室，进门就说：‘沈总，我妈给我找了一个工作。’我头都没抬：‘哦，那就去办离职手续。’听我这话茬儿，那年轻人没声了。我说：‘还有事？’他问：‘这就……完啦？’我说：‘是啊，你要走，我批啦！’

他臊眉耷眼地走了，没一会儿，又回来了，说：‘沈总，我不走了，其实我还没考虑好，这段时间，我觉得自己没成就感，才说要走的。’

我说：‘你以为老板是你爸妈啊，你撒娇、耍赖老板都得受着？你这次不走，以后就别耍小孩脾气！干活去。’”

这时，央视市场研究股份有限公司（CTR）媒介智讯总经理赵梅插话：“4 月初，我在公司也遇到一个傻姑娘。那天她到我办公室，说：‘上班挺没劲的，数据分析也没意思，想过几个月辞职歇歇。’我说：‘别过几个月，既然想走，今天下午就办，别在公司乱心。’那姑娘说：‘我能五一后再告诉您我的决定吗？’我说：‘等不了。你早说，我赶紧招新人。’她出去了，10 分钟后，又回来了，说不走了。我说：‘你是不是网络小说、电视剧看多了，弄得自己五迷三道的？回去醒醒！’”

“嗨，你俩也太横了！对这些‘雏儿’，是不是还得讲点方法呀？”由于她俩都曾经是我在 CTR 工作时期的同事，所以，我对她们说话也不客气。

沈总看着我：“老鹰，要是你忙得没一点时间，遇上这样的年轻人，你会怎么做呢？”

我想了一下，说：“我会说：‘辞职书？我签字’。”这就是职场。职场有职场之道，没人跟你玩过家家！

看着小鸡，老鹰着急

谁是老鹰？老鹰是我，我，就是老鹰——一个行走于农村、工厂、国家机关、中央媒体、市场和媒介研究、世界 500 强与民营企业凡 40 年的职业人士。老鹰也曾经是小鸡群中的一只。只不过，我不断地飞起，跌落，再飞……在学飞的过程中，没完没了地出错，既没有“试飞”的从容，也没有“试错”的豪迈，纯粹是飞起来，啪！摔下去；再飞！再摔……直到飞起来。因此，攒了不少教训。

小鸡是谁？小鸡，就是准备进入或刚刚跨入职场的年轻人。在青年人读书和进入职场的初期，可称作青涩时代，这时的你们，就像一群挤在一起叽叽喳喳的小鸡、雏鹰和菜鸟，带着纯稚、青涩的眼光看着大千世界，愁思不知所措，茫然不知所往。而从一个学生成长为职业人士的阶段，则可称为后青涩时代，在这个时期，你们则在自己的勤学苦练和各方的帮助中慢慢地成长起来。

这些年，眼见小鸡们在职场中每天做着上面那种蠢事，以及更多的傻事，如：遇事不会处理，不会与人沟通，不知解决问题的办法，工作中没有创新意识，与客户交往不懂服务的境界，老大不小，能力上没突破，职位上没晋升，仿佛钻在一个瓶子里，出不去……老鹰看着，真是着急，恨不得像金庸所著《神雕侠侣》里那位雕兄一样，一脚把“小鸡们”踹到洪水中、大海里，大有恨铁不成钢之意。

但是，老鹰深知，在小鸡群里面，确有一批小鹰、菜鸟诚心求变，你们经过孵化、破壳、长毛、学飞的过程，必将成长为雄鹰！因此，我写出《老鹰爱小鸡》丛书，来助力这批人。在这套丛书中，我将跟大家分享一个年轻人从低到高发展的职场工作方法。

写简历、面试、实习，用人单位究竟想看到你展现出什么？初入职场，应从哪些方面入手才能尽快摆脱“雏儿”的感觉？有很多没有写在组织制度、员工手册上的事情，应该怎么去做，才能让众人感到咱们不是不懂事？与上级、平级、下级相处，有一些最基础的方法，懂了，职场的路就容易走得多！

不管你是理工男还是文科女，都可以通过学会沟通技巧，让人家感受到，你的情商很高，那才能让自己更“牛”；而我们听惯、说惯的“解决问题的能力”，那都是有很多科学方法可循的，一旦你掌握了，就会被认为是高手中的高手。

见过那些创新“大虾”了？听到那些创意高论了？看过那些诱人

的 big idea（大创意）了？嘿，一旦建立了创新思维，掌握了创新方法，你也可以和那些“大虾”坐论创新！还有一个平平常常的词“服务”，其中的讲究，足可以让你成为服务的高手，而学到服务的真谛，你也可以创造服务的至境！

进入职场三年左右，你开始遇到“天花板效应”，感觉自己很难突破，这时，思考完成从职工向职业的转变，实现专才、通才乃至鬼才的发展，思考并理解策略、文化、智慧、幸福、独处、包容、自由、使命等，并为之努力，你则不仅可以突破天花板，而且一定能向更高层次发展。

老鹰讲的是什么故事？

10 年前，《南方周末》刊文讲述大学生就业之难，以及年轻人就业后，很多人因为能力、素质和技术缺失而被各类组织所轻视。就此，老鹰曾经问一位美国教授：“大学里出来的人怎么什么都不会做？你们怎么教的？”她说：“我们大学不教这些，我们教给他们 critical thinking——批判性思考的能力。”再问中国的老师们，答复基本一样。

仔细观察后，老鹰发现，这世界上有这么一门学问，爷奶爸妈没见过，大学老师没教过，职场老板没讲过——即便讲，也只是一星半点儿，从不系统地说。这门学问，老鹰称作“职业阶梯”，它涵盖了职场中对一个职业人士的基本要求，包括基本的职业素质、心理，特别是职场工作技能。

既然大家不讲，10 年前，老鹰就开始一面在大学和职场中给童鞋们一点一点地讲，一面利用业余时间来写这套丛书——毕竟我走过七类不同性质的组织，其中包括国家级乃至世界级的组织，与你相比，老鹰经过的行业够多，也足够留心——老鹰期望，把自己一生的功力，包括自己在不同行业间工作中共通的工作方法总结出来，传送给你。

摆在你面前的这套书不是励志书。本书的读者已经不再需要励志，只需要前行的方法和工具。这套书更不是一套职场“丛林法则”，本书的读者，不需要那些小市民式的逃避、躲闪、贪小、占利之术，你只需要一种职业素质和职业能力。本书，多是老鹰在职场中自己遇到的真实故事，通过它们，读者可以总结出一套系统的职场工作方法和技能，练就所需要的“职场硬功夫”。

想成为一名职业人士吗？就请踏上老鹰中法蹚出的这条道路，不回头地向前闯吧！

作者：老鹰

2014 年 7 月于北京

时间看得见：明白很多道理，过好自己的生活

作为年轻人，我们的生活是金色的，它轻松、自由、快乐、无牵无挂。

但是，除了那些创业者，我们很多人将要进入职场。这就要做进入职场的准备，包括准备简历、发出求职信、准备面试，等等。

那么，什么时候可以开始做这些准备？一般人，是在临近大学毕业的时候，或者是在给组织投递简历之前的几天开始。可要让我说：晚了！你至少要从一上大学就开始做！我过分吗？告诉你，有一个女孩，从小学二年级就开始做这个准备了！而后，她如愿以偿，实现了自己的理想。

心理素质，是另一类准备。在很多人的心中，有那么一些“大山”：家里穷、个子矮、文化低、资历浅、经验少、相貌一般、来自农村和中小城市等等。这一切，压在我们的心上，有时让我们感觉底气不足，甚至，还会让我们自卑。就算是用“屌丝心理”给自己打气，但这些问题依然存在。

如今，你已经是成人了，是该丢掉这些“大山”的时候了。问题是，怎么丢掉？有方法吗？告诉你，有！比如贫穷，挺起腰杆，告诉

人家：我来自农村，家里很苦，就成了，人们就知道了，就理解了，甚至，还格外器重你呢！其他问题，也都有解决和应对的方法。

你终于进入职场了，有那么多需要学习、掌握的东西，最重要的是什么？读懂组织职责。而这个职责很枯燥、很一般、很乏味、很无趣。它既不文学，也不浪漫，甚至不吸引人。但是，你要读它，并且要读懂它，还要去执行它，否则，你就将是不称职的，并可能会在职场中很不愉快，甚至，像我书中所讲的那几个白领那样，出现非常悲摧的结局。

除了组织明示给你的职责之外，还有职场的第二职责。这个职责是不见于职场或组织中任何公开文字的，甚至没有人会专门给你讲述，但它却是在职场中实际运行的规矩。

第二职责，不是你曾经听说过的，多有负面因素的潜规则。不，不是。它只是组织无法在一部厚厚的企业文化及职责手册中详细呈现的非正式规矩，规矩虽然很多，但对你来说，学习它，掌握它，自由地运用它，并不难。

最后，你在职场中，每天还将面对三个最基本的关系，那就是：上级、平级和下级。理解并处理好这三个关系，你就会在职场中像飞鸟冲天般自由自在地翱翔。

第一章

进入职场，你准备好了吗？

1

求职信：如何打造属于你自己的精彩简历？

思考：

用人单位要看你的简历，他们究竟希望了解你的什么呢？

写求职信或简历是你进入职场的第一个工作。对此，大学、培训机构、互联网上都介绍了很多精巧的模板并给予了细致的指导，读者可以去学习。这里，我只想跟大家探讨：一份简历的要素就那么几样，基本情况、主要经历、主要学历、基本技能、兴趣、爱好、特长等等。但就是在这些固定的框架结构中，你来写什么呢？

经历，不是写出来的，而是干出来的

先提出一个问题：简历，从什么时候开始写？是从你确定该写一份简历发给用人单位的那天开始吗？在我看来，不是。

从人生发展道路的角度考虑，应该是从你懂得简历这两个字的含义的时候，就开始用自己的行动去“写”了——“写”未来你将进入的各类社会组织所需要的职场品质，“写”那些社会组织需要的素质、能力。当然，这里也包括在常规简历结构中那些被称为能力、经历、学历的东西。

我把“写”这个字打上了引号，意思是说，一个人的简历，无论亮丽还是一般，都是用自己的行动写就的。极端一点，辉煌的简历是用自己一生的血汗写就的！这一点，不仅是职场中的青年人要明白，而且，在校学生也应该明白。学校的老师，乃至年轻人的父母都有责任及早告知他们这个道理。

我曾经多次在中国的市场营销、广告、媒体等高层论坛演讲。每次，主持人都会介绍我的农民、工人、干部身份和国家医疗保险改革研讨小组、中央电视台研究人员、央视市场研究、央视索福瑞媒介研究、电通传媒、群邑媒介等中国和世界知名公司管理者身份的简历。有一次，一个会议主持者在介绍我的简历之后顺嘴说道：“好家伙，资历显赫呀！”

我登台后接着主持人的话说道：“好么，工人、农民的身份也成了显赫资历了。回想起来，以前，无论我做哪个工作，都从来没有想过‘显赫’。在今天看来，尽管当时很有些痛苦的经历，但它们确实对我的成长起到了积极的作用。”

对此我的体会是，不管你干什么工作，那其实都是一份宝贵的经历。关键在于，你从这份经历中能够学到什么，或者收获什么。我说“学到”和“收获”，那就不仅仅是知识和技能了。比如，我从农民和工人那里学到的，是他们很多优秀的品质，而收获的是了解了他们的基本需求。这些，对我后来做的很多工作都有着很重要的作用。

一些学生在大四开始写简历的时候总会感叹：我的简历中，经历这一栏写什么啊？我的回答是，经历是自己干出来的，如果你在学校里一天到晚除了对付完成老师留的作业、考试而什么都不想、什么都不做，只是去玩，你当然没有东西可写啦！

有心的同学呢，从进入大学或者职业学校就开始考虑实习了。对此，我非常赞赏。实习有两个非常实际的作用，一是提高了自己的动手能力，二就是在简历的“经历”这个题目下增加了内容。实际上，当用人单位看到你简历中存在比较实在的实习经历的时候，对在我国教育制度下培养出来的青年人的那种“可能什么都不会”的担心就会有所降低。

年轻人需要明白，职场中人究竟为什么会重视学生的实习经历。多年以前，看到杨振宁博士说，中国学生的基础理论很强，但动手能力非常差。今天，我在职场中看到，杨博士所说的这个情况有所改变，但依然差得很多。

动手能力，我希望读者不要把它简单地看作就是到实验室做实验那种能力。实际上它包含的范围很广阔。它包括了一个年轻人一旦进入一个组织，可以很快地上手做任何需要去做的事；或者，就算是不懂、不会，也可以动脑、动手很快地去学会，进而成为组织中很快就可以用得上的人。实习，实际上就是较早开始了动手能力的学习。

当然，我也看到，一些学生为了在自己未来简历中有内容可写，就拼命挤入一些大机构去实习。比如近几年，银行、外企等都成了实习单位的热门。

但是我们都知道，我国很多组织中对大学生的实习培训实际上是很弱的，并不是你进入这些机构，就能够学到什么本事。这一点，从以往面试官对求职者简历中实习经历、实习收获提出问题，而学生们的一般回答都不能令人满意就可以看出来。

为此，我提出，你应该做一个有心的实习生，要竭力争取，在实习过程中学习你可以学到的任何东西。这一点，我将在后面的章节中和读者专门讨论。

亮点，不是靠提炼，而是靠事实来呈现

在很多时候，一些用人单位的管理者看到一份简历，说这个人有特点、这份简历有亮点，这就会使这个求职者、这份简历脱颖而出。因此，写好一份简历，重点是写好你的特点或是亮点。

前面，我们说了经历。这里，我们又说亮点，为什么？未来，看你简历的人包括：人力资源（简称 HR）经理、你未来的同事和老板。简历中仅仅一般性地陈述你的经历，还不足以打动这些人，为了吸引他们的注意，你的简历应该具备亮点。

什么是你经历中的亮点或者特点？那些能够体现你能力和成就的事实和数据，就是你经历中的亮点。当然，写这些的时候也不要夸大。还要注意，亮点不是形容词，什么亲和力强、性格开朗之类的，万万不要写。在我看来，形容词除了占据你简历的宝贵篇幅之外，一点用处都没有。

你的亮点应该在简历中的什么位置出现？我曾经听国外一个有经验的培训师说，在写经历的时候，要特别注意把你经历中的亮点提炼出来，把它放在简历中最前面的位置上。后来我还看到，国内一些有经验的 HR 的经理主张，在整个简历中，要把亮点放在上半页。

对“亮点”摆放的位置前移、放到醒目位置的观点，我比较赞同。要知道，HR 部门的人员每天要看大量简历，如果他们看一份简历的时间是几十秒，甚至十几秒，你的亮点就会在第一秒钟抓住他们的眼球，进而使他们可以认真地看下去并且更多地了解你！而没有亮点的

简历就可能会被放在一边。

重要的是，简历中的亮点是你妙笔生花提炼出来的吗？你一定可以想象到：如果经历中没有亮点，又怎么能够将其提炼出来呢？这就要思考：什么是亮点，怎样铸就你的亮点？

十几年前，在今天中国知名的央视市场研究股份有限公司（CTR）刚刚建立的时候，我在那里担任营销副总。为了招聘，我们在报纸上打出广告，不到一星期，就收到了几千份简历。那时候，我看了每一份简历。无疑，那些按照千篇一律的格式写出来的都被放在了一边；而一些有特点或者叫做有亮点的简历，则被作为重点集中起来，并通知人员面试（在下面的故事中我对这些同事用了化名）。

我至今清楚地记得，当时被录用成为公司营业部经理的江水先生的简历，是我一眼就看中的。他在两页多的简历中主要介绍了自己曾经为几个市场研究机构做过的多项市场研究报告。他竟然还把两份报告附在了后面——尽管今天的HR人员不主张把简历写长，但是我得说，正是这份比较厚的附件给我留下了强烈的印象！当我把他的两份研究报告读完的时候，心中已经非常钦佩他了！

简历要写得厚吗？不尽然！我确实看到过有HR经理建议说一页足够，顶多一页半。多了，就不看了，就扔掉了！对此我想，要是没什么内容可以写的，当然也就只好写得比较简单了。

再来看看另外一份经过面试被录用为媒介研究经理，后来成为媒介研究总监的刘军先生的简历。这份简历也给我留下了很深的印象。他在简历中介绍了自己在工作中写出软件应用方面的经历。尽管他的简历只有一页多，但是，这段经历引起了我极大的注意。

关于刘先生的简历还有一点值得说的：很多人很重视自己的第一份工作，认为它是一下就定终身的。其实不然。我记得刘先生早期是在一个地质勘探单位工作，进入央视调查之后才一步步成为优秀的研究和管理人员。这看似与简历无关，但与一个人的就业观念可能有关系。实际上，很多组织并不要求应聘者所学专业与组织业务必须对口。在我工作过的创意产业，员工的专业几乎涵盖了所有学科。

再来说说我的一份简历。进入中央电视台之前，我非常明确地知道，总编室需要一名研究人员。因此，我在简历中主要介绍了我的研究经历和研究成果，在简历的后面，附上了我曾经在国家机关执笔写的一些国家社会政策的改革方案和研究报告，很快就收到了面试通知。

来分析一下上述三份简历的共同特点：

首先，你会发现，我们这些求职者都非常清楚地知道我们即将进入的组织的最主要的需求是什么。比如，有什么岗位，什么职责，以及对应聘人员的能力要求。回顾一下江水那份简历，央视调查是做市场研究的，而他的简历中就直接述说了自己在市场研究方面的经历，这是多么的恰如其分啊！

其次，你还会发现，我们当中有的简历超出了今天很多 HR 人员提出的简历最好写一两页的要求。没错，连我自己都主张最长的简历应该是一页半。但是，当你的职位要求较高或者你真的有内容可写的时候，还是可以适当多写一点的。

再有，不管我们是写了多页还是仅仅写了一两页，都把经历中的所谓亮点写得比较充分，比较突出，比较集中。因为，那是能够体现我们能力、业绩或者成就的经历。我们把它写得比较充分，自然也就引起了用人单位的注意。

在校同学们可能会说，你们有经历，有亮点，当然好写。我们没经历，更没有亮点，怎么写？我说，那就像用行动创造你的经历一样，用自己的努力去创造你的亮点吧！

兴趣、爱好、特长将受到面试官的注意和追问

很多求职者在简历中都写了兴趣、爱好和特长。写这些之前，你需要知道，我们很多经理人都认为，简历中的这些内容展现了求职者多方面的特点、素质、张力、潜质等等。此外，你还需要知道，一旦你写了其中的某一个要素，就要做好被询问的准备。

有一次，我进行面试，看到一个年轻求职者的简历中写着“喜欢打篮球”，心中一喜。我是这样想的：我们的工作十分辛苦，而且压力比较大，因此，如果这个人在某些体育运动方面有一些特殊的经历，就可能说明其身体比较强健，甚至意志品质乃至基本素质都比较强。于是，我围绕着“喜欢打篮球”做了一点询问：

“我看到你简历中写着喜欢打篮球？”

“是。”

“什么时候开始打的？”

“从上中学开始。”

“那你都在哪里打？”

面试者回答了一个著名的体育场，刚巧，我每天上班都

会路过。

“哦，什么时候去打球呢？”

“晚上。我特别喜欢在寂静的篮球场上，在灯光的照射下，一个人辗转腾挪，享受那种独自一人运动的快乐。”

我没有再追问下去，一同参与面试的同事也没有就此再次询问。因为，这个问题，引起了我的疑虑：篮球这种群体对抗运动，怎么会是一个人的享受呢？我不懂。难道，是我这个“80前”太落后了吗？我不知道该说什么好。

这里，我不是在单纯讲述怎样去回答一个类似的面试问题，而是想提请读者注意：如果你说你在某些方面具有兴趣或者爱好，那么你至少应该知道，自己爱好的原因；如果你说自己在某些方面具有特长，那么你应该知道你特长的水平程度以及它可能反映的多方面的内容。

更重要的是，你要非常明白：你填写的每一个问题，都可能引起面试官的兴趣，而且他可能会在这方面发问。

多年以前，我曾经是一个文艺青年。那时候，很多人都热烈地追求艺术院校，我也就跟大家一起去碰运气，看看能不能找到一个进入艺术大门的捷径。在填写简历的时候，我写了自己喜欢阅读中外艺术史上的名著。说实话，就是在今天看来，这写得也够大胆的。于是，在面试的时候，主考官提出了这样的问题。

“你喜欢阅读中外名著？”

“嗯，是，我读过一些。”（我的回答总还算是谨慎，没有说出自己早已遍览的那些古今中外名著的名称。）

“那么，你比较喜欢哪类作家的哪类作品啊？”

“中国古典的，我喜欢司马迁《史记》中的《游侠列传》；现代作家的，我喜欢曹禺，比如《雷雨》；外国的，我喜欢十九世纪俄国批判现实主义作家的作品，比如果戈理、屠格涅夫、莱蒙托夫、车尔尼雪夫斯基等。”

“果戈理的作品，你看过什么？”

“《死魂灵》《钦差大臣》。”

“好，那你说说，《钦差大臣》剧终用一个哑场结尾，你怎样理解这个哑场？”

当然，我年轻的朋友们，当我看似漫不经心地说出这些名著名称的时候，实际上，之前早就对这些作品研读过了。于是，我对果戈理那个著名的哑场说了足有七八分钟。继而，在这个问题上，我看到了主考官满意的眼神。

亲爱的读者，在这里，我不是在向你吹嘘我的面试多么成功，实际上那次我确实轻松地通过了初试，但在复试中却考砸了。我在这里介绍这个面试的经历，仅仅是想与你分享我反复强调的一个要点：你的简历中的每一个字，都会受到面试官的注意，而他们可能会对其中的一些问题进行发问！所以，当你写简历的时候，要非常严谨！

当然，还有一些与此相关的常识你也应该知道。

比如，简历一定不能有错别字。还有，当你向某一个组织投简历时，你的简历要有针对性——我曾经读过一份简历，那是一个学舞蹈的同学想来我所在的媒介咨询服务公司做演员，那当然不会有什么结果。再有，去面试的时候穿着要得体，不要过于随意——关于穿着，我会单独讲述，这里就不细说了。

2

面试：你要展示的是什么？

思考：

去一个组织面试的时候，面试官到底想知道什么？

你可曾这样想过：面试，要是能够像在学校考试一样，老师画个圈圈，我事先准备准备就好了？可惜，世界上的组织千千万万，没有一部书能够针对那些组织而给出面试的全部标准答案。但是，毕竟面试官有一些最关心的基本问题。对这些问题，我们还是可以有所准备的。

面试题：你会开车吗？

很多大学生在上学期间就去学习了开汽车。于是，你有了驾照，会开车了，并且把它写进了自己的简历，对吗？好，我就来讲一个有关开汽车的面试题吧。

一个朋友去应聘著名的北京大成律师事务所的办公室主任。大概因为这个律师事务所有公司用车，所以，在面试的过程中，面试官提出了这样一个问题："你会开车吗？"这是一个在面试中可能会出现的很一般的问题。

请读者思考一下，你将怎么回答这个问题？不要急着往下看答案。我强烈建议，今后，在读书的时候，凡是遇到问题，请都养成自己先思考，再看作者答案的习惯。这有助于提高你独立思考的能力。

回到我们讨论的面试。我的朋友面对的，是在业界具有很大影响力的、这个机构的"三巨头"——大成律师事务所的三位最高领导者。在问了一些一般问题之后，他们中的一位提出了"你会开车吗"这个问题。

"我有驾驶执照，但是，没有开过。"朋友回答。（注意：这种回答可能带来考官的追问）。

"哦，那是为什么？你家里有车吗？"（果然追问了！）

"有。"

"那你怎么不会开车呢？"

"那是我爱人单位给他配的车。我觉得，用公车去练，有点不太合适，给人家撞了、剐了怎么办？所以，我拿到车本之后三年就没有摸过车。"朋友这样回答。

"三巨头"相视露出一丝不易察觉的微笑。他们又问了一些其他有关工作经历方面的问题。最后，他们中的一位说："如果我们决定录用你，你什么时候可以来上班？"面试，就这样结束了。

我没有问过大成律师事务所"三巨头"当时是怎么想的。但根据我朋友的回忆，"三巨头"相视那一瞬间，她感觉，一切似乎就已经决定了——是的，她得到了那份工作。

大家来想想，如果换成你去应聘这个职位，而律师事务所又有汽车，对你来说会开车似乎是一个必备的基本技能，对吧？现在，你没有这个技能，应该被减分，对吧？这个技能，看上去在办公室主任这个位置上很重要，而你被减了分，条件差了，不应该被录取，对吧？但是，我的这位朋友却被录取了，为什么？

我认为，就是那句“用公车去练，有点不太合适”起到了决定性的作用！

想想：面试，老板们是在考察你的什么？

是考察你的知识吗？是，但不是全部。

是考察你的技术吗？是，但不是全部。

是考察你的能力吗？是，但不是全部。

是考察你的素质吗？是，但不是全部……

面试真正考察的、每一场面试都必定考察的、老板们从心里第一个要追索的，是你的人品！

我的这位朋友能够在拿到驾照后三年的时间内，不用自己家人天天开的公车去练车，说明她公私分明，说明她不占小便宜，说明她放得下，说明她正直，说明她善良……说明她很多的素质。最主要的是，说明她品质好。录取一个员工，在品质的评价上，这“分数”已经足够了！

现在，请告诉我：面对我刚才提出的问题“你会开车吗”，你的回答是什么呢？

那么，我进一步来追问一下大家：我在这里给大家讲这个故事，目的是在教给大家今后面试的时候，面对“你是不是会开车”这个问题时该怎么回答吗？

断然不是！！

我真正告诉大家的是，要想进入职场，成为一个职业人士，就一定要在日常生活、工作、学习中修炼自己。像不占公家便宜这种素质，可以说是职业人士的一个重要品质。你的**基本品质好，就可以在任何面试中自然呈现**出来！这样，你就可以在芸芸众生之中脱颖而出，就可以让老板们这样考虑——你，是一个在品质上让人放心的人！

记住，职场面试的很多问题，没有标准答案，也没有非此即彼的、像学校考试那样的唯一答案。老板们在面试的时候向你提出的多数问题都是为了探究一个问题——你，究竟是一个什么样的人？

我的一次失败面试

近年，在中国流传着一些美国职场的稀奇古怪的面试题，比如“把你变成一只铅笔，你怎样逃出搅拌机”“房子里可以塞满多少篮球”“苹果、橙子、葡萄柚、价格为20、40、60美分，一个梨卖多少钱”“美国去年卖了多少条黑色领带”……如果你要进入美国企业，就去那些美国求职培训网站看看好了。但在中国的一般组织里，这样的怪题并不多。讲讲我自己的一次求职经历。

每个人都有自己的理想。我呢，也是一样。不过，我在每个时期的理想并不相同。在内蒙古生产建设兵团的时候，我的理想是开汽车、修汽车。这不仅是我自己的喜好，而且，是我的师傅马老师给我指引的一条让我无比向往的金光大道。

1975年，是我在内蒙古生产建设兵团工作的第六个年头了，我们团的领导送我去当地的一所劳动大学学习农业机械。在当时，我们内蒙古兵团很多知青都开始返城了，而这种当地的大学和农业机械专业也没有人愿意上。但是，我当时并不想回城，就去了这所学校。

我们这个农业机械系的主要教具，是一台报废的东方红55履带式拖拉机。大家每天除了学习机械理论等专业课之外，就是把这台拖拉机拆了装、装了拆——在拆装之中研究机械构造和原理。那时候，我对拆装机器的兴趣特别大，每天几乎都是最早到，最晚走，自己拆，兴致勃勃，别人拆的时候，我就聚精会神地看着，一有空，我就跑到教室里去看挂满墙壁的机械原理图，然后再回来接着拆卸。

功夫不负有心人。那一年，我的机械原理考试得了99分，是全系第一。考完，教我们机械专业课的马老师——那时候，“文革”还没结束，老师的名头不响亮，我们都叫他“师傅”——把我叫到办公室，语重心长地说出了影响我确立理想的一番话：

“你知道你为什么得了99分吗？”

“不知道，我想不出来我哪里错了！”

“那说明你真是学得好了！告诉你，一点也没错！给你99分，这是因为，在我看来，机械这个东西，永无止境，永远没有100分。记住，你要不断地学习！”

“我记住了！”

“我还想跟你说说你的未来。毕业以后，你将回到兵团，我也知道，城里的孩子都要回城。可是，不管你走到哪里都要记住，你天生是个开车的料，天生是个修车的料，天生是个学机械的料！我说这个，是我看着你呢！每次开车，你最细心，那次咱们外出帮生产队耕地，拖拉机熄火，我都没有找到毛病，是你按照我教你的油路、电路两条路，找到了问题。你是好样的！”

我晕乎乎的，不知说什么好！

“以后干什么？就开车吧！开车，可以继续学修车，继续学机械，你的路亮堂着呢！”我望着身穿一身蓝色工作服的马老师，看到他蓝色工作帽下露出的两鬓都有了几丝白发了，十分激动地说：“师傅，你的话，我记住了！我爱机械，我也一心想去搞机械！”

“去吧，别误了你的天分！”师傅就是这样跟我告别的！

我亲爱的读者啊，请你想想，我师傅的表扬对我这个20岁刚出头的年轻人来说，是多大的激励啊！对于一个马上就要走出校门，而对未来还一心茫然的年轻人来说，这是多么明确的指点啊！

毕业后，我回到所在的连队，发现几乎所有知青都返城回家了。不久，我也就随着返城的大潮回到了北京。

回北京之后，我立即到我所在的街道报到。最初，我的目标非常明确：尽快找到一个工作，自食其力。一时没有工作，我就义务帮助街道做各种各样的服务。

很快，一个机会来了——中国国际旅行社招收汽车驾驶员，我们街道居委会所有的主任一致推荐我去。我兴奋得要命！本来，我只想找个工作挣钱，也好帮衬家里一把。可现在，飞来这么好的一个工作，有街道强力推荐，有我的毕业证书，这是十拿九稳了。理想，竟然这么快就要实现了，我太激动了！我太高兴啦！但是，我没有成功。

一天，我的家里来了两位先生，他们一进门就说：“你们街道把你推荐给我们，我们来谈谈。”

"好啊，好啊，主任已经跟我说了，说你们要来我家谈！"我说道。

他们问了我很多在建设兵团的工作，特别是仔细地问了我在劳动大学学习农业机械的事情。我提到我拿到了毕业证书，他们拿过去仔细看了，又问了一些其他问题，就说："那么，你愿意到我们那里去了？"

"愿意呀，这是我的理想啊！"

"我们已经看过你的体检表了，那你下周到华侨大厦报到，然后，就去刷厕所。"

"什么？刷……刷刷……刷厕所？是不是搞错啦？不……不是说，让我去国际旅行社开汽车吗？"我被彻底"雷"到了，说话语无伦次，都开始结巴了！

"嗯？我们不知道开汽车的事，分配你的工作是刷厕所。"

"咱们……咱们是不是搞错了？街道主任说你们来，是……是要跟我谈……谈去开汽车的呀！你，你们是一回事吗？"

"我不知道你们街道主任怎么跟你说的，反正你的工作是刷厕所！"

"可能搞错了，我……我好像不是要去做这个工作的。"

"那，你再仔细想想，真的不去吗？"来人轻轻地发出了一个非常沉重的询问。就在那一瞬间，我的脑子飞快地转了无数圈，一心想的都是我脱口而出的这句话——"搞错了，肯定是搞错了，我要去的不是你们那儿。"

"好，那就这样吧！"

那两位先生走了。第二天，我见到街道主任。他笑呵呵地问我："怎么样？你们谈得好吗？"

"好什么呀，人家要的不是开汽车，是刷厕所！"

“啊？不对呀，那天，他们到我们办公室来，说的就是开汽车啊！是我把他们领到你家门口的呀！”

“啊？！您赶紧帮我问问。”

很快，街道主任又跟我见面了：“他们啊，是在考验你呐！”

“我我我……我……我还用考验吗？在农村，我劳动了八年，整天掏厕所、挖猪粪，都经过八年考验了啊，那比在城里刷厕所可脏多了呀！”

街道主任看着我惊愕的样子，安慰我说：“没关系，你在街道表现好，以后还有工作机会的！”

“我，可是，我是想开汽车的呀！”

主任安慰了我一番，走了。我的理想、我的希望、我的目标……就这样，我和它们失之交臂了！今天，就是今天，回想起当初，我仍然遗憾不已，感慨万分，内心还隐约有着几分痛楚呢！

应该说，这是千千万万初级工作面试中比较简单的一种。现在，咱们把我失败的求职面试总结一下吧。这里面发生了什么？

第一，当来人跟我谈话的时候，我的心始终集中在开汽车上面，估计我的心思早已经被面试的人员看穿了。所以，他们用刷厕所的故事来考验我——如果你知道，在上世纪中后期，开汽车就像今天进入世界500强、进入中国第一流媒体、进入国家机关一样属于最好的工作的话，你就不会奇怪人家为什么要考验我了。

第二，我事后才想起来，当时国际旅行社总部就在华侨大厦里面。为此我曾经想过，如果当时头脑清楚一点，也应该至少注意到，这两个单位之间内在的联系啊！可是，我没有，脑子里只有“开汽车”三个字。

第三，一个更加值得思考的问题是，假设我不知道这两家机构在同一处办公，又该怎样选择这个机会呢？

当时的大背景是，大量知青回城，就业形势和今天一样，十分严峻。最初，我自己的目标非常明确——那时候，父亲因为“四人帮”迫害没有工资，我想尽快找个工作，减轻母亲一人工作养家的压力，这本来是我求职的大目标。但是，这个目标被突然而来的“开汽车”的喜讯搅和了，我的头脑被冲昏了，我的目标混沌了、转换了！

在这种情况下，就业和理想被混在一起了——诚然，如果能够找到既能实现就业目标，又能达到自己的理想的职业，该是多么好的事啊！但现实是，这样的目标很难一步实现！在很多情况下，实现自己的职业理想，要一步一步地向前迈进。可能这里面需要走很多弯路、经受很多失败才能实现！

今天看来，在就业形势严峻的当时，我应该做的可能是：不必对自己的理想一心看死，不去指望一步实现理想，应该知道，一步实现理想和职业结合这种目标在现实中不容易达到。知道这些，把就业、进入一个机构工作当做自己的第一步，然后，慢慢去寻找自己的理想。

此外，还有一个看似很小的问题可以供你参考：在面试的时候，不要过度紧张，不要脑子一根筋地想自己的事，而是要放松下来，仔细地去思考人家面试官的问题。那样，你就可能给出恰当的答案了。

对此，你是怎么想的呢？

王妮娜的成功面试

一些年轻人在经历了最初的工作之后，开始向自己的理想迈进。于是，他们开始更换工作，也就是俗话说的“跳槽”了。这种情况下的面试，更是一种学问，需要掌握一些必要的东西。我们来一起研讨。

有一个女孩叫王妮娜。她在国外留学之后，很快就在当地的一家旅游服务公司找到了工作，专门负责销售飞机票等业务。但是，干了一段时间，她想家了，就回到了中国。在国内，她幸运地被一个朋友介绍，进入了一个国际知名的广告公司。在那里工作了三年之后，她的一个同学又把她介绍给一家中国著名的互联网门户网站。在那里工作了两年之后，由于私人的原因，她离开那家公司去了北美发展。

很快，那里的一个同学给她介绍了一家专门做重大事故评估业务的公司总部，在那里做会计工作——此前，妮娜学的是会计，而在中国的两家公司，她做的也都是会计工作。于是，她如约来参加一场面试。下面，我把这场面试如实地呈现出来。

面试官是一个看似严厉的老外。

“我看过你的简历了，你能简要介绍一下你曾经工作的这三个公司吗？”妮娜说：“第一家公司，是一个很小的旅游公司，主要业务是卖飞机票；第二家公司是家广告公司，在行业中的位置，就像世界保险行业的某某公司那样吧（妮娜事先研究了保险行业）；第三家公司是中国著名的互联网公司，就像美国的某某公司似的。”她举了一个美国的知名互联网公司的名字。

“嗯。你在这三家公司都是做会计吗？”面试官问。“不是。在旅游公司，我负责销售飞机票。在后面两家公司，都是做会计工作。”

妮娜具体介绍了自己的业务情况。

“那你说说你对这三家公司的看法吧。你最喜欢哪家，最不喜欢哪家？”面试官给出的这种题目，相当有挑战性，很要劲！妮娜想了一下，说："嗯，说实话，我哪家都喜欢：

第一家公司的老板是个大姐，对我就像女儿似的，这次我从中国来这里找工作，她听说了，给我打电话让我先回到她们公司做，工资按市场走，等我找到好工作再离开。我也就真的去她那里工作了；第二家吧，我提出辞职后，我们小组、部门以及整个公司的每个集体、每个老大都分别请我吃饭，给我送行；第三家老板跟我说，如果我回国，要先给他打电话，看能不能回他们公司做。

但是，如果您一定要我说出喜欢哪家的话，我更喜欢第二家。因为那是一个国际公司，我从国外学习回来，跟他们的整体感觉比较合拍。第一家公司是旅游公司，而我学的是会计，不容易学习到新的知识。但总体来看，我还是哪家都喜欢的。"

面试官接着问："说说你老板的优点。""他们都非常好，首先是特别注重教给我本事。然后是特别关心我，在第一个公司工作的时候，我的住处离公司特别远，老板如果有空，下班后会开车把我搭到不用换车的公交车站。后面两个老板，都经常会问我有什么困难，一旦有了问题，他们立即帮我解决。"

"他们的缺点呢？"

"所有的老板啊？就说最后一个吧。最后一个公司是互联网公司，我那老板的优点，也是他的缺点。我觉得，他太好了，以至于员工好多事情干不了，他就接过去自己干，把自己搞得很累。反正，我有事都不好意思去麻烦他了！"

"说说你未来五年的计划。""我呀，想在未来五年完成注册会计师考试，但说实话，我不知道能不能按时完成，听说挺难的。”

“还有……”

“还有……买房，是家里先帮我出一点首付，然后我自己贷款。以后我爹妈退休了，让他们来这儿住。”

“你为什么来我们这家公司？”这问题有点突然。妮娜想想，笑着说：“我能说，是为了工资吗？”

“当然了！”面试官也笑了，“说说你对工资的期望。”妮娜事先了解了当地类似公司、类似职级的一般工资标准，她报出了一个小区间的幅度工资。

面试结束了。两天以后，她接到通知：她被录用了。工资，是她开出的工资的上限。公司通知她，下周一就可以上班了。

好了，我们来一起分析一下：

首先，我听到这个女孩面试的经历后，称赞她：“你对以前的公司说得都比较好，是怎么考虑的？”她回答说：“我妈妈一直是做 HR 工作的。我进入职场后，她就嘱咐我，任何时候面试，都不要说以前公司的坏话，要总结并且时刻牢记以前公司的优点。”

“嗬，有高人指点呐！好！你提到原来工作过的公司曾经对你说，如果你愿意的话，随时欢迎你回去，这是真的假的？你要知道，很多公司招聘是要对求职者做背景调查的，他们的电话打回你公司，你要是撒谎，会穿帮的！”我提醒她。“这是真的，人家确实是这么跟我说过的。”她说道。

“你评价原来老板优缺点时，说得也不错，不是现编的吧？”我问。“这问题我事先真的没有想过，但是，按照不说人家坏话的原则，我还是找到了他的缺点。实话说，我也真是这么看我老板的。”她很诚恳地说道。

我又问："去这家公司是为了挣钱，这个问题回答得有意思，很率真。为什么那么回答？"她说："我实在不知道怎么回答，总不能说实现什么梦吧。"

"实话实说，这么回答很好！这样，人家会认为很真实。好！妮娜，如果总结一下的话，你知道，为什么你这次面试能成功吗？"我问她。"呦，我还没有总结，您说说。"她让我来评价一下。

我说："告诉你，就是一直以来你在此前三个公司，都是本本分分地工作，以至于你走了，还回得去！就这一条，已经足够录用了！所以——""所以，我今后一定还要这么干！"妮娜笑嘻嘻地说。

我亲爱的读者，从妮娜面试的故事和我与妮娜的对话中，你可以理解到什么吗？

面对严厉的面试官

素质，是面试官们关心的另外一个问题。这个素质包罗万象，如心理、智力、应变，等等。我想，素质是平日里积累的结果。如果你一直以来就很注重素质的训练，面试的时候你就会从容自得。

我记得，在电通的时候，有一次，我和总经理常泽小姐面试一个小伙子。

至今我都记得，那小伙子准备得可真够充分的：他来面试，不仅带来了学历的正本、简历和以前写过的一些东西等，更重要的是，他还具备了良好的心理素质——我不知道，为此他准备了多少年！

在那个炎热的下午，他来到了我们的办公室，各个部门的管理者们先后对他进行一系列的发问。最典型的，是我们总经理常泽小姐的询问：

“你了解电通吗？”小伙子微笑着：“我前天早晨刚刚经同学介绍，向电通人力资源部投递了简历。”

“我的问题是：你是否了解电通？”总经理向他重复了一遍问题。他微笑着：“我看了一点电通网站的信息，但是——”

“请告诉我，你是否了解电通？”总经理让他直接回答。他微笑着，脸红着说：“我……我……”

我看他有点窘迫，就问：“是不是像最近报纸上介绍的那位同学，发了成百上千的简历？”他微笑着，憨憨厚厚地说：“没有，只是同学认为我应该来这个公司，我就投了简历。”

总经理截住话头：“你还没有回答：你是否了解电通？”他依然微笑着：“说实话，我仅仅知道它是世界上最大的广告公司，是为客户提供综合服务的。其他的，就不了解了。”

我的问题没有了。总经理也终于住手了。

接着，总监们先后问了他们关心的问题，那是对人生想法、对工作考虑、对未来、对简历中的细节、对毕业一年后辞掉前一个公司的原因以及外语等方面的询问。

面试结束了，小伙子出去了，大家看着常泽小姐。

我说：“好么，你是机关枪啊？”常泽小姐笑呵呵地说：“我就是想看看他的心理素质！”

“心理素质很不错嘛！”我说道。常泽小姐说：“是啊，他始终微笑着，这小孩不简单！”

我说：“要是我在这个年龄，听到你的连续发问都会觉得受不了啊！”常泽小姐说：“不错！”

我们那些专业的、挑剔的总监们叽叽喳喳地说："我们也觉得不错！小伙子还知道整理了一下外表！可见到一个好样的了！"

常泽小姐说："通知人事，抓紧时间安排他体检！"

"我终于有一个小伙子了！还是一个阳光男生！"一位总监欢呼着！看到这里，我希望读者不要误解，这不是性别歧视。这总监是个女生，她那个部门男生实在是太少了。

你注意到我说那位男生自始至终微笑着了吗？正是那少见的微笑，使得他通过了严厉的面试！一般，在一次面试中是看不出一个人的全部状况的。但是，通过微笑这个亮点，我们了解了他很重要的一个方面！

其实，只要你是善良的，笑与不笑都没关系。如果你平时不爱微笑，千万不要硬挤，那会很难受。但是，为了一生中必然会有的这样的面试，要长期锻炼自己的心理素质却是必须的。

顺便说一下，我猜，这小伙子是没有经过面试培训的。不然，他不会总是抓不住常泽小姐的问话，在那里隔着问题"打外围"。但是，不管你有没有接受过面试培训，良好的心理素质却是必须具备的。

仔细倾听面试官的问题

在参加面试的时候，你还是应该仔细注意面试官的问题，以便有针对性地进行回答。在这方面，我这里有一正一反两个小故事：

有一次，我和人力资源部的同事见一批来应聘的年轻人，由于来人较多，我们首先采用了集体见面的方式。人们把这种面试称作“群面”。期间，我们立刻就发现了一位不同寻常的女孩。

当我讲话的时候，我发现，距离我最远的桌子的一角，有一位参加面试的女生在做记录，这是很少见的。果然，轮到同学们发言的时候，我立刻感受到她的不凡：她不时引述我刚刚介绍的本单位的情况，并且，在我们请大家提问题的时候，她看着小小的笔记本，提出了不同于别人的问题。

看得出来，那女孩拿出本子做记录是一种习惯。我一问，果然，她在某个著名网站做了六个月实习编辑。此后，我们一连问了大家几个问题，都是她回答得比较周全。面试一结束，我立刻跟人力资源部的同事说：“这孩子不错，可以跟她做更深入的沟通面试。如果没有其他问题，来了就让她先做新团队的召集人吧，没准将来是个当领导的料！”

当然，在这里，我并不是说，面试的时候你也要拿起一个笔记本。如果一个人平时没有记录并思考的习惯，拿个本子也是装样子而已。在这里，我们是通过这个小小的细节看到了她具有做记录的习惯，以及此后表现出来的勤于思考和有独立见解的特质。这从一个方面，说明了我在这里强调的要点：面试时，你应该仔细倾听面试官的问题。

还有一个面试失败的例子。

有一次，我主持一个与应聘人员的集体见面会。面对我的问题，两位来自著名大学的女同学先后滔滔不绝，问一答十，但那回答却让人觉得不知其所云！最后，老板善意地告诉她们：“你们是受过什么面试培训吧，说得这么多？可是，你们的培训师有没有告诉你们：面试的时候，要仔细听问题啊！”

这两个同学都没有被录取。我一面把她们的简历放在一边，一面想：这是谁教的面试呀？问你什么，你就说什么，怎么这么花哨、这么华而不实啊。

后来，我就此多次问过不同的人士，有的人说：“你总不能让面试官问一句，你回答一句吧？那样的话，怎么能展示她们更多的方面呢？”还有的说：“可能是不知道问的是什么，所以才在那里兜圈子、打外围。”对此，我仔细想了一下。我觉得面试的时候，如果像下面这样去做，效果也许会好一些：

你应该仔细倾听问题，以便答为所问；没弄清问题，可以追问面试官。在回答问题的时候，可以围绕着问题展开谈，但是，像所有沟通一样，不要径自说个没完没了。这是一个非常重要的问题，我将在第二册书中与大家讨论。毕竟，面试不是写散文，回答还是要相对简洁一些的。此外，如果你不知道答案，是不是可以说不知道？

最后，我想告诉大家的是：

其实在中国，职场的面试并不可怕，就算是有些外企用了一些吓人的心理测试，也只不过是一种试验。有很多面试题，没有标准答案；有的专业题你答不出来很正常，因为你没有经验。

再有，事先你一定要对自己前去面试的组织及其业务有个基本的了解。**要知道，对你来说，你可能只是想得到一份拿工资的工作；而在人家看来，他们可是在寻找一个能在某个岗位上完成组织任务，并且可以信赖的同事啊！**

3

实习：求职最重要的机会

思考：

你可曾有机会去实习？你实习的目的是什么？

在上学期间，很多同学利用周末，特别是寒暑假的时间参加社会上各类组织的工作。而在大学四年级以后，专业课比较少了，很多学校允许同学们专门去寻找实习机会，这些现象已经非常普遍了。那么，你该怎样去实习呢？

90后实习生朱诗琴获得了一份特殊的实习鉴定

近几年，很多学生开始重视实习，纷纷找机会进入各种机构。实际上，我国的很多组织对大学生的实习培训是很弱的，所以并不是你进入这些机构，就能够学到什么本事、挣到什么经历。但是，如果你是一个有心人，就算是在一个小的组织之中，你也可能学到一些实际操作的本领，这对你的未来会产生积极的影响。

2011年7月，我应一位投资人的要求，帮他照管一个小公司。不久，公司来了一位中国人民大学在校女生朱诗琴（我用了化名）。这位同学一来，就为公司带来了活力。首先，她选择了一个靠门口最近的位子坐。一旦前台小姐离开了岗位，一听到门铃，她就噔噔噔地跑去开门，而前台小姐如果有事没能上班，她就主动找主管申请："今天我就坐到前台工作吧，顺带接待来访的客人！"

在公司里，她的总监每次交给她工作，她都会竭尽全力、白天黑夜地去做，非要把工作做到自己能做到的最好程度。做研究，她就四面八方找老师、找同学，登天入地地去找资料；写报告，她就点灯熬油、一点一点地追求最好的水平；做提案，她就在办公室、在家里反复演练，结果在讨论提案的时候，甚至使一位在场的社会知名人士都把她当做公司一名正式的员工一样，与她平心讨论！

在办公室里，任何人让她做任何工作，她都会去积极地参与；开头脑风暴会议，她事先仔细地准备，会上大胆地去发表自己的看法。她的家距离办公室比较远，但是，她每天都提前进入办公室，不做完工作就不离开。一次，办公室周末要来工人修理门窗，她就跟主管提出："周末我没事，我来值班吧！"还有很多很多。在她三个月的实习期结束的时候，公司里每个人都非常不舍得她走。

她的总监给她写了一封类似鉴定的告别信；人力资源部给她写了一份详细的实习鉴定；这还不算，我又让公司的一位高管以董事长的名义在她的实习鉴定上面加上"朱诗琴同学人性非常好""我们诚挚地期望朱诗琴同学完成学业之后回到我们公司来工作"等等。这里，我强调用"人性"而非一般常用的“人品”，就是为了引起未来用人单位的关注。

亲爱的读者朋友，公司不是慈善机构，更不是好朋友俱乐部，这家公司的任何员工事先都不认识这位同学，公司这样为她写评语也不是要为实习生做好事，只是朱诗琴的实际行动打动了公司的各方人士，大家是发自内心地期望和她一起工作！

请我的年轻朋友们想一想：你常常会发愁你的简历缺乏内容，那么，如果有这样的材料，你那简历中还怕写不出经历吗？还怕没有亮点吗？如果你想去求职，你实习中这样的行动已经使你获得应有的工作机会了。即使你不打算在这家公司工作，那么，有了这样的实习经历也将使下一家公司对你另眼相待了吧？

80后毕业生黄卉如何在实习期就被中央电视台看中？

很多年轻人经过努力才获得了一个组织的实习机会，而这个组织又是自己非常希望加入的。于是，这些年轻人就开始考虑，怎样经过实习，才能让人家“相中”，把自己招聘成为正式员工。来看看我认识的一个女孩子黄卉是怎样做的。这里，我依然用了化名。

黄卉是一个来自外省的大学生。在大三那年，她来到中央电视台实习，在进入一个团队之后，她发现，没有遇到想象中的前辈嘘寒问暖，众人关心呵护，老师事事指教，自己飞速提高……没有。团队里每个编辑、记者都在忙着手里的工作，没有人给她分派工作，也没有人停下来给她从头到尾介绍业务流程、全面讲解业务内容、详细述说组织的规章制度。

实际上，在很多机构中，每年都会有大量的实习生来实习。他们就像过路的小鸟，飞来了，又飞走了。多数机构中的员工都有自己清晰的职责，但唯独没有培训实习生这一条。再有，多数组织中的员工都会认为，刚毕业的学生是什么都不会的，谁会指望着实习生能真的帮助自己做什么正经事呢？——真抱歉，我年轻的朋友们，这就是职场中人们真实的心理。

这黄卉是个肯动脑筋的学生，她琢磨着：我得自己找点事情干啊！

机会终于来了。不过，这可不是人们想象的那样——哪位领导、专家给了她一个令人艳羡的好工作，或者给了她一副能够快速出人头地的重担……不不不，不要想象文学作品中那些华丽丽的描写，什么奇迹也没有发生，仅仅是在那么一个平常的不能再平常的日子，有一个很小的工作“咚”的一声掉到她面前来了。

那天，她参加组里面的工作例会，忽然发现，没有人做会议记录。于是，她就留心做了笔记。会后，她很快整理出一份会议纪要，交给了组长。组长一看：“嗯，写得不错呀，以后这活儿就归你啦！”然后，组长把会议纪要发给全组每个人。黄卉就这样得到了第一个工作：组里面每周总得开一两次会吧？正好，有活儿干了！

每天吃午饭，都是大家轮流去食堂买盒饭，饭打回来大伙一看，总是有人随口说出“唉，老一套，没劲”。黄卉想，怎么改进一下呢？她悄悄地把这个事情捡起来。每天早晨一上班，她先到食堂转一圈，问中午有几种菜。回来后，她用计算机打出一个菜单，挨个问大家想吃哪个，然后把打回来的饭菜按预定的名单分发下去。没过几天，大家说：“嗯，最近菜不错呀，谁定的？”是黄卉——她又多了一个活儿。

顺便说一句：是黄卉改变了CCTV的菜谱吗？哈哈，一个小小的实习生是做不了这个事的。那么这当中发生了什么让大家觉得饭菜不错？很简单：那是大家自己选的菜呀！

组里面做节目因为资源不足经常发愁，比如拍摄现场总是很难找条件适合、数量足够的观众，等等。有一次，组里需要三个学校分三次录制节目，眼看录制日期越来越近了，观众还是没有落实。黄卉一面听着联络人打电话，一面悄悄对打电话的内容做了一点修改，写出一个打电话的要点：我们是谁，在做什么节目，如果你们有兴趣，可以来做观众。晚上这里有夜宵，但没有其他费用，等等。她用黄页电话簿，找了一堆学校，挨个联系。

节目开拍前两天，学生观众还没有落实，制片人急得快发疯了。这时候，黄卉交给制片人一个报告，制片人接过来一看，是九个学校的名单！他腾地一下站了起来：“这九个学校都同意学生来做观众吗？”“是。”她回答道。

“你联系的？干得好！”制片人眼睛都亮了！

当月，黄卉拿到了970元，说是实习费1000元，扣了30元税。第二个月，她的实习费提高到3600元，这几乎就是一个新员工的标准工资了。毕业后，她就被中央电视台聘用为职工了。

我们来看看，黄卉究竟做了什么？回想一下，从原来没有人写会议纪要，到她主动去写；从大家被动地吃同事提回来的午餐，到她主动去询问菜谱、帮助打回午餐；从别人打电话效率不高，到她来总结、改进打电话的方法取得有效的成果。她是在仔细观察，看人家需要做什么，并且用心思考，看怎么才能把事情做好，然后用心去把事情做成。可以说，她是在实习期间做到了“眼勤、脑勤、手勤”。

实话说，一个没有职业经验的年轻人，不容易在实习单位发现需要做的工作，这就叫“眼里没活”。毕竟，工作不会真的“咚”的一声掉到面前。但实际上每个组织中都有大量需要改进的方面，如果你平时养成观察、思考的习惯，我想，你也一定能发现工作吧？如果再能用心去做，你也一定能像黄卉那样，受到实习单位的重视吧？

60后王兰柱毕业五年后，当年实习的公司来找他

很多公司听上去非常有名，看上去非常气派，在那样的公司实习，真觉得自己像个白领。但是，即使在这样的公司，做起具体工作来，也并不是那么光鲜亮丽的。在一些朋友看来，那些工作还是比较简单、比较“土”呢！

我来讲讲我曾经的同事、中国最大的媒介研究公司央视索福瑞（CSM）总经理王兰柱当实习生的故事。

这王兰柱出身于内蒙古武川县一个普通农民的家庭。他从小就知道，要想改变自己，就要靠自己的努力。于是，他学习相当刻苦，考上了对外经济贸易大学。

可是一入学，他发现，自己的英语和那些高水平的同学相比，差距太大了。这使得他相当紧张，以至于发生过一个笑话：有一天，几个浙江同学在一起用浙江方言讨论问题，他心里那个佩服呀，心想，瞧瞧人家那个英语，说得多溜啊！于是，他开始刻苦地学习英语。过了很久，他才知道，

人家说的那是浙江话！就是从这么个基础开始，他在大学毕业的时候，英语已经练得超级棒了！

与读书学习相比，更让人难堪的，是家庭的困难。刚刚来到学校的时候，他背着简单的行李，怀里揣着他爹从七八家邻居那里借来的67元钱。看到那些来自大城市的同学，出手阔绰，风流倜傥，他立刻就感到了巨大的差距。这一度让他非常难受。但仅仅不到半年，他就彻底明白了：差距不可避免，想要让自己不那么难堪，干脆就别装！

他先是停掉了早餐，但这也不能弥补老少边贫地区学生每月只有18元生活费的不足。他开始寻找一切机会，在课余时间打工挣钱。大二一开始，他就找到了一个实习工作：做一家国际市场研究公司的访问员。这样，可以获得一些劳务费。

访问员的具体工作，就是每个周末和寒暑假期间，按照市场研究公司培训的要求，带着问卷，入户访问居民并且据实填写。然后，把问卷整理好，交给上一级的督导。

这个入户访问分为城市和农村两种区域。在学生中有一种现象：城里的同学恐惧农村，担心那里的安全问题。他们不熟悉那里的人，觉得城里的事情好做，交通又方便，比较容易。农村的同学恐惧城市，担心城里人的白眼，不愿和城里人打交道。工作一开始，城里的同学就抢光了城里的访问工作，剩下农村的问卷，就由王兰柱等同学承担了起来。

可是，令城里同学想不到的是，去农村做市场研究，对淳朴的农民进行访问，要远远易于在城里。所以，王兰柱做的访问成功率很高，比城里的同学完成的任务要多。再有，虽然他每次往返于农村要乘车、步行四个小时，但是到农村去可以得到更多的交通补助，可以弥补自己日常生活的不足，这让他非常开心！

在农村，农民的拒访率很低，王兰柱的访问如鱼得水，做起工作格外认真。这时候发生了一件事情，使得王兰柱的命运发生了一个小小的改变。

在一个暑假，他一口气完成10个农民样本访问之后，他实习所在的市场研究公司指定的质量监督机构根据工作流程，按照人头抽检。抽到他后，对他的10个样本做了全部复查，结果全部合格。项目组织者在对外经贸大学全体访问员大会上批评有人做假的同时，大大地表扬了王兰柱并奖给了他一个价值15元的被套。他开始真切地懂得：讲信用，做老实人是有奖励的。从此，他做事更加认真。

到了大三之后，研究公司更加信任他了。他开始成为对外经贸大学的市场研究督导，他诙谐地自称“包工头”。他带着同学做研究，让同学们先挑他们认为容易做的事情，然后自己做剩下的事。同时，他只挣自己做访问员的钱和督导组织调查、检查问卷的钱，从不克扣访问员费用。这得到了参加实习同学的认可。转眼，他大学毕业了，在这所五年制大学里，他做市场研究，一做就是四年。

毕业后，他被分配到一个国家机关的研究所。五年后，为了帮助穷困的兄弟姐妹，他辞职出来，开始承接多家国际市场研究公司的入户访问。正当他准备成立公司的时候，他在大学实习的市场研究公司找到了他，说：“回我们公司，做驻中国办事处主任吧！”从此，他踏上了国际市场研究公司职业经理人的道路。

这就是一个农村穷小子实习的故事。

这些年，当我在一些学校讲到这个故事的时候，总会提出：是什么原因使得市场研究公司找回昔日的实习生王兰柱呢？我想，除了他有四年市场研究的入户经验之外，惟“诚信”而已。这两个字，不仅是市场研究公司最为重视的品质，而且是各种组织对员工的基本要求。

50后实习生林达怎样被留在了中央人民广播电台？

这是一个老故事。可是，每当我在大学讲堂上以及实习生基础培训中讲给同学们听的时候，同学们都认为，这个故事体现的内涵并不过时。现在，我把这个故事讲给读者。一方面，是给年轻的读者做实习参考；另一方面呢，你通过这个故事，也可以从一个视角观察、研究当今很多处在各行业权力顶端的50后管理者的背景情况。

上世纪八十年代初期，传媒大学的林达（化名）得到了一个机会：到中央人民广播电台实习。她摩拳擦掌，想要好好学点真本事。

可是，和所有实习生进入一个新单位一样，她进入中央台这种国家大台，也是一下子不知道该从哪里做起。于是，她开始悉心观察。有一天，看到带她的张老师在抄写一堆信封——够古老吧？那是台里搞一个大型活动，需要给读者回信，所以，编辑们就用这种比较原始的办法，给读者写信。毕竟，当时电子邮件还没有时兴起来。看到老师在抄写信封，她也就拿起笔抄写起来。

可是，老师委婉地请她不要去抄。因为，那是参加一个大活动，抄信封的人都是参加这个活动策划及组织业务的人，抄信封只不过是其中的一项工作，而这项工作是另外发劳务费的。言外之意是，没有参加整体活动的人没有劳务费。这林达听了，说："嗨，反正我闲着也是闲着，总得干点事情啊，抄信封还练字呢！"就愉快地抄了起来。那张老师跟同事说："这丫头还真不计较啊！"

在中央台做节目，过去都是用老式录音带。那种大盘胶带，一盘没有八两，也有半斤。林达实习的办公室，是在电台北门的楼上，而中央台的胶带库则是在距离比较远的南门。于是，每次领胶带就成了一个体力活：你手里拿个两三盘胶带没多重，可要是抱上十盘二十盘的，走起来可就没那么轻松了。

很快，林达发现了这个工作。她一看到老师需要用录音带了，就主动提出去领。每次出门前，她都会大声问组里面一声："我去领胶带，谁需要？"立刻，组里面的编辑们就会这个五盘，那个三盘的要，也有那种逮着劳动力不使白不使的老同志，张口就是"给我领十盘大胶带"。林达爽朗地答应着，就出门了。

那时候，也没有个手推车。于是，每次她穿着一件蓝大褂，用衣襟兜着一大摞胶带吭哧吭哧往回走。累了，就在路上歇一下，或者把胶带放在路边自行车的后座上，或者把胶带靠在楼梯扶手上面。每次一进屋，大家都会热闹哄哄地站起来迎接。久了，这个组里的老师都说，这姑娘，不惜力啊！

作为中央媒体，其工作人员经常会到各个现场去录音，录音素材拿回来之后，才可以去做节目。而要想做好节目，比如录音剪辑，就需要到现场去观看节目。有那么一个时期，正赶上各个地方剧团集中进京，以致每个晚上，都不止有一两个剧场有各个地方演出的戏曲节目。于是，林达每天下午5∶30下班之后，到食堂随便吃点东西，就跟着录音队的老师们出现场了。

要知道，每个地方剧团进京，都希望中央台给录音，做出节目并播放出去。这在当时是地方剧团评价一个剧目成绩的标准之一呢！知道了地方剧团的这个情况，林达就把自己的日程安排得满满的。她不断给录音队开出工作单，不间断地每天随着录音队出现场。老师们看了，说："你天天去剧场，够辛苦的啊！"她回答道："不辛苦，每个地方戏曲都非常有意思啊！"老师们都知道，这姑娘爱上了这个工作。

要知道，在中央台，如果你想每次都把节目做到受听众的喜爱，那么，每天就会非常繁忙：查资料、写稿子、合成录音、编带子……每个工作人员都是非常忙碌的。这林达在旁边仔细地看着老师怎样去做一个节目，边看边琢磨，慢慢就会了。然后，她就跟老师申请："我可不可以帮助您做一个小节目？"老师们都是毫无保留的老编辑："好啊，试试，有问题就问啊！"

这林达就开始一步一步仔细地照着老编辑的路子走。一般问题，就自己想，实在想不明白，就去问老编辑。就这样，她终于能够自己独立地完成节目的编辑、制作了。带她的老师和坐在周围的老师看到了，都在心中想着：这姑娘学习能力很强啊！

要知道，每一个年轻人都是喜欢玩的，这林达也不例外。有一天，她的同班同学给她打来电话，说他们实习的单位北京人民广播电台的一个部门组织大家去慕田峪长城玩，那是一个新开辟的爬长城的路线，多数人都没去过！听同学一说，林达真是心痒难挠——她也是一个很爱玩的人啊！可是一想，这还在实习着呀，怎么办？就跟同学说了，怕去不了啦，实习忙着呢！

一个淘气包同学出主意说：“随便编个理由，比如得病了、回学校了什么的，不就成了？”但林达想了想，没这样做。她找到中央台带自己的老师实话实说：“张老师，我们同学实习的北京台组织去长城，同学们邀请我去，我可以去吗？”没想到，那老师极干脆地说：“去玩吧！”这假就请下来了！

一个学期的实习下来，林达回学校了。刚一进教室，班主任李老师就迎上来，说：“人家中央台打来电话啦，说非得要你啊！”林达就这样顺利地进入中央人民广播电台，做了一名编辑和记者。

好啦，让我们来回顾一下，这林达究竟在实习期间做了什么，得到了老师们的喜欢？你是否注意到，她帮助组里面抄写信封不计报酬，老师评价“不计较”了吗？她主动帮助老师们去领录音带，老师们评价她“不惜力”？她不辞辛苦，每天下班后跟录音队老师们出现场，老师评价她“爱上这工作了”？

还有，她可以独当一面做出节目，老师们评价她“学习能力很强”。再有，“想出去玩”是实习生们经常遇到的事情，但是因为担心单位不批准，就会随便编个理由、撒个小谎。这种中国式学生的心理，很普遍吧？而林达呢，就明说去玩，心想批准就去，不批准，就接着干。人家老师立刻批准了。我猜想，老师那是看到她有着年轻人应有的天性吧！

现在，假设我们自己就是用人单位，看到一个年轻人，她不计较、不惜力、爱业务、学习能力强，还有很健康的情趣……有这些，招聘一个大学生，还不够吗？

是的，作为一个实习生，我们这样去做才可能成为用人单位认为有用的、想要的人。值得思考和注意的是，只有我们**平时就是这样的人，到时候，我们才可能这样去做。**

4

职场需要什么样的人？

思考：

设想，你要自己创业，招聘人员。那么，你需要什么样的人？请写出几条来。

2010年的一天，我在北京大学新闻传播学院讲课，一个同学提问：“你们公司需要什么样的人？”我是这样回答的：“我曾经在农村、工厂、国家机关、媒体、国企、外企工作过。这些组织的用人标准，用一句话就可以概括。那就是，我们需要有能力的好人。”

要外企工作、北京户口，还是全都放弃？

我曾经就人才问题请教过一个著名媒体的领导人：“你的用人政策是什么？”

他说：“那就是要德才兼备。具体说来就是：德才兼备，提拔使用；有德无才，培养使用；有才无德，限制使用；无德无才，坚决不用。”

由此可见，德，是先于一切的一个因素。那么，德是什么呢？我理解，德就是善良、老实、守信、有底线、有原则……是人们观念中的一切好品质。

讲一个真实的故事。

有个漂亮女孩，我给她起个英文名字叫Jane（简）。她学习非常好，曾是北京一所著名大学的高材生，大学三年级时在中央电视台举办的全国大学生英语比赛中获得过极好的成绩。在毕业的时候，她面临两个选择。一是出国留学，二是去一家世界五百强公司。她不知从什么渠道得知我有“好为人师”的毛病，就辗转找到我帮助拿主意。

她说，出国留学是她的首选。申请已经递出，目前没有消息，要等。但世界著名公司马士基收到她的求职信，经过面试之后给她发来录取通知，并告诉她，只要确定来这家公司，第二天就要报到，然后他们立刻就为她办理北京户口。这时，有人出主意，先到马士基报道，拿上北京户口再说。反正美国研究生录取通知也是几个月后的事情，到那时再辞职也不晚。究竟该怎么办？Jane一时拿不定主意。

现在，我来问问我的青年读者朋友：换了你，你会怎么做？想一想，再往下面看。

我们为什么会有这种讨论呢？这是因为，户口，是我们中国一个时代的产物。至今，北京的户口对很多人都还有着强大的吸引力。而马士基则是一家著名的国际公司。据说，我国一些大学是把进入马士基作为毕业生最好的工作之一来看待呢。当然，去美国读研究生，对很多人来说，也是让人心动的机遇呀！

就此，我对Jane说：“如果进入马士基，就一定要老老实实地在那里干下去，合同是几年就要干几年，不要想着干几个月就辞职，毕竟人家把那个很难得到的北京户口指标给了你；如果要去留学，就要放弃马士基，等待美国大学的录取通知。能上学则去，不能上学，再重新找工作。怎么做，最终取决于你的价值观。”

第二天，Jane去了马士基的人事部，先对人家的录用表示感谢，然后老老实实地说，自己已经申请了去美国读研究生，如果人家批准了，自己会选择去美国留学。因此，现在不敢对马士基承诺一定留下工作。她说：“学习完了之后，如果马士基有招聘机会，我还会再来报名、重新申请。那时候，如果我符合贵公司的条件，希望再次获得面试的机会。”

我猜想，Jane的婉拒，可能会使马士基人力资源部总监在遗憾失掉一个优秀的年轻人的同时，感慨地对自己说“总算没有看错人”吧！毕竟，Jane用自己的言行表现了她善良的本性，而这一点，正是各个单位选人的首要条件啊！

来分析一下：

显然，有人认为Jane应该先进马士基，等待收到美国大学录取通知之后，再向公司辞职走人。这样，Jane是户口、留学两不误。但在我看来，如果这样做，Jane可能会失去一些东西：

首先，她将失去马士基的信任；其次，在未来职业背景调查上会失分，背景调查是市场化企业招聘时，对应聘人员实施的向其上一个组织了解其本人基本情况的必要程序；再次，如果你为防止背景调查而在简历中不填写马士基这段经历，那么，你已经犯了说谎的错误。

结果，你从原来一个很诚实的青年人，在道德上开始沦落为一个末流人士了！

一定会有人想：我合适就行了，还想那么多干什么？品德，有那么重要吗？

我说，重要！每个年轻人都有着善良的本性、诚实的品质，如果放弃了这些，可以说，是在人生道路上违背了天道，可能一时得到一些机会，但长久下来，冥冥之中，天道不助。为什么？因为，一个人一旦有一次降低了道德水准，便会毫无顾忌地不断降低道德水准，这必然会被周围的人们了解到。因此，不说天道，至少周围的人不会帮助你。

那么，Jane 没有去马士基，而选择等待研究生录取，怎么看她的得失？

诚然，她失去了一个在一些人看来“两头甜”的机会；但她得到的是自己灵魂和道德上的纯净，使得自己的人生沿着正确的道路前行；再有，她使得马士基没有浪费掉宝贵的人力资源机会，对得起马士基！

顺便告诉读者，三个月以后，Jane 获得了美国几所大学的研究生录取通知书，去美国读了硕士学位。现在，她已经硕士毕业，在美国攻读博士学位了。对 Jane 的行为，我套用裴多菲的名诗填写了一首顺口溜送给她：

外企诚可贵，户口价更高。若为品德故，两者皆可抛！

那么，我亲爱的读者，遇到这种事情，你会怎样选择呢？

做职场喜欢的人

如果你稍加注意，就会听到职场人士对员工的评价，比如讲诚信、已诺必诚、不欠账；能吃苦、不叫苦、不怕吃亏；敢于坚持自己的意见，不违心地做人做事。这些道理都很简单，但如果真的能做到，你就会成为职场喜欢的人。

讲究诚信。讲诚信，不仅是因为今天我们社会中一些人不讲求诚信、人与人之间信任度下降，而且是因为它是职场中一个普遍需要的品质。诚信：诚，是真实、诚恳；信，是诚实可靠。

《庄子》里面讲了这样一个故事：有一个叫尾生的小伙子，跟自己心爱的女孩约定：晚上在一个大桥的柱子下面相会。那天晚上，尾生如约而至。不巧，当天晚上发了大水，尾生为了等待女孩，大水虽至而不肯离去，最后，直到大水淹没了他。大水退去后，人们发现尾生抱柱而亡，于是，就有了“守信当如尾生”“长存抱柱信”的古训！

听到这个故事，不少人会笑话尾生迂腐，还会有人演绎出很多理由，嘲笑尾生，然后找到一大堆似是而非的爽约借口和遇事变通的方法。

但我给大家讲这个故事，只是希望读者去理解，尾生对朋友、对恋人真心相待。他抱柱而亡，这就叫“死等”，这就是“死诺”，也就是对人的“死约会”！把这种情义用在对待朋友、商业伙伴上，就叫信誉！

我们可以从观念和行为两个方面塑造自己诚信的品格。

近年，我们曾听到韩国前总统卢武铉跳崖自杀的事件。关于他的死因，有多种分析，但是，导致他自杀的直接原因，就是因为在他任总统之前，曾对民众有过整治腐败的承诺，而当得知发生家族腐败的时候，他毅然跳崖身亡！这是一种观念，更是一种行为。

为了一个承诺，可以去死！有这种气度的人，谁会不信任？谁敢不信任？谁能不愿交？可以引为经典的，还有日本前首相田中角荣的一段话。

很多年前我曾经读过《田中角荣传》，厚厚一本书只记住了一句话——田中离开家去东京的时候，他的妈妈跟他说："别人欠你的账，可以忘掉；你欠别人的账，不可以忘掉。"

什么账？我以为，在职场，你心中要有两笔账：钱账、情账。两者都有公私之分。先说钱账。

我曾先后在两家著名广告与媒介公司工作过。我们一般的业务流程是，客户向我们的公司支付广告款，再由我们向媒体支付款项。对待媒体的各种款项，我们从来都是及时支付，因此在媒体中的口碑极好；在紧急的时候，甚至凭一纸传真、一个电话，就可以先播出广告，随后付款，真正是一诺千金。

但是，在市场上确实有不重信誉的公司。有一次，一个著名的企业客户，需要做广告，一时资金周转不过来，我所在的一家公司就主动为客户垫了一笔巨款，使客户可以在媒体正常进行广告投入。客户产品销售非常好，但拿了盈利后却去做了别的事情，拒不付款。结果，我所在的公司不得不运用法律手段追回了欠款。而那家企业因为对多家合作伙伴不讲信誉，受到众多企业追索账款，从此一蹶不振。

就此与读者交流的是：无论你是自主创业还是打工，一定不要用自己的信誉去赌一时的小便宜，而一定要认真地按时、足额支付每一笔账款。你还应该知道：法律和法规绝不容忍违法违规的事，用一句流行的话说就是“出来混是要还的”，话糙理不糙！

公家钱账是这样，私人，也是这样。

在民间，有一个与人交往的原则——“救急不救难”。什么是“急”？疾病、死亡是急；什么是“难”？挣钱不多，却要买房、买车、买奢侈品，这算是难。你去借钱，也要分为急或难：因为疾病等急事去跟人家借钱，完全可以。朋友，就是为了共渡难关的。但如果是一时之难，我想还是自己克服困难，不要把自己的难变成别人的难！

除了钱账，还有情账。

在工作上，别的组织、个人给你的每一个帮助，都应该记着，这就是情账。在商场，欠情，就要还情，不要让自己欠别人的情！

男女之情亦然。永远要尊重对方，要在意对方的感情，不要辜负对方。但是，如果在一个组织内部处处“留情”，那就是犯了职场大忌。因为，职场人士会认为你破坏组织的平衡，制造混乱。万万不要把当今社会上那些似是而非的如“我的婚姻我做主”一类的恋爱和婚姻观用到职场，这种非职业的观念会对你的职业生涯造成严重的负面影响。

主动工作，不怕吃亏。在职场中，有很多这样的年轻人，无论遇到多难、多苦的工作，说一声“我来”，就冲上去了。这样的员工，所有职场人士都喜欢。

十几年前，我曾经有幸参加今天中国著名央视市场研究（CTR）和央视索福瑞（CSM）两个研究公司的创立工作。在公司建立的初期，我们所面对的是市场上一百多个强大的竞争对手，市场没有统一的行业标准，而我们的公司又没有一个盈利产品。不怕读者笑话，初建时期，除了收视率调查，诸如今天在市场上使用的市场研究、媒介研究、广告研究等，我们很多人根本就不懂。

在这样的背景下，最初的三年，我们100多名员工，凭着创业的精神，研究、设计、推广，碰壁了，再推倒重来。那时候，很多人吃住在公司，没日没夜工作，最终创立了公司的产品体系。当时，人们表现出来的主动性成为了公司发展的强大动力：人人钻研业务、琢磨市场、对公司发展提出建议，借用一切可以得到的机会，去做客户、打市场。

可以说，今天CTR和CSM的成功，一个重要的原因，是靠着两公司的员工那种不计得失、不怕任何艰难的主动性得来的。那时候，我深深为有这样的同事而感到无比自豪和幸运！

有主见，敢说话。职场人士喜欢那种不贪婪、不违心、不趋炎附势的人，用我国老一代领导人陈云的话说，是“不唯上，不唯书，只唯实”。也就是说，遇事有自己的主见，不人云亦云。这种人，深为大家尊敬、器重。

在职场上，我确实看到过不少人看领导眼色行事，听领导调子决定自己的言行。这样的结果是，组织死气沉沉，个人也没有大的格局，不会有什么提高和发展。

但在过去的16年，在我所走过的国企和外企之中，更有大批敢想敢说的员工，他们抱着一种知无不言、言无不尽的态度参加各种工作研究。在头脑风暴会上，根本没有什么职务高低、年龄大小、资历深浅之分，有的只是对最好的方法、最好的服务和产品的探求。

当然，敢说话，不是搅理，也不是喊叫，更不是只会批判和发牢骚，而是把自己经过思考的意见平心静气地谈出来，跟大家平等讨论。如果能拿出具有操作性的改进办法，就更好。

不叫苦，就不怕苦；穿的“脏”，就不怕脏

这些年，很多人都在讲职场品行。但我想，更重要的是要找到实现那些优秀品行的方法。我想用几句顺口溜跟大家开始做这方面的探讨。

想要“专”，你就别“愤青”。愤青，是近年来人们对于一类对任何事情都不断抱怨的人群的概括。在政治上，这类人表现为愤世嫉俗，对古今中外、国家世界、现行一切都不断抨击批判；在组织中，他们对战略、管理、经营、文化，以及一切干部、职工都看不惯，不断发出抨击。美其名曰：我骂，是因为我爱。

诚然，在现实中，需要有识之士对各种错误不断批判、批评，以便在争论中找到正确的出路。但在职场中，在组织内，你当然懂得：骂一百句，不如做一件有益的事。

对我们所在组织中的一切不合理、不正确的问题，我们可以本着实事求是的态度，用恰当的方法去做出批评和建议，让人家一点一点去进行改进，而不要采用发牢骚、说怪话的办法去对待。

讲一件小事。2011 年的一天，我去某个国家机关开会，传达室的师傅坚持要会见我的处长下楼到传达室接我。实际上，那位处长已经把参会人员名字交给了传达室。没办法，那位处长跑来，气呼呼地对传达室说："我就不懂了，你们行管局已经 1000 多人了，就不能做一点服务工作吗？"

先说明一下：这位处长可不是什么愤青，他是我很钦佩的一位务实、能干的年轻人——此前，我所在的组织跟他所在的司局在外地办会，他一个人就代表一方，与我们两个机构合办了一场高水平的、全行业的管理研讨会。但是，在离开传达室去会议室的路上，我还是忍不住对他说：

"以后，你别跟传达室吵了！"

"我实在是太忙了！"

"我当然知道你忙！但是，你不能这样。"

"那他们总得提高效率啊！"

"提高效率，你这么一喊就改啦？"

"你得让我说话呀！"

"要说话！但是，可能不是对传达室那老大姐说，要找到正确的渠道，用正确的方法去说。"

"实在太气愤了！"

"气愤也不成，这对你的职场生涯无益、无用。"

"没想那么多。"

"要想！不要因小失大！"

他看了我一眼，再没有说话。

是的，我这一番话，就是对职场人士说的：对你所在的组织存在的问题，要用正确的方法，找到正确的人，说出具有建设性的意见，这才是你应该采取的方法。

有主见，你再发声。这一条看上去比较简单：一是平时要多思考；二是思考后要想好怎样说；三是要选好说的时机。

多思、多想很重要。老话有“抬头老婆低头汉”，正面地去理解，说的是如果你总是思考，那人们就会对你心存敬意。而且，如果你勤思考，就会有与众不同的见解。

思考后一定要想好怎么说。有经验的职场人士都受过很好的职业训练，不会在提出自己意见的时候，把别人贬斥得一塌糊涂，而是在充分尊重别人意见的基础上，拿出自己的看法。这很重要。

选择时机同样重要。在正式的场合，就要发表正式的观点，而在非正式的场合乱说意见，会被认为是“背后犯自由主义”，或者是不负责任，从而达不到你的目的。

不叫苦，你就不怕苦。不怕苦、不怕累、不怕脏，是你在职场听到最多的话吧？怎样做到不怕苦？告诉你，无论多苦、多难，你都不去叫苦，这样，别人就认为你不怕苦！不仅不叫，你还可以想：叫或不叫都得干，那还叫什么？接着想：多吃苦，承受苦难的能力就会提高；再想：有苦，我能否去安慰别人？这样，你的境界就更高了！

不怕累，怎么做到？

多年以前，我在建设兵团当一个小班长。有一年冬天，我带领班里十几个战友随着连队出去挖大渠。天寒地冻，每天要干十几个小时，算得上是苦累脏差了。有一天晚上10点多了，我才和一帮弟兄回到我们住的工棚。我正坐在地上脱鞋，一位兵团战友像扶着一堵墙似的按在我肩膀上呻吟着：“真累呀，受不了啦！”那100多斤就压在我肩上直到他瘫倒在地上。

我当时气得够呛。你想，都是一样的年龄，干一样的活，我就不累吗？我回头瞪了他一眼。但就在那一瞬间，我对他产生了同情和怜悯：他的精神完全垮了，再看同伴们，也是一样垂头丧气！这时，一股豪情在我胸中腾起。于是，我又穿好鞋，走了几里路，挑了一担热水回来，踢了躺在地上那小子一脚——那时我也累得够呛，没力气弯腰推醒他，对他和大伙吆喝："都起来，拿热水烫烫脚，到铺位上睡！"

其实，那天我能那样做，真是有"我是班长，我不能垮"的那种责任心；而同时，在那一瞬间，我还暗自感叹，幸亏我练就了一副会干活的能力：铲土，我练会了左右手换着铲；挑担，我学会了左右肩换着担。凭这两下子，我的劳累感就比那些用同一姿势重复一整天劳作的人减轻了很多——这种身体上和精神上的优势让我表现得比别人强。

所以我认为：**会干活，你就不会累**。因为你会保存体力、会休息；真的累呢？不要喊累、不发牢骚。告诉你，在别人眼里，**"不喊累就是不怕累"**！还有，当你累的时候，请想想一位农民大叔跟我说的一句话："年轻人，出力长力！"

当然，今天多数工作都是在办公室里面，如果你学会了工作，也就不至于太累，以后我会说到的。

穿得"脏"，你就不怕脏。那么，怎样做到不怕脏呢？在很多场合，我发现，一些年轻人很怕赃。对此，他们自己也有些惭愧：怎么别人不怕脏，干得那么带劲呢？你不知道，怕脏，多数场合不是你真的恶心某些肮脏的东西，而是怕脏了你的手，怕弄脏你干净的衣服。

怎么办？换上工作服，再去搬、抬、拉、运！因为工作服就是专门应付苦累脏差工作的嘛，顶多干完活之后洗衣服、洗手、洗澡就行了。所以，遇到苦累脏差活儿，换上工作服，往上冲！记住，**穿工作服你就不怕脏**！

当然，要是你不愿为亲友洗病后、酒后的脏衣，甚至，不愿拥抱自己穿着邋遢肮脏的病弱的父母，那么，你就要反思一下自己的感情了——对人，对团队队友，特别是对自己的亲人，如果真爱他们，是不会感到他们脏的。

现在，你明白不怕脏、不怕苦、不怕累是什么意思了吧？对，**穿得“脏”，你就不怕脏；不叫苦，就是不怕苦；会干活，你就不会累，不喊累，就是不怕累**！职业经理们是很在意和看重这些优点的。

除了上述简历、面试、实习等一般准备，在进入职场之前乃至以后的很长时间，我们很多人还需要做好一系列心理准备。这包括怎样看待自己来自边远的农村，怎样认识自己贫困的家庭以及身高、学历甚至相貌等被认为是不足的个人条件。

这些问题处理不好，我们一些青年人就会背上包袱，甚至出现自卑，影响个人健康发展；而如果处理得当，这些貌似不利的条件甚至会成为我们个人发展的有利条件，促进我们的发展。

现在，就让我们来一起看看吧！

第二章

『矮挫穷』，你怕了吗？

5

农家娃怎样走出去?

思考:

我是一个什么样的人？我这一生，该怎样度过?

在我国城镇化的浪潮中，今天，几乎所有的农村年轻人都在思考一个问题：我的前途在哪里？离开村庄之后，走到哪里去？是大城市？沿海地区？还是家乡附近的城市？而城里的年轻人也在思考……

何时走，向哪走?

这些年，每个农村的孩子从小就看到，自己的父老乡亲背负行囊，一个一个走出了世代居住的大山，而后，逢年过节，他们又像候鸟般回到故乡。年复一年，他们的身上换上了时尚的新衣，增添了别样的风采。于是，从来不知愁滋味的少年开始越来越多地思考：走不走，似乎已经是没有疑问的了；问题是，何时走，向哪走?

当还没有想明白这些问题的时候，这些半大不小的后生们，就开始随着乡亲们的大流，走向父兄走去的地方，在那里，开始了自己新的生活。

我在这里说很多年轻人还没有想明白，是因为，他们当中的大多数在进入城市之后，由于没有足够的心理准备，往往是惶惶不知所往，因此，常常是被动地开始了自己的人生。对很多人来说，这个过程比较长，而伴随着的是让自己徒增很多烦恼，甚至时有浪费青春的感觉。

对此，我建议农村的青年，一旦懂事，可否换一些问题来思考？包括：我的目标是什么？或者叫做，我到底要什么？然后就是，我是什么样的人？我要做什么样的人？把这些最基本的问题想透彻一些，再开始想其他问题。想明白这些问题之后，再走。

不是每个人都会这样思考问题，也不是每个人都有明确的人生目标。因此，一旦遇到困难，很多人就会不知所措，痛苦万分。而一旦想明白目标等基本问题之后，诸如“向哪走”“去做什么”之类的疑问就比较容易想通了。更重要的是，今后遇到再大的困难，都会想：这是为了我的目标必须要走的路，这是我自己的选择。这样就为自己增强了信心。

接下来的问题，才是向哪走。

自从我国1978年改革开放以来，青年人的流动出现了两个大的方向：城里的年轻人，向国外流动，学习国外的科学文化知识，然后进入外国的各类组织中工作。其中一部分人回到中国，成为了国内各行各业的主力。

农村的青年人，则走出大山，在我国沿海发达地区和大城市寻求机会。他们主要从事的是制造业和服务行业。在实践中，他们转变了观念，增长了知识，掌握了技术，学习了管理，一部分人成为了当地社会发展的主力，还有一部分人回到家乡，成为各方事业发展的骨干。

这里，我想讲一些农村青年人走出去的小故事，看对各位是否有用。

张先楷（化名）曾经是日本三洋蛇口公司人力资源部负责招聘的人事主任。他告诉我，在三洋蛇口工作的那几年，他曾经亲手从农村一个一个地招聘过几千名工人。

那些年，他亲眼看着来自农村的孩子们在三洋公司迅速地成长、转变。当这些年轻人刚刚到达三洋的时候，下了大巴车，一个个缩头缩脑的，面黄肌瘦，眼里流露着的是惊恐，身上穿着的是破旧的衣服，像一群待宰的羔羊。

而仅仅一年以后，当他们回家过年再次登上大巴车的时候，脸上露出的是红润，衣着靓丽合体，人人喜笑颜开，手中提着新式的大包小包，个个叽叽喳喳像小喜鹊一样。有的人甚至敢过来拉着这位人力资源部主任的手表达感激之情！

我问："为什么这些农村孩子会发生这样颠覆性的变化？"

他说："一是深圳特区的洗礼，对穷山沟出来的孩子们产生了强大的冲击；二是外企清新、安静、合理、整齐、有朝气的文化和规则，让这些农村的孩子有了与在落后的农村时不同的全新感受；三是公司上下给他们进行不断的培训，让他们感到可以学到新东西、可以改变自己的命运。"

"在这一年里，你们究竟教授给这些农村孩子什么了？"我追问。

"比如第一周，我们没有让他们上岗，而是让他们先学习公司的一切：规章、文化、习惯、使命、追求，其中还包含很多善意的告知。比如，要是看到工厂门外有围观女孩子的滑头滑脑的男人要警惕等等。上岗了，小组长拼命教给他们知识，恨不得三天就让新工人立刻熟练起来，以便让自己的小组成为最先进的小组！”

我继续追问：“成了熟练工又怎样？能有什么直接好处？”

他说：“小组长教给你左手干什么、右手干什么，教给你在流水线上每种动作的特别形式，教给你干净、简洁、有效的工作动作，教给你怎样放置产品可以让自己更舒服、让下线更轻松……你想想，这些村里的孩子在农村学过这些吗？这里让他们接受了新思想，养成了好习惯。此外，他们还在不断的培训中知道了，只要自己肯努力，就可以从普通员工升至组长、线长、车间主任、经理甚至厂长！”

“啊，我感受到了，”我说，“我能感受到这些最最基本的东西，这对当时还在村头扎堆胡侃的男孩，对挤成一团你捅我一下、我捅你一下说悄悄话的女孩，对没事可做茫然在网上游荡的青年人来说，该是多么强烈的改变啊！身心健康——身体强健了，心灵也就健康了！”

“不仅是健康了，”这位人力资源主任告诉我，“有一天早晨，我带一批外宾去喝早茶，餐厅里挤成一团根本没有地方。一个靓丽的女孩子跑过来说：‘啊，是张生啊（在深圳，人们把先生简称为“生”），来吃饭？’我一看，是早年在三洋工作过的女孩，就说：‘是啊！’‘没座位了吧？跟我走！’我们一行便随她来到里面的包间。用完早餐结账的时候我才发现，账已经结了！”

“我赶忙掏出钱找来那靓女，谁知，那女孩说：‘张生啊，我是你从广东丰顺县招聘到三洋的啊！你把我招来，让我改变了命运！后来，我离开了三洋，一直想答谢你，都没有机会啊！今天这顿早茶是毛毛雨啦，请不要客气啊！’周围的人听了，很是感慨，都感受到了那个女孩子因变化而产生的发自内心的兴奋！”

“你知道吗？”张先生告诉我，“那时候，深圳有个不成文的规矩：凡是三洋出来的员工，到任何单位，职务至少加升一级！”

回顾一下，当思考“应该向哪里走”的时候，当初我们设想的目标就开始发生作用了：如果我的目标是打开眼界，学习先进的思想、技术、管理等，我会首先选择去我国的沿海、南方和东部的外企和民企。因为，在那里，聚集了今天中国最先进的市场经济理念、管理方法和科学技术。在这样的地方，比较容易实现自己的目标。

看清自身的优势与不足

在我看来，咱们农村青年人有着自己显著的特点或优势：善良、质朴、勤劳、真诚、正直、隐忍、强壮、能吃苦等等。这些，都是上天赋予我们的得天独厚、无与伦比，供我们一生享用不尽的宝贵财富！无论在任何时间、任何地点面临任何困难，只要发挥出这些优势，咱们就可能在职场中甚至是市场上胜出！

我们还应该知道，在中国农民身上，有着更深层次的优势。回顾改革开放30年来，在我国农村曾经涌现出大批企业家、实业家，他们在极其困难的情况下，以自己超绝的胆识开创一番天地，带领一村甚至一方农民致富，走出一条成功的道路。追根寻源，是否可以说，由于我国农民生活在底层，穷则思变，他们思考变化的广度和深度都是一般人所不能企及的，因此，他们能够取得成功。

曾经有人说，那些农民企业家，也包括城市里大批的企业家，他们赶上了好时候。比如，大家需要电视机、洗衣机，你玩命生产，就成了。后来，大家又需要汽车，又需要网购，你抓住时机去做，也就成了。真的是这样吗？

马年前夕，小米手机的CEO雷军自谦地做了一个精彩的比喻——“站到风口前，猪都能够飞上天”。这似乎证明了好时机造就大英雄的说法，是吗？

但是，请想想，同时面临风口，怎么他们那些“猪”飞上天了，咱们这些“猪”还趴在这“拱地”呢？

这就不能不提一下，咱们，包括咱们农村青年身上的缺点和不足：

在很多年轻人的身上，存在着五缺：缺乏信心、知识、技能；缺乏职场常识；缺乏组织纪律；缺乏自我约束能力；缺乏自我学习的能力。虽然缺这些，但却存在五有：有小心眼；有小农意识；有防范城里人的心理；有怕吃亏的思想；有出工不出力、有力不出力的行为。

看了这些，你会不会喊出来啊？城里的年轻人就没这些缺点吗？我说，咱们就从这里开始，不要管别人的缺点，先去想怎么弥补自己的不足！你还可能会说：我有这么多缺点吗？我说：哪怕有一点，也会不适应你未来的理想，改掉它！而且，现在立刻就要行动起来，动起来了，改掉就快了！

在我们的身上，还有另外一种不足，那就是见识。

2012年，我在电视新闻中看到，一些中西部地区农村的青年，想在距离家比较近的城市寻找工作，说这样回家比较方便，还说，如果工资和福利再高一点就好了。

当时看了这个新闻我就想：这段话，怎么似曾相识啊？是的，我回想起了央视的两条新闻：

2010年，央视一个新闻栏目，面访了城市里一批二三十岁找工作的年轻人，记者问："你们希望找到什么样的工作呢？"他们答道："那就是工资比较高，工作比较轻松，福利比较好，离家比较近的单位呗！"当时，我和几个正忙得透不过气来的同事看到这条新闻，大家说："这不是找工作，这是要当大爷啊！哪个企业需要找这样的爷啊？"

再往前推，20年前，我国大批职工下岗。我看央视《东方时空》栏目访问一批城市下岗职工，当他们谈到选择职业的标准的时候，说的基本上也就是这番话。

就此我想：这回倒是不分农村人还是城里人了。原来，大家想的还都是一样的啊！

分析一下，咱们还是从当初自己设计的目标出发，这回换个角度：如果咱们当初设计的目标，就是生活比较舒服、安逸，并且不追求太高的生活标准，这辈子就轻轻松松地过去，我想，上面这种标准，似乎真的不错。当然，现实中是不是能够找到这样的工作，而且，即便找到这种工作，是不是可以维持长久，这且另说。

但是，如果你设定的目标比较高，恐怕，就不能走上面所说的那种择业观念的老路了。在这种情况下，我建议，一个刚刚离开农村的青年人，还是要把自己的目光稍稍放得长远一点。在你这么年轻的时候，要争取学习一切知识、技能，积累经验，为自己下一步的发展准备条件。

要想学到这些东西，应该说，我国沿海、东部和南部地区的各种组织还是可以让你学到的。因为，毕竟西部和东部，北部和南部不仅在经济上，而且在观念、管理、技术等诸多方面，都存在着比较大的差距。

你到上述那些地方的组织中，可以见识现代化企业，参加大规模集团生产。那样的工作，将迅速地荡涤掉你身上的小农经济意识和很多明显的缺点，让你学到很多内地企业远远没有触达的东西，比如新经济思维、用户体验、客户至上、扁平化组织、全员质量管理、无条件退货，等等。

你问：这些重要吗？我说：非常重要！想想，你要学习东西，应该在哪里学？当然是到最先进的地方去学！学了东西干什么？有了知识、技术、管理经验和先进的理念，这样的人，中国所有的地方都需要。那时候，你的路可就宽了！

所以呀，走出了农村这座“大山”，进入了城市，还要想着，把心理上那些山头搬掉，把那些缺点清除掉。这样，才能向着咱们的目标一步一步迈进啊！

缺什么，补什么

我们初出大山，缺乏什么？

胆量。初出大山，村里的年轻人对外面的世界充满好奇。但是，看城里人行色匆匆、一脸冷漠、面带鄙夷、出口伤人，又让人恐惧。

有个来到北京打工十年的农村小伙子告诉我：“进办公楼，保安吆三喝四，不让我们进电梯，我自己都觉得低人一等。”是的，在市场化条件下，很多人忘却了人与人之间宝贵的亲情，忘却了应该给人以尊重。

但是，这没有什么，不要在乎他们。你走你的路！有一部苏联电影《乡村女教师》，片中女教师教给村里的小伙子一首诗，我认为，它对现在的农村孩子来说，依然没有过时：

挺起胸膛向前走，天空、树木和沙丘
崎岖的道路，喂，让我们紧紧地拉着手
露着胸膛，光着两只脚，身上披着破棉袄
向前看，别害臊，前面是光明的大道
社会就是一所大学校，我们要认清了目标
在不断地前进里，努力地去改造

当你读这首诗的时候，请仔细用心去体会：女教师告诉农村的孩子要拥有豪迈、坦荡、勇往直前的心胸。这对那个小伙子来说，是一种多么健康、阳光的心理啊！请你用这样的胸襟，走进城市，走进工厂，走进公司！

文化。这是我们农村青年的另一个缺失。但是，这也没有什么。你可以经过考试，进入大学，此外，你还可以在社会中学习。社会的知识，远比课堂来得深刻，而且，在真正市场化的组织中，对能力的要求，远远高于对文凭的要求。就算你未来的组织对文凭有所要求，在教育日益商业化的今天，这也不算什么的，学几个文凭给他们就是！

上世纪七十年代末期，当我们这批在农村锻炼了八年的知识青年回到城里的时候，很多人手里拿的是初中文凭。而实际上，我们真正的文化，还仅仅是小学水平。在这个从农村来到城市的队伍中，有两个女孩子，一个叫冯瑗，另一个，我给她起一个化名叫张淑珍好了。三十多年前，她俩起点都一样——由农村来到城市，都是初中毕业。

先说这冯瑗。回到北京之后，她进了一个小工厂。她知道，就这样一路工作下去，也可以有一个看上去幸福的生活。但是，她没有满足现状，于是就在那个小小的厂子里，白天做工，夜晚自学。没有上过大学，她就利用业余时间学习并参加国家举办的自学考试。大约用了两年时间，她完成了十几门功课。由于刻苦，她的多数课程考试成绩都是北京市的第一名。

很快，她就被一个研究所看中了。在那之后，她继续一面工作，一面学习，先后在中国和日本完成了硕士、博士的课程。十年过去了，她完成了学业，也学就了本领。如今，她在上海开办了一个市场研究公司，为一批著名的企业提供专业化的咨询服务。

而另一个女孩张淑珍呢，回到北京后，她就进入一个工厂工作。上班按时来，下班按时走。每天做饭、看电视、养孩子、周末出去游玩，什么也不想。然而，好景不长，赶上社会不断地进行经济调整，她所在的企业不景气，无奈，她提前退休了。如今，她继续在家里做饭、看电视，见到昔日的伙伴，牢骚不断。

把两个人的情况比较一下，我不是说张淑珍那样的生活不好，如果你愿意过这样的生活，没问题，就去选择，那是你自己的权利！而冯瑗的生活呢，紧张，但是充实；艰苦，但是有收获；劳累，但是从无后顾之忧。相反，在社会发展的每个阶段，她都能够从容面对。应该说，这当中，学习起到了重要的作用。

你可能会说，你们那都是下乡知青，回到城里，有很多亲人可以依靠！其实不然。我举例所说的冯瑗和张淑珍两个女孩子，都是没有得到家里什么帮助，纯粹在职场上自己打拼，自我发展，走到了今天。其实在这里，我想提请你关注的就是，如果你感觉自己的知识不够，包括学历不够，那就一面工作，一面学习好了！

观念、视野和技术。这些，也都是咱们来自农村的年轻人多有缺失的地方。没关系，一步一步来。

我们所谓的观念落后，如小农经济思想，那是可以通过现代企业的洗涤慢慢转变的。比如，缺乏市场经济的视野，那是可以在市场中闯荡、学习、体会后慢慢扩大的；再如技术，包括在现代企业或事业单位等组织中工作的能力，那也都是在实践中一点一滴增长的。不急切，不短视，稳稳当当地做一个有心人，慢慢地去学！

讲讲我自己的一段经历吧。

我曾经作为知识青年在内蒙古建设兵团务农八年。应该说，从16岁到24岁这段时间在农村的锻炼，把我彻底地改造成了一个农民。我不仅学会了中国北方农业的全部耕作甚至畜牧技能，而且，在思想观念上，也都开始按照农民的观念在思考问题了。举个例子来说，北京存储大白菜的习俗消失了很久以后，我却依然继续储存。这就是农民积攒食品的习惯呐！

回到北京后，我在一个工厂工作了八年。在那里，我学习了工业知识技能。但是，当我1986年进入国家机关，请朋友们给我提出努力方向的时候，他们提了一个让我十分震惊的意见：“我们感觉，你跟这个时代差了半拍！”

差在哪了？我一面工作，一面思考。

在国家机关，我的工作是做社会保障研究。为了改变自己，我把在中国可以买到的专业书全都买来，一本一本地仔细研读。不是说我差半拍吗？我就放开视野，去研读中西方经典和最新的政治、经济、文化等社会科学著作。每天我们办公室收到的全国研究社会政策改革的材料足有半尺多厚，那都是各地优秀的研究人员和管理部门的人士尽心写作的成果，我就一件一件地去阅读、思考。

这样，大约用了三年，我在自己工作的社会保障专业领域里，已经走在了前面。我的视野开阔了，观念转变了，专业技能提高了！我甚至可以独立执笔有关的改革方案了！从那以后，再也没有人说我落后于时代了。

回顾我自己的经历，可以和年轻朋友分享的是，在你职业发展的道路上，先要知道并且承认自己差，而且是差很多；再要知道自己差在哪里、差多少；然后就针对着差距去补，缺什么，补什么。

在上世纪改革开放狂飙突进的八十年代，正是靠着这样对自己、对社会比较清晰的认识，加上一股子与大时代相一致的激情，我拼命地学，刻苦地改，这才使自己跟上时代的步伐。甚至，在一个时期内，我超越了那一时代我们行业众多的优秀人士，成为跑在第一团队的成员之一！

对此，我想对年轻的朋友们说的是，只要努力，每个人都可以改变自己。

那么，学成之后，向哪走？

现在，回过头来说，我支持、鼓励、建议你闯出大山、冲到沿海。到那里去干什么？学习一切你需要的。

在沿海、南方、东部干上三年五载、十年八年，学个两三门技术，长上个胆量见识。回乡，包山、包地、包森林；种地、办厂、当村官……你不仅敢，而且能！进城，你有技术、有经验、懂管理，不仅你愿意，用人单位也迫切需要！

特别要说一句，今天时兴大学生当村官，但在我看来，我们来自农村的打工者，更可以当村官。当你出去走了一圈回村之后，你可能会发现，村里的事情，走之前很难办，但当多数年轻人走出大山之后，家中的老弱病残缺少了主心骨，于是那里出现了劳动力、土地资源经营、思想和精神的真空。那是你的大机会。

你是从高技术、新思维、严管理地区回来的，拥有一定技术能力和管理经验以及先进理念的新式“农民”。这样的优秀人才，是内地农村和各种组织求之不得的！你的道路啊，宽广得很呐！

想想看，我这里说的向沿海走，学本事，然后进城或者回农村去等等，这些说法对吗？如果不对，就把它当做靶子打掉，拿出自己的主意来。

6

穷孩子，莫自卑

思考：

你可曾因为家庭经济条件较差而自卑？你可曾因为经济地位比较低，而艳羡那些家庭条件好的同代人？这些纠结的心理，对你的发展有什么影响？

今天，由于我国贫富差异的不断扩大，加之社会上嫌贫爱富、富人高调炫富等原因，以至于一些来自穷苦人家的青年朋友对自己经济上的窘迫多有苦恼，甚至自卑。其实，在职场中，职业人士对贫穷是另有自己的一套看法的。

职业经理们怎样看待穷孩子？

在进入职场之前，你可能会心存疑虑——人家会怎样看待我出身贫寒呢？会不会笑话我？笑话我衣服破旧？笑话我没有教养？会不会因为我家穷而不雇用我？让我来告诉你。

在职场，一般经理们是这样审视新人的：“如今的年轻人，都是独生子女，蜜罐子里长大，吃不了苦。某一个人如果有吃苦的经历，那是很难能可贵的！”这个来自社会的一般看法可能有失偏颇，但确实有不少人是这么想的。

在面试的时候，经理们还可能这样认为：“这个年轻人是个穷孩子，他可能对这个岗位比较在意，因此，可能会做好这个工作；而那个年轻人是个富家子，机会比较多，可能对这个工作无所谓。”这样，有时候，机会的天平就偏向了穷孩子。

我说这些，不是为了攻击政商出身的富家子弟，而仅仅是告诉穷人家的孩子，不必自卑！

我想说说作为一个职业经理人，我对于出身贫穷家庭和出身富裕家庭的年轻人的看法。我在这里做了一张表格：

序号	贫穷人家的孩子	富裕人家的孩子
1	可能吃苦能力极强	可能很不能吃苦
2	可能因自卑而努力 也可能因自卑而卑琐	可能因自信而有较强的张力 也可能过于自负而眼高手低
3	可能因条件差而学习少、视野窄	可能因条件好、见得过多而浮泛
4	读得少可能更加专注、深入	读得多可能视野开阔
5	可能自立能力、生存能力强	可能自立能力稍差

还可以写出很多比较，但你一定已经看出，作为平民出身的经理人，我的价值天平是趋向于贫穷人家的孩子的。这在表格中的第 1、第 5 两项中比较显著。实际上，据我了解，一些富人家的孩子在吃苦能力方面不亚于穷孩子；而在自主性方面，由于家庭条件好，富人家的孩子反而可能在经济条件上更加自主。

然而，职场人士的一般看法是，做艰苦的工作，穷孩子更能够耐得住。所以，一旦工作艰苦，在选择录用的时候，我们对穷孩子可能不会想很多就用了，而对富家孩子，则是抱着试试看的想法用的——富裕家庭的孩子，可能会把我们的工作当成过渡期的跳板。与其这样，还不如从头培养穷孩子，直到他们担负起重任。

在我做央视调查副总经理的时候，有一次，人力资源总监告诉我，有几个年轻人不大好管，据说他们都是有中央电视台的关系背景的。因为我们的单位早期是中央电视台全资子公司，有的员工有关系在所难免。但是，这种情况对公司的一般管理者来说很有压力，怕对这几个年轻人处理不好而得罪一些台里的人士。

怎么办?

在召开全体大会的时候，我直接地、硬邦邦地说："有人自称有什么中央电视台的背景，告诉你，我不买账！我本人就是中央电视台的干部。你要出现任何问题，我不在乎你有什么背景，请你立即走人！对我，你最好别告诉我你的什么背景，要是告诉我了，仅仅从对你的家人负责的角度，我也一定对你比对别人更加严格，犯了错误，罪加一等！"

大家看看，我说话真是有点不讲理，是吧？按说，人家如果犯了错误，该怎么处理就怎么处理就是了，你凭什么给人家"罪加一等"呢？没有理由么？这不就是典型的、极端的嫌富爱贫么！我承认，这是偏见，必须改变。但我知道，像我这样的基层管理者不在少数。

当然，我也在改进和提高。真实的情况是，早期在国企的时候，我绝不会因为家庭经济地位而对某一员工产生歧视。后来，我成为了职业经理人，在选择人的时候，更加不会歧视员工。上面所说的，只是我对两类不同家庭孩子的一般看法。而上面的说法，也只是表明我对有背景的孩子，或者是富家子弟要求更严格的一般态度。

现在，关于“职场中的经理们怎样看待穷孩子”这一问题，你是否稍有了解了呢？这就是你所处的职场环境。

什么样的穷孩子让人看不起？

近年来，社会的不公正在蔓延，贫富差距已经拉开并且越来越大。社会上，嫌贫爱富的故事不断传来，这就给一部分穷苦人家出身的年轻人带来了烦恼。民间曾流传过一个著名的段子：“我曾经有一个当富二代的机会，结果，被我爹给耽误了。”

因为贫穷，一些年轻人的自卑，就处处表现出来。

曾经，我身边有这样一个年轻人（为了尊重她本人，就不说出她的名字了，以后在本书的所有地方，我都将采用这样的办法处理），在一所高干子弟云集的中学，开家长会的时候，躲出去了，她不愿意见到父母，因为不愿意让同学知道自己出身卑微。那时候，周围的同学，无论是穷人家还是富人家的孩子都从心底看不起这样的人。大家都不理解——太虚荣了吧？怎么能不认自己的爹妈呢？

我还认识一个年轻人，他虽然来自穷困的农村，但是却表现得相当娇气。有一段时间，单位安排他去农村参加锻炼。隔几天，他就会给单位打来一个电话，说那里的生活太艰苦了。不久，他干脆给领导打来电话：“你找个理由把我要回去得了，在这里太没收获了。”那位好心的领导也真的就编了个理由，把他要了回来。

回来之后，有一天在办公室里，他跟大家说：“唉，那里太艰苦了！厕所，那个脏啊就别提了，每天吃的就是白菜和馒头，洗澡都没有淋浴！”一边说着，一边在吃馒头的时候，把馒头皮剥掉，一小块、一小块地掰着吃。我最不能容忍别人浪费粮食，就说：“大哥，你怎么学得跟有的南方人似地剥皮吃馒头啊？”“唉，实在咽不下去！”他痛苦地说。

吃完饭，他出去了。办公室里一片寂静。很久，一位同事不无鄙夷地说：“咱也不知道，这哥们小时候在农村都吃什么！”

是的，在今天，不少年轻人，包括大学毕业后很久的年轻人，为自己的出身贫寒而自卑，不愿意承认自己经济地位的低下，便在公众场合装出自己的娇贵。

对此，我不想做任何谴责。实际上，每个人在年轻的时候，都会为了某种原因而自卑。这里，我只想告诉青年人，**我们可能会因某些因素而自卑，比如贫穷，实际上，这并不会真的被别人看不起，而真正让人看不起的，是明明贫穷，却要装富、装贵、装——你知道的！**

至于有些年轻人看不起养育自己的贫穷父母，这不仅在商界、政界，就是在任何单位里，都是受人鄙弃的。相反，爱父母，爱自己穷困的家人，才是美德。对此，经理们是这样思考的：“爱父母，才可能爱其他人。一个人连父母都不爱，怎么可能爱别人？不爱别人，就可能不合群，团队意识可能会很差！”

家穷，你的心不能穷

在职场中，我们常常看到，很多穷苦人家的年轻人很介意别人对自己的看法。他们怕别人说自己穿着低廉、吃喝简朴，怕别人说自己为人小气、家境贫寒。怎样才能去掉因贫穷而产生的这种自卑心理呢？我想对产生这种心理的原因做一点分析。

回头来看，上面这种忧虑，大约来自中学、小学甚至是幼年时期。那时候，人们年轻，不知道为什么存在贫穷，更没有对待贫穷问题的主见，所以没有抵御社会偏见的能力。因此，当其他富裕家庭的小孩子不知深浅地嘲笑自己贫穷的时候，就会感觉非常委屈、无助、无奈。

以后，在大学，人们对穷人依然有着歧见，于是就出现了一些穷孩子说什么也要逼着家里给钱，买当今年轻人的时尚玩具如手机、平板电脑等，甚至，为了在学校食堂吃饭时碗里的一个肉菜，而要求家里付出更多劳动。每逢听到这些，我都很为这些年轻人和他们的家长心酸。

但在慢慢成熟以后，大多数人逐渐地能够正确看待社会贫穷了，具备面对世人的各种白眼的能力了，也就逐渐对怎样面对贫穷有了自己的主见。在成年人眼里，贫穷有多方面的原因。但最重要的是，它与当事的年轻人一般没有因果关系。

实际上，在年轻人中，很多人都是能够正确地面对贫穷的。这是多方面的原因形成的，诸如家长的鼓励教育、自己拥有远大理想、努力读书、心底坦荡乐观、心理健康，等等。于是，很多穷人的孩子早当家，茁壮地成长起来。

上山下乡那会儿，可能是我一生中最贫穷的时期了。那时候，我在建设兵团务农。除了能够得到兵团提供的吃穿之外，我每个月只能领到 5 元钱的津贴。今天想想，那可是相当的穷了。那时候，我的父母因为在“文革”中受到关押批斗的打击迫害，停发工资，家中生活十分困难。于是，我一连四个月，把津贴都积攒起来，攒到 20 元，跟战友借上两毛钱，把钱寄给家里。

那时候，我从来没有对此感到沮丧过。一个重要的原因是，我知道自己指望不上家里，知道只有靠自己努力才能够改变命运。同时我看到的是，还有比我更加穷困的人。比如，我的姐姐和很多我们的同龄人在农村插队，那是不到秋收，一分钱收入也没有的！就是这样，那些在农村插队的年轻人也没有什么过度的自卑。

当然，在一个普遍贫穷的社会或者组织中，贫穷或许不被注意，而在贫富差异比较大的社会中，贫穷才被放大了。然而，一旦你通过自己的独立思考，看透贫富问题的本质的时候，特别是懂得贫穷是可以靠自己的努力得以改变的时候，对贫穷的自卑心理就会慢慢退去。

一旦心理健康了，你就会对贫穷造成的窘况有自己独特的、被大家所理解的处理方法。

在学校里，你吃着咸菜和馒头，可以乐呵呵地端着碗，坦然面对那些盘子里装着肉菜的同学；你可以穿着老旧的衣服，去与那些穿着时尚的同学高谈阔论；遇到需要花钱的应酬，你不必害羞，也不必装腔作势，就坦坦荡荡地、发自心底笑呵呵地告诉同学：“没钱，我不去了，你们去吧！”当然，这个时候，还有不少人是靠“屌丝”精神维护自尊的。

就是初入职场，你依然可以用这样的办法直接回避高阶员工的应酬邀请。在最初的日子，你的衣服可能老旧，但应该洗得非常干净；你不必愁容满面、自惭形秽，而是应该满心愉快地去上班——把精神集中在自己的工作上；你也不必在那里苦下决心、咬牙切齿地发誓要改变命运、爬上高层，而只是从容淡定，乐乐呵呵地做好自己的每一项工作，这就对了！这就够了！这就成了！

老话说，人穷志不穷。在社会中，各类人对穷困都有不同的看法。但是，你自己，要活得从容淡定，要活得顶天立地！

挺直腰杆说：我是穷人出身！

我还想对即将走入职场和初入职场的年轻人讲一个独特的现象。在今天，职业经理人们凑到一起，通常天南地北聊得很多，其中一个津津乐道的主题，竟然就是自己曾经的穷困，包括家庭和个人的困难。这是为什么呢？

别忘了，在中国，大多数经理人出身平民，所以，他们的话题自然离不开自己的社会经济地位。在这里，炫富，会被人侧目而视，而谈穷，才被认为是物以类聚，人以群分。甚至在公开场合，很多成功的职业经理人，还会在众人面前自豪地宣称：我的父母是农民！讲一个大经理的故事。

我曾经工作过的，中国最大的媒介研究公司——央视索福瑞媒介研究公司（CSM）总经理王兰柱就是这样一个人。

多次，我听到他在大型演讲会上说：“我的爹妈是真正的农民，他们现在还在种地。我本人也是真正的农民。我小的时候，家里非常的穷，所以就比较抠门！”他还常常开玩笑：“因为我们家比较穷，买不起牙刷牙膏，从小都不刷牙，所以牙齿特别好！”

他说到最后这一句话的时候，总会引起哄堂大笑。但是，人们在心里不会笑话他，反而是非常尊重他。不是因为他现在的职务才尊重，而是因为，在职场，如果经理们知道你来自贫穷的家庭、来自底层，大家都会自然地尊重——知道你是靠自己干出来的，而不是靠父母托起来的。

还是把我昔日的同事王兰柱总经理的故事讲完吧。有一次，他要从北京回自己的老家内蒙古武川县，手里提着一个大纸箱子，沉甸甸的。我们一大群经理人一起下楼，我问：“什么东西？”他说：“一箱子桃酥点心，给老爹老妈的。”

我说：“为什么？他们爱吃？”

他一边走一边说：“以前家里困难的时候，人家送来一个点心盒子，里面全是桃酥。家里穷嘛，爹妈给锁在一个箱子里，我惦记上了，每天偷吃一点。结果，爹妈拿出纸盒子来的时候，点心都被我偷吃光了。我爹把这事全赖到了我的弟弟们头上，从来没有想到是我。”他笑嘻嘻地对我说，“这次回去，是跟爹妈和兄弟姐妹‘招供’的。”

他这样说的时候，一点也没有为自己家庭的贫穷、为自己的父母是农民而自卑，相反，是充满了自豪，充满了对生长在贫穷的土地上的父母的爱！这让我和周围的经理人们对他又增添了一分尊重！

所以，穷孩子们，加入到职场的大家庭里来，不要畏惧，不要自卑，大胆、自豪地讲述你贫穷的故事吧！记住，穷，不仅不是缺点，反而还是优点！谁要是嘲笑你的贫穷，那就大声地告诉他们——没错，我来自穷人家庭！家里很穷！

想想，我的办法有效吗？面对贫穷和对贫穷的嘲笑，你用什么办法来应对？

7

关于个子、学历和相貌

思考：

你可曾对自己的相貌、身高、学历有过自卑？那么，你可曾想过，应该怎样面对？

我知道，一些青年朋友因为相貌不够英俊漂亮、身材不够高大伟岸、学历不够光耀显赫，所以自卑。加之上面讲过的家庭贫穷，这四点就构成了职场中影响人们身心健康的弱势心理。其实，在职场中，公开的因外貌、身高而产生的职业歧视并不多见。当然，一些组织暗地的歧视确实是有，而一些组织对学历的纠结也的确存在。

但是，更多的职业人士已经对这些问题形成了自己的认识。比如，我本人就认为，穷，则思变；丑，则专一；矮，则心长；低（这里说的是学历低），则好学。实际的情况是，人们越是认为自己某些方面存在先天不足，就越是会在其他方面加倍努力！其结果是，越是有点“缺失”，就越是取得了与众不同的成就。

让人们关注你的言行，而不是身高

在生活中，的确有一些个子矮的朋友对身高很是在意。大概正是因为这些原因，一些增高产品广告就有了市场，而这些产品的宣传又反过来更加刺激了这些朋友本来就有些脆弱的神经。其实，在多数职场人士看来，这本来不是什么问题，不应该成为我们前行道路上的障碍。

回想一下，最早，我们认识的矮个子，是雷锋。但是，在雷锋的万丈光芒之下，我们可曾有人注意过他的个子高矮？我们认识的另外一个矮个子，是邓小平。但是，当我们聚焦于小平同志睿智的思想的时候，我们眼中的他是一个伟人！所以，我们应该更多地思考，做出更加智慧的行动，让人们关注我们的言行，而不是个子。

在职场，吸引人们注意力的另外一个焦点，是人的幽默。具有幽默感的人士如此吸引人，以至于即使这类人士个子有点矮，人们也不会对此有过多的注意。

其实，我们每一个人都应该知道，矮，只是相对的。在一定场合是高的，到了特定的场合，也会显出矮。对此，你不必特别顾虑。

有一次，我在中央电视台一个演播室中，看到几位台长与几位奥组委的官员在一起。那天，奥组委官员在台上演讲完毕，请一位台长上台讲话。

这位台长本来并不算矮，但与奥组委那天到会的两位高个子官员一比，就显得矮了一大截！那天，这位台长一上台，一反平时严肃的样子，调皮地看着两边的两位大个子外国友人说："这两位外国朋友怎么这么威猛啊？在你们面前，我觉得自己怎么变得这么渺小啊——”说到这里，他滑稽地特意下蹲了一下，以衬托对方的高大，然后，在大家的哄笑声中开始了他幽默的讲话！

看到这里，我尊敬的矮个子朋友，你是不是发现，在央视台长与高个子外国人在一起的这一瞬间，可能当时他本人也有跟你平时一样的感觉——咦，他怎么那么高啊？但是，我提请你特别注意，在我们这些旁人眼里，并没有格外注意与外国友人比较之下台长的高矮——当时，大家的注意力都集中在台长风趣幽默的讲话之中了！

我认为，在与人交往的时候，特别是在职场上，从总体来看，绝大多数职业人士都是把自己的注意力集中在对方的举止言行上面；从具体看，交流中的个人，则首先是把自己的注意力集中在对方的眼睛上，目的是从他的眼中看出隐含在发言之中更深层次的含义，这才是沟通过程中的真实情况。

了解了上述人与人交往时候的实际情况，你还自卑于自己的个子矮吗？你还纠结于周围的人们在怎样看待你的个头吗？不用啦！

你要把自己的注意力用在钻研业务方面，用在学习与人交往沟通的技巧方面，用在职场上一切的专业方面，使自己成为一个专业人士。像所有职场年轻人一样，你要用自己的言行获得同行的尊重。当你在专业上强大起来的时候，就不会一天到晚琢磨自己的身高了。

这样去试一试，看看你内心一直以来对身高的焦虑会不会逐渐淡化、忘却乃至消失掉！

我进入国际公司工作时，没人向我要学历

在多数单位招聘的广告上面，都写了诸如“大专”“本科”或“硕

士以上”之类对应聘人员的要求。而这些要求就像一根指挥棒，使许许多多的青年人奔赴学历考场。很多人学得非常辛苦，也有很多人考试没有通过，非常沮丧。甚至，很多人因为没有学历或学历低而非常自卑。

那么，用人单位为什么提出学历要求？因为，对他们来说，年轻人实在是没有什么可以了解的。于是，人们就把学历作为一般了解、评价求职者的一个依据。而专业人士阅读求职者的简历，也是想了解这个人的基本素质——整体文化修养、专业技术知识、系统学习能力等。明白了这一层，你是否可以理解，用人单位要的不仅仅是一张纸。

想明白这些，你是否可以不要过多地为没有文凭而苦恼，而应该去为文化及学习能力的缺失而筹措——学什么，怎样学？

讲讲我自己学习的故事。

上世纪六十年代末，我离开城市到农村下乡。那时候，虽然社会上称我们为知识青年，实际上闹“文革”那一年，我仅仅是一个小学六年级学生，一年后被分入到中学。由于中国的所有学校都在停课闹革命，我们在中学里玩耍了一年多，之后就去了农村。到农村后，我所在的建设兵团那个连队，鼓励扎根边疆，反对学习文化，我就更没有学习的机会了。

七十年代末，我随返城知青的大流回到城里，立刻就赶上高考。我也去碰运气。自然，我这种连初中课程都没学过的人怎么能考上大学呢？那时候，我想的是赶紧找个工作，省得吃家里的。于是，我很快进入了一个工厂，同时开始了自学。

最初，我凭着兴趣学习了文学、艺术、影视创作、中国文化等有关的知识。后来，我则是根据工作的需要，学习了经济、金融、营销、市场研究、媒介、广告等专业知识。一开始学习，也不顾忌什么学历，后来才发现，这社会对文凭竟然如此重视。于是，我再去学习，并获得了一些被社会承认的文凭。

实际上，这些年，我是把学习实际的工作技能放在首位的。在每个曾经工作的行业里，我都非常注意提高业务能力。这样逐渐地，我的工作能力不仅在我自己的组织中，而且开始在行业里得到认可了。于是，开始有知名的国际公司或国内的上市公司来找我，希望我加入他们的公司。说起来，与那些公开招聘要求不同，找我的各家公司的老总们从来没跟我要过什么学历。

后来，我真的先后进入两家国际公司，也从来没有人跟我要学历。当然，我也没有让人家失望，这不仅是因为我入职后，人力资源部门在走入职程序，看我简历的时候，得知我该有的文凭都有，更重要的是，我在自己的岗位上做出了自己应该做出的成绩，而这些，我将在后面提及。

在此提醒一下，我写出我的学习经历不是让你放弃拿文凭——对年轻人来说，学历就业依然是一条多数人走的路。我仅仅是告诉你，用人单位实际上真正重视和需要的，是你的能力。

回顾我的经历，我学习的主要目标更多是为了自己不同时期的业务需要。因此，那时候我是一面学习一面工作，真是急用先学。因为，在实践之中我体会到，对我们初入职场的年轻人来说，缺失的不仅仅是文凭，更多的是实际经验、业务知识、社会知识等等。这些，你都可以而且应该在职场的职业训练中不断地学习。

怎么学？

一些公司有明确的师傅或者导师制度，就像在工厂中一样。每一个初入公司的人都被指定了一个师傅，这个师傅不仅在业务上给你指导，还在职场规则、公司制度、个人成长等多方面教导你。应该说，师徒制其实对组织中员工的培训、文化的承继等方面是有很多益处的。

但是，初入职场的时候，你会发现，很多组织中并没有师徒制。在此，我建议你，自己寻找师傅。这含义就是，自己主动地去发现前辈中每一个人的优点、特长等等，主动地去跟他们学习，不厌勤问，不要害羞，不怕别人的不解，不怕别人的笑话，自己不明白，就去问，直到自己弄明白为止！

在学历和能力问题上，我还有两点提醒：

首先，请想一想，在你进入一个组织之前，有人跟你要文凭，但在你进入组织之后呢？没有了。于是，很多人也就停止了学习，这就是多数社会组织、个人不重视知识更新的真实情况。因此，多数人知识老化。在这种情况下，我的建议是，不要停下来，要不断地自学。这样，你就有了提高，有了机会。

其次，如果你迄今还缺少一些组织必要的文凭，那么，我想和读者就学习问题分享一个我的经验：在职学习，而不要脱产学习。虽然这样辛苦一点，但结果是，你可以获得学历、经历、能力三不误的好处。为什么？请你算算账，不仅包括时间、收入，还包括经验，甚至职称、职务等。算过之后，你就明白了。

一张“失传已久”的美容古方

自古，人们就有对于美丑的看法，并且将其融入到日常的交往之中。为此，人们爱美、崇尚美、追求美，这都是天经地义的。但是，在这一过程中，出现了以外在代替整体评价的偏差。中国的老话有“以貌取人”一说，就反映了在实际生活中的这种现象。

但是，以我们的常识，外在美实在不能反映一个人整体的素质，更不能全面反映一个人的能力。因此，职场人士对外在美有着自己的认识，比如，我就亲耳听过职场人士担心美女不一定职业的说法。

其实，说到外貌，现实中很少见到绝对的丑，更多的人实际上也就是相貌一般而已。因为觉得自己相貌一般或长得不好看，达不到高富帅、白富美的水平，有的人就会害羞乃至自卑。但是，我看到更多的职场人士，是能够以健康的心理来看待这个问题的。

曾经有一个女同事跟我们一群经理人说：“我们知道自己长得不漂亮，从小，就没有人称赞过我们好看。最多，也就是说‘这女孩，真聪明’。哼，我们也就剩下聪明了。我们知道，我们丑，我们指不上别人的喜欢，也就不指望额外的帮助，我们自己努力！”

大概正是在这种心理的指导之下，这女孩对自己要求非常严格。学习，那叫一个刻苦，比如英语，大学一毕业，她就已经达到了相当高的口译、笔译水平，一下就被我曾经工作的一个公司录用为总经理秘书了。但是，她并不就此止步。在工作的同时，她学习我们的专业，研究我们的业务。后来，她被美国一所著名大学录取，一路读了硕士、博士。现在，她已经在美国一所大学做副教授了。

至今，这位女士跟我原来的公司很多高管和普通员工仍然保持着相当好的关系。她经常来信跟我们大家无所不谈。我们也都非常喜欢她，愿意跟她做多方面的交流、往来。

今天想来，也就是因为这女孩自认相貌一般，才格外努力学习、工作，不断取得进步。同时，由于她早早看透了靠外貌在职场生存不会长久的现实，从而也就练就了迅速学习各种知识、技能的本领。所以，她才能够在职场如鱼得水地自由行走。

多年以来，这样的男生、女生我见得太多了。他们坦诚、专业、自立、自强；他们刻苦、努力、顽强、耐劳；他们的腰杆是硬朗的，心灵是刚强的，眼神是自信的，行动是果断的。特别是，他们永远保持灿烂的心情面对社会，面对同事。

如果你还是觉得自己的相貌一般，那么，我给你介绍一张流传千年却没有引起今人注意的美容古方——读书。另类吗？

君不见，古人评价男子，除了玉树临风等溢美之词外，还有“书卷之气”的评价？而评价女子，除了倾国倾城，还有“才女”一说？这两种评价，都呈现了书在人的容颜气质之中的表现。古人说“书中自有黄金屋，书中自有颜如玉”，一般认为是对男子说的。但是，若说男女皆宜也解释得通，而后半句讲书对人的气质的影响似乎更通！

不相信吗？立刻就可以检验！看你上大学前和大学毕业四年后照片有什么变化。当然，这可不包括整天打游戏、不学习的，也不包括只钻研考试作弊的哈！没有上大学的也没关系，自己找到中国、欧洲两种文学史，把里面提及的名著都研读一遍之后，再对照此前你的照片看。

那么，如果真的是相貌丑陋，又能怎样？我爱人曾讲过她遇到的一个姑娘。

我爱人为割扁桃腺住院，同病房住着一个农村女孩，她的鼻子只有半个，大家都替她惋惜。一些人也回避着，不去看她的正脸，以免伤害她。但是这个女孩却大大方方，对病友很热情。哪位病友因为疼痛呻吟了，她就主动去安慰人家；有的病人因为输液不能下床，她就帮助去打水、打饭，甚至帮助人家去倒便盆；护士忙不过来，她就帮忙盯着输液瓶……一有空，她就跟大家聊天，讲些农村的趣事。

她告诉大家，她的鼻子这个样子，是因为小时候把一颗葫芦籽塞进鼻孔取不出来，烂在里面了。当时家里穷，也没人注意她，结果烂了半个鼻子。现在条件好了，来北京的医院是想把鼻子修补上。她有男朋友了，补好鼻子就可以结婚了。那几天，她的男朋友也来看她，那是一个英俊的总爱笑的男孩。

这个女孩的真诚、得体、大方感动了所有的病友、护士、医生。至今，我爱人都说，不记得她缺鼻子是什么样子，只记得那姑娘的圆脸和一对水汪汪的大眼睛！

是的，当我们在生活中遇到这样的朋友的时候，我们怎能不对他们心生敬意、心存爱意，进而对他们十分尊重呢？实际上，这个女孩心中充满阳光，对周围的人充满热爱，对所有的人都给予帮助，正是这种健康的心理，使得周围人的心态也都健康起来——大家都去注意人的本质性的东西而忽略了其他方面。

因此，如果我们的外貌真的有什么缺陷，也不必一天到晚为此纠结。我们是不是可以学习这个令人尊重的女孩，让自己的心健康起来，让自己的性格开朗起来，让自己的行动坦荡起来！这不就是我们应该采取的行动吗？

8

平民子弟也能登上“星光大道”

思考：

你可曾有过开一片天地，创一番事业的梦想？为此，你做了什么？

在职场中，绝大多数人都是来自于平民家庭的。走一遭世上，创一番事业，开一片天地，成一番梦想，是我们很多人从小就有的抱负。但是，没有高社会经济等级的家庭背景，受到人脉、经济等各种资源的限制，我们很难取得大的成功。那么，怎样突破自己，走向高端呢？

大城市或小城市来的年轻人，哪种更受职场欢迎？

今天活跃在职场中的平民子弟，来自不同的地方——大城市、小城市或者农村。自己的优势、劣势是什么？怎样扬长避短，在职场中自由前行？是值得我们思考的问题。

十几年前，我到一所著名大学去招聘，看了很多简历，见了不少学生。面对那么多可爱的年轻人，我觉得，他们每个人都像一块璞玉，只要经过培训，都可能成为我们公司的好员工。我有点儿没主意了，就请一位英语系的主任给我一些建议。那位主任说："你还是要大城市里的孩子吧！"我问："为什么？"

系主任对我说："我观察，大城市里的孩子，在大一、大二的时候，学习水平还都一般。因为，在城里，他们看得太多，太分心了。小城市和农村来的孩子呢？一上学就继续高中时代那种冲锋劲头，大一、大二成绩都是很好的。但是，到了大三、大四，就出现了分野——大城市里的孩子成绩慢慢上去了，小城市和农村的孩子就慢慢落后了。这大概还是因为大城市里的孩子视野开阔的原因。"

我直率地说："老师啊，咱们可都是'文革'过来的，您这是'血统论'还是'出身论'来着？"系主任同样直率地跟我说："这是我自己观察的结果。一切，你自己决定。"

十几年后的今天，我想对那位我尊敬的老师说：四年考试不算数，十年职场见分晓！

因为，从那次以后，我是大城市、小城市和农村的孩子都招聘过了。而且，我开始仔细观察老师给我说的这几类年轻人。我的研究结果是，无论是大城市里的，还是小城市或农村的年轻人，都非常优秀，在本质上都是好的，都是可造之材。当然，他们也都各有各的劣势。

先说大城市的年轻人。这批人，见多识广，视野开阔，表现大气。他们读书多，对一切新事物都乐于去尝试。但是，由于他们看得多，眼光就高，而动手能力却并不强，于是就出现了眼高手低的情况。还有不少人有种大城市病，动不动就想，大不了我不伺候你了。这样，遇到困难就容易放弃努力。但大城市里的孩子一旦能够沉下心来学习、工作，了不得！

我认识一个出身于底层的女孩子，叫于歌，她毕业于一所著名大学的英语系。毕业后，由于她没有任何门路，也没遇到什么机会，所以也就没有所谓的正式工作。白天，她帮助妈妈在农贸市场看小摊，卖一点针头线脑、袜子鞋垫一类的小商品，晚上，就去英语夜校教英语。但她一点也不为此苦恼自卑，没事了，她就抱着大部头的外国文学经典读得津津有味。

有一天，她在英文夜校的一个学生问她，如果能去一家广播电台英语部工作，愿意不愿意？她高兴地说："愿意呀！"那位学生就跟那家电台英语部的一位老师介绍了于歌。那老师听到她的家庭经济状况眼睛就发亮了，问："她家里很穷吗？""非常穷！""很好，请来聊聊！"不久，于歌进入了这家广播电台，成了一名很棒的记者。又过了一些年，她去新西兰留学，最后成了一名出色的大律师。

可能有些年轻人看到的，是于歌后来的发展。而我在这里提醒的，是要大家首先注意她大学毕业后没有"正式"工作期间那种豁达的心理，以及从练摊开始的那种平常心——这几年，我看到不少年轻人大学毕业后一时找不到称心的工作，就悲观失望，甚至走向极端。我以为，很不可取。中国这么大，发展这么快，你还这么年轻，总有你的机会啊！

再说说小城市或农村的年轻人。因为见得少，他们就想得多，就容易想深、想透。俄罗斯现代戏剧家万比洛夫曾说，俄罗斯的灵魂不在彼得堡和莫斯科，而在俄罗斯的中小城市！对此我琢磨，想得深大概是一个原因。另外，因为机会少，他们也就更加珍惜一切机会，有一种拼命想改变自己现状的冲动。当然，由于见得少，他们也就容易想得窄、看得近。

我在职场遇到过很多很多来自小城市和农村的年轻人，我每每都惊讶于他们那种毫无忌惮的拼搏精神，同时，还特别欣赏他们那种努力登攀的勇气、信心和无尽的干劲！正是这样的干劲，使他们不断进步、迅速成长。大家去国家机关看看，那里可谓是南腔北调，有无数小地方来的优秀年轻人。而在更多的外企、民企，特别是新经济企业中，他们已经成为这些组织里的骨干和中坚了！

正因为如此，我得出了结论。无论是来自大城市、小城市还是农村，这些年轻人都非常宝贵。所以，我在招聘的时候特别注意，各类年轻人都要！其实，不仅是我，很多职场人士对此也都有类似的看法。

在群邑媒介工作期间，我们的CEO李倩玲曾经对我说过这样的话：

我仔细留心了一下，发现咱们公司二线城市办事处的员工在能力和态度方面，与一线城市的员工相比毫不逊色，甚至某些方面还更突出。比如二线城市员工突出的优点就是更热爱学习，更重视机遇。

可能咱们这些大公司平时对他们的注意力稍微少了一点，没有给他们那么多资源和机遇，但他们一旦碰到机会就会加倍珍惜。公司里只要有调研报告和培训的机会，他们哪怕因为地域关系不能参加，也会追在人力资源部后面问什么时候把内容传到内网，有什么方式可以了解更多。

有时候我觉得二线城市的人才有点像来自普通学校的学生。因为发展环境不如重点学校，他们刚开始可能觉得起点低，甚至还有自卑感，但他们也因此不挑剔，一遇到赏识就会付出更多努力，逐渐展示出强大的爆发力。

所以我想，应该去二线城市挖掘更多的人才，然后把他们带回北京、上海、广州，填补公司的空缺职位。他们可以是大学毕业生，也可以是当地产业界积累了一定经验的人。我们应该像从贝壳里挑珍珠一样去发现他们。当然他们也可以主动出击，通过熟人推荐或向公司网站发自荐信这种最常见的方式——只要他们肯来，愿意承受在大城市工作和生活的压力。

亲爱的朋友，我想，我们 CEO 所说的，其实也是很多组织中老板的心里话呀！

资料员也能当教授

我一直嘱咐一些年轻人，在进入职场之后要做个有心人。有心人，指的是知道自己的不足，从而时时注意改变自己的人；指的是了解自己的局限，从而处处留心做好一切工作，进而发现和抓住机遇的人。

我们来自平民阶层。客观地说，由于自己的社会和经济地位的原因，接触各类信息的机会相比政界、商界、知识界人士的子女要少。这样的结果就是，我们的视野相对狭窄。知道这点，不是要我们自卑，而是有针对性地改变——是的，这可以改变，但要有意识地、自觉地、积极地去改变。

另外一个事实是，我们的人脉以及自身的资源也是相对狭窄和稀缺的。因此，我们长期在职场的底层工作，机会少，成功机遇不多。同样，我们知道这点，不是就此自暴自弃，而是要想尽办法去努力改变。

怎么改变？

我给大家讲讲中央人民广播电台常清泉（化名）的故事。

常清泉工作的初期，是一个资料室的小小的资料员。一般认为，资料员就是专门为专家或者各个业务部门准备材料的，对吧？按照一般理解，那就是，人家来找什么资料，你尽快给人家找到就是。找得很快，很准确，就算是做好了，对吗？

可是，这个常清泉偏偏不这么干。她一天到晚在那里琢磨：人家借这个资料干什么呢？于是，每次人家来借资料，她就巧妙地询问对方意图。在了解到对方意图之后，她利用自己的知识和积累的经验，常常给人家建议说“你还可以看看这个或那个资料”。或者，她一下不了解，人家走后，她就在那里仔细寻找、研究人家所需要的各种资料，找到后给人家送去。

日子久了，所有查资料的人都知道，这个常清泉可不是一个简单的、传统意义上“你要、她给”的那种资料员，而是能够给你出主意，添思路的参谋。

于是，有这么一天，一个小组要策划一个节目，栏目制片人把她请来，说：“你做我们这个节目的资料员吧！”这一天，可以说是常清泉命运的转折点——从此，她进入了一个著名的栏目。这个栏目，就是中央人民广播电台的《午间半小时》。

在这个栏目中，凭借自己厚实的文化底蕴——资料室给她的积累，那是她利用一切时间自学的结果——她成为了组里不可多得的专家。进而，多年下来，她的专长得到了上下四方的认可。她从资料员成为了一个很好的策划，又成为了一个优秀的编辑，后来被评聘为高级编辑，也就是大学的正教授、研究院里面的研究员那种正高级职称！

这并没有完，在常清泉的内心深处，涌动着对扶贫救助事业的热血。很早，她就开始积极参加救助工作了。在救助之中，她独创了直接把救助送到被救助对象手中的笨拙的办法。但就是这种笨拙的办法，使得她的救助在我国救助大军中有着鲜明的特色。小到给穷苦人家送衣服、被褥，大到给孩子们送学费、给灾民送房款，都使她的救助成为了有效送达爱心和救济的代表性方式。

常清泉的故事听上去不那么曲折，但这却是现实中一个普通人成长的道路，一个灰姑娘的故事。从一个小小的资料员开始，她不断努力，不仅成为中央人民广播电台著名节目的专家，还成为一个有影响力的社会活动家。

常清泉的成功可以从多方面考量。但在我看来，这是一个有心人成长的故事。她不介意从一个不起眼的工作开始，不介意从一个在外人看来比较低的工作开始，而是花心思研究同事的需要，不惜力帮助同事，最终由一个平民步入高端。

如何彰显你的与众不同？

今天职场中的年轻人，绝大部分都是自1980年我国严格推行独生子女政策之后出生的。在独生子女时代，孩子们从小就成为了家庭的中心。家庭无限的关爱对年轻人的一个作用，是使他们更容易倾向于认为，这个世界是以自己为中心的。难以回避的是，这成了这一代人的一个局限。

但是，在职场中，更加需要提倡的，是团队合作；更多需要考虑的，是别人的意见。特别是在第三产业大力发展的今天，我们的服务，都是为他人而做。为此，越来越多的企业日益追求一切从消费者利益和角度出发，更加重视用户体验。这样，理解他人，以他人为中心，就成为了一个根本性的方向。

看看，一方面，我们自己的实际情况是趋向于以自我为中心，而另一方面，外部的市场或者内部的职场又需要我们为他人着想。我们将逐渐发现，无论在哪里，如果时时以自我为中心，你就会处处觉得不自在；而如果你处处为他人着想，就会得到多数人的认可。

那么，什么是心中有他人呢？讲一个小故事。

2011年的一天，有一个年轻人从国外飞往香港，在飞机上，他就想：到香港一下飞机，就要打几个重要电话。但他突然想到：自己的电话在香港能不能使用啊？似乎在很多国家或地区，如果打电话，就需要到当地运营商那里去办理一个手续，这怎么办呢？

出了机场，他一眼就看到来接他的香港合作公司的老板的助手。只见那位先生递过来一个小盒子，说："这是在香港打电话用的SIM卡，换到你的手机里面，就可以直接在香港本地打电话了。”在小盒子的里面，还放着一根针，那位先生解释道：“怕你使用的是苹果手机，无法打开后盖，给你备了一根针。”使用苹果手机的人都知道，打开这种手机的后盖有点麻烦，是要用一种特制的钢针的。当然，普通的缝衣针、大头针也能打开。

这位年轻人眼睛立刻就亮了，不仅仅是因为他没想到，这么简单就解决了他发愁一路的打电话的问题，更重要的是，无巧不成书，他使用的恰恰就是苹果手机！他抬头对那位香港先生说：“真是不知道说什么好，太感谢了！”

我听到这个故事之后第一个感觉是，香港人真是太细致了。商务工作做到这个份上，真是做到极致了！

但当我再进一步思考的时候，就想到：为什么这个公司能够做到这样细致？当然，这与这个公司是个国际公司有关，很可能，他们在不同国家和地区遇到过类似问题。但是，他们能够由己推人，为客人想、为客人做，这是一种多么深切的对合作方的关心啊！

做一个格局远大的人

我在某一个公司工作的时候，有一天，我的一个同事离职了。看到他给大家的告别信，我想起了他是个非常聪明的帅哥，无意中感叹了一句：“这小伙子很聪明啊！”

“小聪明！”身旁一位资深总监，同时也是一位非常能干的女士对我这样评价他：“太‘聪明了’，为了一点钱，就可以乱调团队，一点亏都不能吃，只想找容易干的工作干，只想占小便宜，一个男孩子不能这样！我看呐，他没有大出息，格局太小，成不了大气候！”

各位读者，我不是在这里责备这个小伙子，出来工作，收入很重要。但是，要不要为了一点小利益就在各个方面斤斤计较？我建议还是不要。我希望读者朋友通过这个例子，从一个特定的角度去了解，职场人士怎样看待一个人，职场需要什么样的人。

那么，在职场中，我们讲的格局是什么？就是我们考虑问题的起点、目标、规格和布局。格局远大的人，考虑问题在时间方面更加长远，在空间方面更加广阔。

心胸、气度，这些都是我们平日里对人们的格局的一种评价标准。可以说，所有人都喜欢那种心胸开阔、大度的人。我们以和这样的同事在一起而自豪，而愉快，而欣慰，而向往。相反，和那些心胸窄、气度小的人在一起，团队中的成员就会很不舒服。

格局是否远大常常反映在小事方面。

2012年4月12日《南方周末》刊载了美国布鲁金斯学会约翰·桑顿中心主任李侃如说的一件小事：“中国一名中层的外交官去南亚出席会议，并没有表现出中国人惯常的谦逊、礼貌，而是向东道主抱怨宾馆房间太小。他声称，‘作为中国代表，让我住这么小的房间很不合适’。”

当看到这件报道的时候，我不想用各国政要出差过程中有关乘坐经济舱、住低廉旅馆、在街头吃廉价快餐的奇闻异事来和我们的官员做比较。这里，我只讲讲作为一个职业人士，我在遇到类似问题时候的做法。

由于经常作为大公司高管出席各种行业会议，每次住宿，主办者都会给我安排大床房，也就是配有大双人床的单人房间，有时候还会安排套间房。有一次，我作为演讲嘉宾出席中国营销行业论坛。一进屋，我发现会议安排的是两张床的标准间，心中也确实奇怪了一下。毕竟，这和以往有点不一样。但很快，我就打开计算机，开始修改演讲稿，早就忘却了这件小事。

大约晚上10点钟，会议主办方的领导来看我，一进门就道歉，说："给您这个标准间，实在是太委屈您了！"我忙回答说："没有啊，这很好！"

那领导说："这次来的代表太多，有很多著名的企业客户，还有大批广播、电视、报纸、杂志、互联网等媒体的台长、社长、CEO等，实在安排不开房间了，才来欺负您。"我立刻答道："您这样安排就对了，这不是欺负，这是信任，您这么做，是真的拿我当朋友、当兄弟呐！"

那位领导继续解释："一旦调好房间，明天一定给您换到大房间。""您这是干吗呀？我是协助咱们办会来了，让参会代表满意，这是咱们共同的大目标，有了困难，首先就应该让自己人来分担啊！告诉您，我曾是个知青，在农村，我们四个人睡一个大炕，每个人躺的地方不知够不够两尺宽。你这五星饭店的标准床，至少也有四尺宽吧？太宽敞啦！而且还是两张床，你们会务组的人没地方睡了，就来我这好了！"

看到那位领导依然是一脸真诚的负疚之情，我赶紧说："您呀，赶紧招呼客人去，我赶紧改稿子，最快也得明天早上4、5点才能改完，您给我再大的房间，也是浪费！""真是自己人呐，多谢您理解！"那位领导走了。

他走后，我不禁想起，在内蒙古建设兵团的时候有关睡觉的一段趣事。在一个周日的早晨，我们突然被身旁的一声

“国骂”震醒，我们的班长任茂生吼道：“你干吗打我？”“啊？我打的是你吗？”睡在我身边的战士张宝生惊慌地说着。

“装蒜呀你？不就因为昨晚上我说你一顿吗，立刻你就报复啊？！”班长吼道。“我不是报复，是在睡梦里，觉得眼前有一个小鬼，睁眼一看，你……你的大脸就在我眼前，吓坏了我，当时就打出去了。”张宝生结结巴巴地解释道。

“好啊你，打了我，还骂我是鬼！”任茂生怒不可遏。我赶紧拉开张宝生，说：“宝生，这就是你的不对了，怎么打了还骂呀？”

张宝生一脸委屈：“我真不是骂他，我真的拿他当鬼了。主要是，一睁眼，他的脸就在我眼前，那鼻子、眼睛好像都肿得老大，吓死人啦……”

我的朋友们，你们可以想象，我们当时睡得有多么紧凑了吧！每个人睡的仅仅就是比自己的枕头稍微宽点那么大的地方啊！这样，你就知道，我为什么不抱怨会议主办者给我安排的房间了吧？

我不抱怨的原因，还不仅仅是因为我受过苦，更重要的是，我知道自己是干什么来了，知道自己的目标是和会议主办者来服务他们的企业客户和媒体来宾。这是个大目标，在这个前提之下，个人的一切都是小事情！至于我说要干活干到凌晨 4、5 点和“给我大房间也是浪费”，那就是让他们彻底断了负疚的心呐！

我讲这个小故事，是希望你能理解，我们在职场中想问题、做事情，起点要高，要从工作的角度去考虑。想大的事情，看大的问题，一切都要从大的方面着眼，设计未来要从大的方面考虑。不斤斤计较，不要把自己禁锢在很小、很近的立场。要纵横捭阖，大开大合，不拘一格。这样，你的格局就会开阔并且远大了！

第三章

初入职场，需要懂得什么？

9

读懂你职责背后的要求

思考：

第一天上班，或者，此后每天上班，你究竟应该做什么呢?

2010年12月最后一天，我的朋友，一位民企老板愤怒地告诉我，说三天前，一个客户来电话问：“你有400多万元的款项没有回收，这个钱你三月份就该收回的！”那位老板告诉我，事情发生后，他给当事的几个员工开会。令他无法理解的是，这几位员工都认为，自己没有责任——当我听到这件事情的时候，我深深地理解他的愤怒。

当时，我听了之后，先是安慰了他，然后委婉地批评了他。我说：“制度体系、工作流程、计划、目标、工作检查、企业文化、员工培训等，这几样，你都做了么？有了问题，咱们应该首先反思自己！听说过吗？只有愚蠢的领导，没有差劲的员工！”他不断地摇着头说：“唉，有了问题，只能先从老板检查起啊！”

但今天，当我面对青年读者朋友的时候，想问大家一个问题：请想一想，被咱们称为职场的这些地方，无论是国企、外企、民企，还是机关、事业单位，乃至农村、农场等等，这些组织或其中的老板给了我们工作机会，给了我们一个岗位，付给我们工资，究竟是要我们干什么呢？

三个电视演播室的故事

因为工作的原因，我经常会去一些影视基地和电视台，其中演播室是我很喜欢参观的地方。看多了就知道了，看一个演播室，就像看一个食品饮料企业的洗手间。如果洗手间达到食品级了，那食品饮料企业的产品才可以吃——我没写错，洗手间里洁净到没有一丝异味，连爱干净的人都可以在那里正常生活，这就是食品级的洗手间。而从一个演播室，则可以看出影视基地或电视台整体的差别。

有一天，我来到一个很大的演播室群，那里有很多的演播室。当我进入一个与我们客户有合作关系的演播室里，放眼一看，嗬，大伙儿正在这里吃饭呢！整个演播室外的大厅里面，就像当年我们在农村搞水利大会战时野外工地的就餐现场，到处蹲着一群一群的演职人员，也就是传说中的“影视民工”啊！地上摆着各种各样的饭菜、塑料袋，大家蹲在地上吃得热火朝天！

进到演播室，看到里面也是同样的轰轰烈烈——工作人员正在进行拍摄前的演练！我找到编导、制片人打了招呼，开始和同事讨论一些细节。这一待就是一下午。期间，我在那个演播室进出过几次，看到这样一些场景：

舞台周围的水泥地上到处都是土，舞台中间的土少一点，但也足够让人担心——主持人和演员会不会滑倒！

导播身边根本没有椅子，想坐在地上是不可能的！地上要么是土，要么是一些黏糊糊的东西，不知为何物。

演播室外面休息大厅的地上，就餐已经结束，地上残留着菜汤、饭粒以及一撮一撮的肉和菜！

这就是北京一个著名的大型电视拍摄基地现场的真实情景，很多著名电视节目就是在这里拍摄的。

又有一天，我来到一个电视台的演播室。那天是现场直播，我没有进入演出大厅，就直接到了楼上的导播室，从导播室外面的看台直接观看节目。一位好心的演职人员打了个招呼“坐下看吧”，就走了。我一看，坐哪呀？有两把椅子，一个上面放着几个餐盒，另一个上面有些黏糊糊的液体。旁边有一个木箱子，我找了几张报纸垫上，就坐在了这个箱子上面。

我的脚刚一挪动，“当啷”一声，低头一看，是一个可乐罐！脚边是一堆堆的电线，电线上面和周围，还有空的啤酒瓶、可乐罐什么的。我立即提醒自己：看节目的时候，可要仔细脚下。一不留神，脚碰到可乐罐、啤酒瓶，给人家蹬到楼下去，这可是现场直播，可就要出大娄子啦！

又是一天，我来到凤凰卫视深圳的演播室，一位办公室的人士带着我们进入一个一个的演播室。这次我看到了另一番景象：那里，门窗亮亮堂堂，大厅里很少有电线在外面裸露，就是有，也都成捆地束着，很是利索。水泥地上干干净净，一尘不染，光可照人。累了，你随时可以坐在地上。椅子都乖乖地竖着，可能是自动翻上去的，这样一来，就可以更加清楚地看到整个演播室。可以说，这里是非常整洁的！

看到这里，请想一想：这三个演播室发生了什么？

前两个演播室似乎没有人搞卫生，而凤凰卫视那个演播室看上去一定是有人搞卫生的，那里，就像是刚刚擦拭过的！说到这，善于辩解的人可能会说，北方有沙尘暴，深圳却没有。或者那天，你参观那两个肮脏的演播室时可能是保洁员休息等。对这样的辩解，我建议，在非正式场合，说说可以；但是在职场，咱们可不能这样想、这样说！

请进一步想想，我去的这些地方，或是著名电视台，或是著名影视拍摄基地。我深信，没有一个地方没有保洁员。可能的情况是，要么管理者对保洁员的职责讲得不够清晰，要么是保洁员从来不知道自己的岗位职责是什么。

为什么我说，可能发生职责不够清晰的情况呢？因为在我国，多数单位是不会给一个保洁员写出岗位职责的！于是，保洁员一上岗，就是根据自己的感觉搞卫生。这感觉的差距可就大了！打扫农村场院、马棚或猪圈和清扫快餐店的感觉一定不一样！这里，咱们不去追究管理者的责任，只是讨论：一个保洁员该怎样搞卫生？

搞卫生也就是做卫生。这三个字，关键字不是“做”，而是“卫生”！因为，你的任务不是“做”，而是保持卫生。同理，保洁员的关键字是“保洁”，意思是保持区域内的清洁。在保持清洁、卫生的意义上，怎么做都不过分！按这个标准，保洁员应该是不断去清扫、擦拭，保持演播室内外的任何一个角落都没有垃圾和灰尘。

怎样才能做到这一点，讲讲另外一个媒体的小故事：

2008年，我去西安，为华商网一大群年轻人做培训。培训完之后，我又去参观了华商网。结果我发现，在华商网的办公区域里，无论走到哪里，办公室和走廊的地上都是擦得锃亮、一尘不染的——特别说明一下，人家可不是为我擦的。因为，我又不是什么检查团的代表。这是怎么回事呢？走到洗手间，我看到那里有四种墩布，颜色由深到浅。记忆中，它们是黑色、蓝色、灰色、白色！

也就是说，华商网办公室的地面是可以用白色的墩布来擦拭的！我这才理解到那里的地面为什么是一尘不染的！再稍微一想你就会明白，无论准备多少种墩布，首先，那里一定是有人在认真搞卫生的。

那么，我这里是在讲怎样搞卫生么？当然不是！我是以搞卫生为例，请大家思考：在职场，该怎样去做事情？我想，答案一定是：从**上班入职的第一天开始，就要搞清楚自己的职责！仅仅会念自己的职责还不够，还必须读懂职责背后的真正要求！**搞清楚，就按照去做。否则，你就是不称职的！

咱们再拿搞卫生这个事情举例：作为一个卫生员，你的职责既然是保持卫生清洁，就应该仔细思考：怎样才能把卫生搞干净。准备四种墩布是个方法，关键还在于要无始无终地去擦拭！是的，这没有个完，不是一天擦拭几次，而是没完没了地、在上班的八小时之内不断地去擦拭，这才能保持干净！

说到无始无终地擦拭，我想提醒读者到肯德基、麦当劳这样的快餐店去看看。在那里，我没看到过一般单位都设置的保洁员的休息室，只看到保洁员在餐厅里一遍又一遍地擦拭。为此，我还真问过麦当劳一个管理者，这保洁员该怎么搞卫生？他说："那就是擦过去，擦回来，再擦过去，再擦回来，直到下班！"这就是市场化组织保持清洁、卫生的秘密啊！

亲爱的读者，我想说，现实的情况是，职场中相当多的人十年八年，甚至一生都不知道自己的职责，就是口头上知道，内心也不知道那职责的真正要求是什么。就这样，他们在职场上庸庸碌碌地混了一辈子。这些人，永远都不可能成为职业人士。

因此，你到任何组织入职的第一天，就要不断地问自己：我应该做什么？答案是：第一，研读你的职责，做职责规定你做的事情；第二，做你该做的一切。这第二个要求可就高了！

前锋的使命就是进球！

做应该做的，这话说得简单。可是，思考一下：究竟什么才是我们在组织里该做的呢？换句话说，在职场中，我们的职责究竟是什么？我想从中国足球讲起。

对中国的足球，咱们的球迷，甚至非球迷，都"专业"得一塌糊涂。不夸张地说，如果要对中国足球改革发展提建议，很多人可以说上两个钟头不断气！但是，从操作的角度看呢？如果从体制、运动队乃至球员的角度看，很多建议都不一定有用。

我国著名体育节目主持人张斌曾经在一篇文章中写道："前锋的使命就是进球"。这句话，我看过就没有忘记。我认为，这话不仅在足球界，甚至在整个职场，都值得每个人思考。把这句话反过来看，如果你不能进球，就干脆不要再踢前锋了！再扩大到全场，足球队就是要进球的，踢不进球，就别踢了！

请全面理解我的意思哈——我当然知道，一个弱队、一个普通运动员需要有一个成长的过程。

足球以外的其他行业呢？就像在足球场上一样，任何组织和单位，包括机关、事业单位、公司、工厂等，请你加入，都是为了实现自己的目标，而这个目标，是用岗位职责来体现的，这个岗位职责就写在招聘要求上面。

所以，当你去参加应聘的时候，应该已经对你即将应聘的这个组织的岗位职责有一个初步的了解。

但是，在进入组织之后，你还要进一步搞清楚自己的职责，以便更加清楚地了解你该做的最主要的工作是什么。**职责，主要包括基本的工作内容和具体工作任务两个方面**。先说基本工作内容。

进入一个组织的第一天，乃至最初的一个月内是最重要的。这时候，组织中人力资源部的领导，特别是你的新老板，会对你讲述你在这个单位的基本职责。或者，他们会告诉你最急切需要你做的事情。不管他们怎么表述，这个时候，你要仔细地听取。必要的话，用纸笔记录下来。

在我刚刚进入群邑媒介这个国际公司的时候，我的老板们分别给我讲了我来到群邑要做的事情。那时候，我拿出了自己专门做工作计划的小本本，一一地记录下来，那些任务概括起来就是：维护媒体关系，维护客户关系，管理、协调部分重要媒体的业务。

记录下来干什么？不是装样子给老板看的，而是真的留给自己经常、反复地看，仔细理解老板要你做的事情，深入体会老板究竟要你干什么。比如，对上述维护媒体关系这个职责，我就把它分解成协助媒体解决他们需要解决的问题，帮助媒体培训员工，参加媒体行业和营销行业会议并发表演讲，给整个行业以帮助，进而扩大本公司在行业中的影响等。然后，我就一件一件去做。

有必要这样记录、分解吗？很有必要！只有这样，你才能始终如一地把握和一丝不苟地执行老板对你的最主要的要求。

在组织中，经常听到一些员工抱怨："我的老板总是在变化！""这是什么老板呀，太差了！""没有个主意，水平太低了！"

是的，关于基本工作内容，老板的要求变化了怎么办？

在我看来，无论你在什么单位工作，抱怨老板，都是非职业化的表现，不可取。职业化的做法是，不在背后负面评价、抱怨老板，而是正面看待老板的变化。思考的方向可以是：老板的认识也在发展，正确的，及时跟进；错误的，用恰当的方法告知并协助他走向正确的方向。

发现老板变化以后，你也要仔细记录下来，和最初他对你的要求进行冷静地比较：我究竟是完成了他布置的任务，还是没有完成？今后，该怎样继续始终不渝地执行老板的目标？这种比较不是让你患得患失、心存不快，而是为了让你发现和把握老板未来的方向。

说完基本的工作内容这种比较大的、笼而统之的职责之后，再讨论职责中另外一个重要方面——具体的工作任务。

企业的经营目标是挣钱，我很久才明白

仔细地研究老板给你具体工作任务的指示，可以理解老板的终极意图，然后，严格地按照老板的要求去做。每个行业里组织的任务都各不相同，比如商业企业，其主要的任务或经营目标就是挣钱。说来见笑，我进入企业一年才知道这个道理，又经过了好几年的磨炼之后，才真的会给企业挣钱。

1995年以前，我没有在商业企业主持过工作。那时候，无论是在国家机关还是在媒体，我的基本任务就是完成领导交办的各种工作，今天搞调研，明天写报告。1995年，我和我的老板陈若愚女士从中央电视台总编室走出来，先是创立了央视调查，后来把这个公司分解成今天的央视市场研究（CTR）和央视索福瑞媒介研究（CSM）两个公司。

刚刚出电视台，我就被任命为副总经理，分管营销和研发。可是，我根本不知道在商业企业该干些什么。于是，我就在那里模模糊糊地按照国家机关和事业单位的方式忙活，招聘员工、建立业务单元、组织生产、上客户那里推介等等。但是，当时对于企业做一切工作都是为了实现赚钱的这个经营目标，我却是非常不清晰的。今天想起来都觉得可笑、可怕。

在大约一年的时间里，市场都不接受我们这种以媒体为背景的媒介公司。决策层确定，我们与法国索福瑞公司合资。在外方的不断指导之下，我才开始慢慢明白了建立企业的基本任务是盈利。于是，我做一切工作才以盈利为目标，开始整天琢磨做什么，怎样赚钱。

我先后在 CTR 和 CSM 这两个公司做了八年副总，当这两个公司都在市场上站稳脚跟之后，不安分的我离开了自己曾经参加创业的公司，进入了新的企业。此后，我始终把企业盈利作为我的头等大事。逐渐地，我挣钱的能力显著提高，帮助公司挣到了钱。我的一个老板竟然称我是他们“从市场上捡到的金砖”。

回顾一下我自己对“任务”这两个字的理解：在政府机构或者媒体的时候，我是以完成政策研究或者媒介研究为自己的任务的。应该说，那个时候，我对工作任务的理解是正确的，因此，在机关或者事业单位还是称职的。

而到了企业，在一个不短的时间内，我却不明白企业的基本任务或者目标。应该说，那绝对是不称职的！幸而，在进入新建立的合资企业之后，我迅速地理解了企业的目标，并以盈利为自己的任务，这才逐渐做到称职。

那么，对自己的任务不明白怎么办？原则上，一定要当场就弄明白老板的意图。不明白，就要问，问清楚了再干，才能在工作中少走弯路，节省时间。

在很长时间内，我是做媒体策略服务工作的。在这期间我看到，所有管理者或者客户都是希望你弄明白情况再去做事情。但是，对方有的人是急脾气，觉得自己已经讲明白了，所以你再问，他们会表现出不耐烦。遇到这种情况，你要动点脑筋。

在广告和媒介公司工作期间，我经常与不同的团队去服务各个客户。我注意到，我们团队中每一个处于“营业人员”位置的人士都非常重视到客户那里去接“brief”，也就是接受任务。每次我都看到，营业人员们对每一个问题都是反复询问，从各个不同的侧面了解客户的意图，以便真正从根本上弄清楚客户的需求。

有的时候，由于确认的过程比较多，一些客户就会表现出不耐烦，说：“我都说几遍了，你怎么还不明白呀？”营业人员如果不清楚，绝不会停止追问，但也不会简单地说“不明白，你再说一遍吧”之类的话。他们会巧妙地提出各种问题，对讨论过程中容易误解的地方追问下去。其常用的语句就是“你的意思是不是这个……”等等。这样，客户就会再换一个角度把问题解释清楚。

当大家都明确之后，有时候客户会随口说出：“我的天，你们总算是明白了。”对此，一般有经验的客服人员会对客户回答说：“弄明白再去干活，省得我们走弯路，给你找麻烦啊！”这时客户一般都会说：“嗯，那倒是真的，以后不明白还是要问啊！”

通过处理与客户关系的这个例子，你是否可以体会到：实际上，无论你面对的是老板还是客户，都应该不遗余力地、用尽各种办法了解自己的任务，然后认真去完成。这样，你才是一个称职的职业人士。这个原则，不仅仅是在商业企业，甚至在一切组织之中都是适用的。

几个白领悲摧的一天

如果你读懂了自己的职责，并且，非常清楚地明白了职责背后的含义，明白了你需要做的工作内容和工作任务，特别是其中你所担负的责任，那就需要不走样地去执行了。如果你能够一丝不苟地做好工作、完成任务，那就是尽职尽责；否则，就是不尽职、不尽责。在这种情况下，你可能存在着职业的风险。

2013 年 10 月 11 日的一场大火把北京喜隆多商场的整座大楼烧毁。消防员拼命扑救了九个小时才将大火扑灭。但是，最终造成两名消防员牺牲。此外，还造成了巨大的经济损失。

此后，事故现场的监控视频出现在网络上。我反复看了两遍，一面不断心痛那一次次失掉的救火机会，一面为几个当事的责任人而深深叹息。

凌晨 2 点 49 分，大楼中的麦当劳餐厅一角发生火情，一位女士跑了出来，之后，竟然独自离去！后来得知，这位女士是麦当劳店长，是她最早发现的火灾。当时甜品操作间里面有一辆正在充电的电动自行车，其蓄电池在充电过程中发生了电气故障，导致了这场火灾。而另外一位同样发现火灾的餐厅员工竟然若无其事地走向了餐厅里面！两分钟以后，大火蔓延开来。

这时，喜隆多商场的消防中控系统开始亮灯报警。可是，中控室内一位身穿白色衬衣、深色裤子、颈上悬着门卡的值班人员起身按了一个按钮，报警器不再闪亮，他又回到座位上。两分钟后，第二个报警器又开始报警，显示火灾已经蔓延到另外一处。他起身又做了一个消音的动作，继续坐下来，忙活手里的事情——后来得知，他竟然是在打游戏！

凌晨3点01分，也就是火灾爆发12分钟后，中控室报警灯大面积闪烁起来。这时，这位工作人员才不得不停下了手里的游戏。但是，他奇怪地找出一本厚厚的类似说明书的资料，站在那里没完没了地翻呀翻的。这时候，从外面进来两个人，他们的穿着与第一个值班员一样。原来，他们也是中控室值班人员。进来后，他们就在那里茫然地看着报警器和那位正在聚精会神地研究说明书的第一位值班员。

就这样，麦当劳餐厅店长没有在第一时间用现场大批存在的灭火器灭火，失去了第一个宝贵的两分钟；同时，中控室值班员发现报警灯闪亮后没有启动灭火喷淋系统，丢掉了第二次灭火机会；又过了两分钟，中控室内再次报警，值班员依然没有启动灭火喷淋系统，丢掉了第三次灭火机会；火起12分钟后他和两个同伴不知所措，丢掉了最后的灭火机会，终于酿成了大火灾。

从这次事故中可以看出，当事的几位白领事前可能对自己的职责根本没有认识，或者在入职培训完成之后，一上岗就把自己的职责忘得一干二净，根本就没有去执行：

麦当劳店长不知道自己除了卖汉堡之外，还担负着不仅是基层管理者，就算是一般公民也应该担负的防范火灾的责任，不懂得一旦发生火灾应该立即着手在第一时间灭火，而另一位店员同样忘掉了自己应该担负的责任。

中控室的第一位值班员，显然事先对灭火喷淋系统没有做过任何研究。同时，他根本不知道自己坐在值班室里究竟应该担负什么责任。或者，他早就把值班员责任丢在了脑后。因此，他才竟敢两次因为打游戏而关闭火灾报警系统！后面两个跑进来的值班员显然是和他处于同样的状态，所以才会在进入中控室后那样地手足无措！

事后，法律专家分析，现场人员对火情没有进行及时有效地处理触犯了刑法，这些责任人员将被依法追究刑事责任。而火灾发生前，大厦灭火系统被擅自从自动改成人工手动，也构成了犯罪——如果没有这样的改变，一旦火灾发生，自动灭火喷淋系统完全可能把火灾扑灭。

想一想，这些白领将因为渎职而被判处徒刑，他们的这段职业生涯就这样宣告结束了。那良好的工作环境，那保持体面生活的收入，那在家、在外、在亲友、在人群中引以为傲的身份，全都消失了。

我一面观看这段悲摧的视频，一面在内心无比痛心地、不断翻腾着一个念头：白领啊，这就是传说中的白领啊，这就是在工作日的中午我们经常在街道上、餐厅里、商场中看到的那些穿着体面、风度翩翩、说笑打闹的白领啊！你们，你们早干什么去了啊！泪奔呐！

10

从学生到职业人士的转变

思考：

一个学生和一个职业人士，有什么区别?

我曾问过韩国著名企业 LG 集团的一位高管："用一句话概括，你喜欢什么样的员工？"他说："你把事情交给他放心！"

什么人可以称得上是"放心"的人？在我看来，这样的人不仅应该具备一定的责任心，而且还应该具备一定的工作能力。这两种特征兼具，就形成了一个职业人士和学生的主要区别。

你可能会问：学生就没有责任心吗？我说：学校那种对年轻人的有关责任心的教育与职场的要求相比，差得太远了！

敬业，就是尊重和敬畏你的职业

在生活中，你可曾看到或者听到过一些有关敬神的故事？比如在农村盖房子，上大梁的时候，要敬神；一些建设工地开工，也要敬神；旧时演戏，开戏之前，在后台敬神，以致今天一些影视公司开拍影视剧也继承了这个传统；还有一些地区架桥、修路，也有敬神的习俗；我还看到过一些企业，在春节后开工的时候，去神庙敬神，等等。

那么，这些组织敬神活动的含义是什么呢？在我看来，除了求神保佑之外，一个重要的原因就是，借助一个神圣庄严的仪式，开启一个重要的工作，进入职业状态。抛开迷信的因素，我们可以看到，这其中包含了参加仪式者对自己所从事的工作的一种敬畏和尊重，表现了职场人士对工作的那种毕恭毕敬的心理和态度。

要不要这样敬畏职业？要！

当我们在学校的时候，对自己的学业，谈不上敬畏。如果真有点敬畏，那顶多是对老师的威严和考试的恐惧，但我们总还是有许多可退之路。就拿高考来说吧。这对学生来说应该是最大的事了。考试中，遇到不会做的题目，还可以做别的；这科没考好，还可以用别的科来补；实在过不去，还可以等下一年，等等。

但职场不同，在工作中一旦你出了问题，就可能影响极大。因此，你必须时刻对自己的职业心存敬意。这个职业不仅使你安身立命，获得了体面的生活，得到了社会的尊重，而且，它还关涉到你的上下游同事的成败。假如你做的是涉及国计民生的大事，关系到了千千万万人的利益，这就更加神圣了！

在很多时候，对职业的这种敬畏心，是从很小的事情开始培养的。

我刚刚进入电通广告公司的时候，有一天中午，陪几个外地来的客人吃饭。席间，客人提议喝点酒，于是，我们就喝了。我这个人，喝一点酒就会脸红。回到办公室，老板抬起头一看，就问：

“你干吗去了？”

“吃饭去了！”

“你喝酒了！”

“是啊！”

“你不知道，中午不许喝酒？”

“啊？不知道。”

“怎么这都不知道？”

“以前，我确实没有注意过。”

“咱们公司中午不允许喝酒！知道了么？”

“知道了，今后不喝了。”

“真不职业！没常识！”

我没敢再说话。原来，这是常识问题。而且，已经上升到职业素质问题了！

从那以后，十年以来，我中午再也没有喝过酒。此后我发现，我接触的外企员工确实很少有人中午去喝酒。为什么？很简单，你喝得面红耳赤已经过分，要是再喝得不省人事，那还干不干工作了？要是正好有客户来公司呢？那就显得很不文明。就是在公司内，也很不职业。因为，职场是一个很严肃的地方。

与此相关的很多规矩没有写在员工守则之中，但是，你作为一个职业人士必须懂得并去执行。那些规则说明，职场不是学校。不要在上班的时候干任何私活，不要对客户或同事甩脸色，不要让自己在组织中闲下来。要节约公司资源，要尊重客户，对客户的问题，要一追到底！做成一件事情，比不疼不痒地回答 100 个问题有用得多。

讲一个中国国际航空公司贵宾服务部1949号服务生的故事。

因为常年出差，我成为了国航知音卡的金卡会员。2008年，我外出旅行，有一段国外旅程没有被记录进入我的里程之内。此后，我的家人曾给国航知音卡贵宾服务部打过电话。后来得知，是国航所加入的星空联盟的另外一个伙伴没有弄清楚里程，所以没有被记录进去。于是，2009年春节休假期间，我打通了电话，是1949号小伙子接的。

我对他说："小伙子，这事很久没解决，我建议这件事情你这样做：把这个情况报告给你的上级或有关部门，然后，你就一直把这件事情追下去，直到有个结果。不要满足于仅仅做了一个接电话的动作，要想方设法，帮助客户把事情办成！不仅仅是对我，今后，你对任何客户的来电都应该这样去做。"

此后，他又来电话询问了一些细节，并告诉我，报告已经递了上去，他将继续追下去。又过了一段时间，他再次来了电话，是通知我"您在国外的那段里程，已经被记入到您的知音卡了"。

我讲这个故事，是想请读者理解：在单位里，你在这个岗位上，就要完成你的工作。不要去依赖任何人，是你的事情，就由你来完成，不要推辞，不要拖延，不要找任何理由让自己做不完、做不好、做不成。这是你与学生最大的不同。

上面两个故事，一个说中午不要喝酒，因为酒不会给你带来神圣的职业感觉和纯粹的职业形象；一个说对客户问题一追到底，要你对自己的职业带着宗教般的崇敬、执着、虔诚。要这样神圣吗？要！那是你职业素质的组成部分。

22年，我的生命在四个素不相识的医生手中传递

在职场中，什么样的人可嘱大任？是那种不怕困难，勤思考，有担当，有责任感的人！在组织中，什么样的人可信？是那种多小的事情，他都可以完整地做完，而且做得很精彩；而多大、多难的工作，交给他，你都可以放心地去干别的事情。这样的人，可以顶得上一个人的工作！

社会中的各种组织为什么需要可信的人？因为，在组织中，每一个人存在，都有具体的职责；又因为，有无数工作等着这个人独立或与别人合作去完成；还因为，在今天职场中有很多人不可信，而这个岗位上的人，必须弥补他们的不足、减少组织的损失。但是首先，这个人应该对自己的工作尽职尽责。

我的生命曾经和四个素不相识的医生有着深深的联系。

第一个医生。1969年11月，我刚刚上山下乡两个月，就患上了急性肠胃病。我所在连队的罗立俊医生遍翻手边那几本医书，最后判断，是急性肠梗阻——在今天，特别是在大城市，这不是绝症。但在40年前的农村，因为医疗条件太差了，那就成了很要命的病。

于是，连队考虑把我送往医院。不巧，那天晚上，我们连队的电话线杆被大水冲倒了，连队无法和团卫生所取得联系。我们排长张满仓就骑马跑到最近的连队，打通电话。团长的汽车开来了，那已经是第二天的清晨。

我们团长的越野汽车载着我，风驰电掣地开往距离我们

连队大约200公里以外的巴彦高勒师部医院。不巧，车到半路，由于黄河发大水，公路被冲断了！车不得不掉头回经我的连队，准备绕路去师部医院；又是不巧，车刚开过连队几公里，就抛锚了。司机鼓捣半天，说需要一截电线来打火，但车上没有。最后，竟然是罗医生沿着距离公路较远的电线杆一路走，在一根电线杆下面找到了一段电话线头救了急。

车到团部，冲到机运连，立即修好车子向师部奔去，路程依然是200多公里。但是，车在到达一个叫杭锦后旗的地方时，我的病情已经不允许再跑了。由于肠胃的长时间疼痛，当时的我已经休克。罗医生当即决定，就在杭锦后旗医院就诊。

第二个医生。意外再次发生，当时“文革”没有结束，有群众武斗，我住院后找不到医生！罗医生和司机到处打探，辗转找到了旗医院最好的一位外科医生。他见状决定立刻动手术。那真是个多事之秋——就要动手术了，发现我需要输血，而旗医院没有血库！团长的车子再次狂奔70公里回到我们团，一阵紧急集合号，集合了团部附近的八连一卡车的兵团战士，用战争速度，狂奔到医院为我输血。

那天半夜，已经休克的我突然感到，肚子好像被拉开了一个口子，肠胃里面的一块大石头被彻底搬出去了。我被医生从死亡的边缘拉了回来。手术成功了！

第二天，那位外科医生来到病房，问道：“怎么样？”我说：“还好。”他无比自信地说：“很好！你很快就会好！”我那时候真蠢，连一个“谢”字都不会说。只是傻傻地看着医生。我知道，是他救了我！第七天，他来到我病床前，说：“转到你们师医院去吧，那里的条件更好点。”他把我送到车上，向我挥了挥手。至今，我只记得他身材高大，穿着黑色的皮夹克。

第三个医生。在内蒙古兵团的一师医院，张福海医生是我的主治医生。他告诉我要做第二次手术了，那就是肠梗阻术后缝合。我清楚地记得他说：“放心，我们不会让你的肠子挂一辈子在肚皮上，你还年轻！”我才知道，在杭锦后旗医院做完手术后，我的肠子在肚子外面留着，那是因为我的肠子部分坏死，无法缝合。而随着我的肠子慢慢好转，做缝合手术的机会来了。

张福海军医显然是为我的手术做了周密准备。即使这样，那天的手术依然做了将近九个小时。后来听说，在手术中，我的肠子开始出现粘连，手术并不顺利。但是终于，我的手术完成了；终于，我的伤口痊愈了；终于，我的身体彻底复原了。我出院了！回到了我的连队，在那里，一干就是八年！

第四个医生。七十年代末，我回到北京。八十年代，我的肠梗阻再次复发，每次都是因为肠粘连。整个八十年代的十年，我经历了无数次住院保守治疗。进入九十年代，有一天看病，我遇到了当时的北京友谊医院外科主任高东宸。几经检查后，我问他是否可以再次开刀，来它一个根治？而开刀之后，是会变坏，还是转好？

他在仔细检查之后说了我至今钦佩万分的、只有专家才能说出来的话：“可能治好，但不可能更坏！最差的情况是，给你做肠排列。”于是，我又经历了一生中第三次开刀。我很幸运，那一次开刀，就把病灶彻底去除掉了。至今，我已经获得了二十多年的健康生活。

其间，2006年，我的肠胃出现了局部粘连，我再次去找高东宸医生。那时候，他已经从友谊医院院长的位置上退休了，但还在作为专家看病。那天，他给我开了七角六分的药，告诉我，争取不做手术，北京中医医院有一种“松解汤”可以治疗我的病。我去了中医医院，一位中医给我开了类似的汤药，我的病很快好了！

这个故事贯串了我一生中的22年！我经常会怀着无比感激的心情仔细回想起这四位医生。他们素不相识，但是，在22年间，凭着对生命的高度责任感和对医术精益求精的追求，把我的生命捧在自己手中，小心地接过来，又传下去。

我们连队的罗医生，实际上医术很有限。但他知道，自己的职责是治病救人，就昼夜遍查医书。那时，没有电灯，他是就着马灯看那几本医书的。但他终于找到我的疾病根源，这还不算完，最终，是他排除万难把我送到最近的医院。

第二位，虽然仅仅是一位县级医院的医生，但他排除“文革”干扰，为我做了手术，把我从死亡的边缘解救出来。他的外科手术是一级棒！第三位，张福海军医为我一生考虑，为我设计了周密的手术计划，完成了术后缝合，让我获得了八年健康！第四位，高东宸医生，把我从长年的慢性肠粘连病的痛苦之中解救出来，之后，又给我指明了治病的道路。至今，我再也没有犯病。

这四位医生让我认定：第一，这世界上的很多重病是可以治好的；第二，这世界上的很多难事，只要你想去克服，是能够克服的；第三，作为一个医生，就要一心治病救人，这就是职业素质；第四，更重要的是，我们普通的人，也可以而且应该像医生那样，做什么事情，就要把它做对、做好。这就是职场人士必备的职业素质！

拦截马拉多纳！

在职场，每一个人都有自己的岗位。这个岗位，不仅是自己在组织中的位置，而且是自己的人生位置；这个位置就意味着你的职场使命；这使命，就是在你的岗位上要尽职尽责。

英雄马拉多纳的故事。

看过足球比赛么？看过足球史上的经典进球么？看过1986年世界杯四分之一决赛阿根廷对英格兰比赛中，世界巨星马拉多纳连过五人（优酷网上的说法是连过七人，仔细观看，亦有道理），至今排在世界第一的那个经典进球么？

对那一进球，有众多评议。我认为最精彩、最绅士的，是对手英格兰队的评价。他们认为马拉多纳过五关斩六将、千里走单骑、独射球门，这一进球甚至可以记为两分！要知道，这一进球是发生在同场比赛中马拉多纳自称凭借“上帝之手”打进扳平比分的关键进球之后产生的！能让对手如此钦佩，而不计较第一个有争议的进球，应该说，除了马拉多纳之外，绝无仅有。

当所有世界级球员和亿万球迷都带着钦佩、崇拜的目光来无数次观看这个镜头，并且白日做梦、幻化自己成为马拉多纳的时候，作为职业经理人的我，却在每次看这个经典进球，并对马拉多纳佩服得五体投地的同时，思考着这样一个问题：

如果我是面对马拉多纳的最后一个后卫，我该怎么办？我会怎么办？我能怎么办？我能不能顶住，能不能拦住伟大的马拉多纳？！

记住，永远、永远记住：在职场上，作为职业经理人，你，要把自己当成是足球场上面对一个或者几个强敌的最后一个后卫！哪怕你面对的，是世界历史上最伟大的对手马拉多纳！

这最后一个后卫的含义是什么？那就是责任！一个职业人士要永远记住：你必须承担责任！甚至，你必须承担挽救危局的责任！要时刻准备着去跟对手决斗。而且，不管前面有多少困难，都必须赢！！

死，都要死在舞台上！

你是否知道，在艺术界，有不少艺术家在谈论死亡的时候，竟然出奇一致地说：死，都要死在舞台上。这话是什么意思？在我看来，这是一种敬业精神的极致：既然你是一个演员，你就要为观众服务。要上台了，不管心情如何，不管遇到什么困难，哪怕那天有很严重的疾病，作为一个职业演员，是一定要上台的——不能让观众失望！

伟大的艺术家是这样，而我们这些在职场上的普通职业人士呢？也应该这样！既然你被要求工作在那个岗位上，那就是你的最终岗位。无论多么艰难，你都必须死死地钉在那里！

还记得2011年日本“3·11”地震之后出现了核泄漏，其间有五十死士守卫核电站的事吗？尽管互联网上对五十死士有不同看法，但当我看到五十死士的报道之时，对他们的肯定是毫无疑问的：职业人士就当如此！看看那些最后的诀别吧！

署名“福岛第二核电厂电气设备部门大槻路子”的人士，为核辐射的外泄道歉，并且表示，虽然他们造成了辐射危机，但还是尽力抢救，“以生命保护每一个人”，希望大家可以相信他们。大槻路子说，她是自愿留在核电厂内继续工作的，希望家人不要责怪她所在的公司，并祈祷在核电厂外的每一个人都能平安。

一名死士留下的话是：“我们不惧怕死亡，这是我们的职责所在。”

一位59岁的老员工还有半年就退休了，本来可以拿上高额退休金，养老归田。但是他表示愿意用自己的生命，来换取更多人的安全。他说，是“使命感让自己作出了这个决定”。

更加令人震撼的，是一位死士给妻子的告别短信，那短信只有五个字：“我不回来了！”

尽管我们不知道这五十死士全部的姓名，但透过他们简短的言语，我们可以清楚地看到，当他们所在的组织，乃至公众需要他们留在岗位上的时候，他们中相当一部分人是选择主动留下来的。他们非常清楚地知道，这是选择了死亡，所以，就有了那种死的诀别。这不仅是一种职业人士的英勇，而且还是一种职业式的冷峻！

看到那句“这是我们的职责所在”了吗？那是五十死士用自己的言行告诉我们的：职责，就是在你平时工作的岗位上所应该做的一切。危难之时，如果你的后方是公众，那么，这里，你的岗位，就是你的墓地！

听上去很冷酷，很残忍，是吧？但这就是职场铁则！看一看我们中国人是怎样做的吧。

据《新京报》报道，2010年“8·24”伊春空难中，飞机上的乘务长卢璐和空乘周宾浩是一对年轻夫妇。根据生还的客机安全员廉世坚的回忆，飞机坠落后，卢璐疏散、指挥旅客从断裂处跳出机舱，周宾浩也在尾舱指挥数十名乘客撤离，在还有四十多名乘客仍未逃出时，飞机爆炸了，两人双双遇难。

完整的报道让我们看到了两个活泼的年轻人：卢璐是一个乐观的女孩，从小就爱在居住的大院里给邻居拉手风琴。同时，她又非常自信，大学没毕业，就只身从上学的天津奔赴深圳，考入了深圳航空公司。周宾浩上中学时就爱打抱不平，在体育大学学习了散打，是一个体育尖子，后来因为素质出众被驻港部队录取为侦察兵。至今，他的11.4秒的百米短跑成绩纪录，在团内无人打破！

令人震动的是，卢璐此前跟她妈妈看电影时说的一段话，可以探究出两人同时遇难的最终原因。那天，卢璐和妈妈去看的是一个沉船灾难的电影，影片中船长疏散完所有乘客后，与船一起沉入海底。那时，卢璐说：“我们也是这样。”她告诉妈妈，根据规定，遇到危险，要等到所有旅客撤离后，由乘务长最后进行清仓，然后和机长一起下飞机。

然后，卢璐安慰妈妈，这种事情自己不会碰到，但又说，如果真碰上了，肯定要按照规定做，毕竟选择了这个职业。

看了这个故事，我很久都不能平静下来。

我想，卢璐和周宾浩的壮举可以说是完完全全地尽职尽责了。可是，他们竟然献出了宝贵的生命。在空难来临的时候，他们能够冷静地协助一个一个的旅客逃生，这又绝不是尽职尽责几个字可以描述的。能够做到这样，包括了平时的训练和内心深处对责任的铭记！

进而我想，在工作岗位上，我们每个人，能够每日每时都这样对自己的每一项工作尽死责么？我说“尽死责”，并不是说所有工作都有死的责任，而是说，对每一项工作，都要有那种“死活都得做好”的精神和气概。就是真的遇到危险了，也要有军人那种“枪一响老子就死在战场上了”那种视死如归的万丈豪情！

11

时间：青年人的第一资源

思考：

把自己每天的日程做一个详尽的记录，看看自己有多少时间在工作、学习？

在职场，听到比较多的是“时间不够用”。于是，很多人整天加班，无尽疲劳，然后厌倦工作，期盼甚至终于离开自己的岗位。能不能不要这样？在进入职场之前或者进入职场之初，我期望与你探讨这样的问题：建立自己的时间观，即对时间的总的看法，然后，请你为自己设计出一个更加合理的工作和生活的时间表。

职业人士的时间观

非职业人士与职业人士对时间价值的认识是不一样的。

在非职业人士面前，时间，你用或者不用，它总在那里。有时候，觉得自己有大把的时间，看上去是使不完的；有时候，又觉得非常紧张，忙得都觉得没有生活的乐趣了。因此，自己的时间，就在期盼下班、期盼节假日之中悄悄地流走了。

在职业人士眼里，每一时间单元，都有它独特的价值。对此，让我用一张表格简单地呈现一下，其中的一些不一定那么贴切，但至少可以看出职业人士与非职业人士的一些不同：

时间单元	从物理角度看	从职业人士角度看
1 秒钟	眨眼，休息	考虑：该干什么了？
30 秒	闲聊几句	说三句话；有效地介绍自己；完成一个走廊提案。
1 分钟	发呆很舒服	新闻语速讲 180 字；演讲一页 PPT 文件。
3 分钟	应付例行发言	演讲，让人记住：你讲得最短，但是，讲得最好！
10 分钟	休息，聊一会	看 10 封 E-mail；回一封提出好问题的信。
1 小时	上班单程时间	对一个中等难度的问题提出解决的思路。
1.5 小时	干什么都累了	就一个专题开一个头脑风暴会的标准时间。
4 小时	该吃午饭了	半天之内必须完成的事情有几件？
7 小时	不长不短	职场人士休息睡眠的最少时间。
8 小时	该下班了	一个工作日，实现目标的重要时间计算单位。
周末两天	可以大睡两天	可以一天郊游，一天搞卫生、看电影、读书……
1 年	52 周	完成一个年度计划，或读 52 本书。
10 年	大学毕业到现在，已经 32 岁了	成为一个行业的专家；掌握两个行业的专业技能。
40 年	该退休了	检视 40 年职场：做了的、没做的、还可以做的。

我的年轻的读者朋友：这个表格不是一个标准答案，我只是希望通过它来帮你做初步观察：在职业人士眼中时间的价值。对你来说，它的作用是：把这里提供的思路作为一个坐标或者靶子，进而建立起你自己的时间价值观。

建立自己的另类时间观

进入职场之后，慢慢地，你会越来越多地听到一个新的词汇：资源。

在学校，没人跟你谈资源。但你去就业，人家会问，你凭什么？你会什么？这就涉及了你先天和后天拥有的条件，即资源。你要创业，出去寻求合作，人家会问你有什么资源。不懂，人家会告诉你，那就是你的人、财、物、信息、技术、产品、服务等。到了国家乃至人类的层面，如词典所说，资源是生产和生活资料的天然来源。

对人类、国家、组织、个人来说，资源，可以是先天的，也可以是后天的，它是上述主体得以发展的物质保障和依托。没有资源，就难于发展。现在，请考虑一下：无论你来自何方，要想行走职场，你，有什么可以支配的资源？

一般情况下，多数人都没有建立在家庭、朋友、同学等基础之上的，可以帮助自己的人脉关系；没有建立在父母基础之上的，可以让自己独享一生的政治和经济资源；没有独立创业、可以调遣支配的员工和社会资源……最初，我们可以支配的只有自己，唯一可以使用的资源，就是自己的时间！是的，时间，是你的第一资源。

有了时间，你可以去寻找工作；你可以先去做尽管当下并不大喜欢，但却可以让你立刻就有了经济收入的工作，可以不再依赖父母。你有时间，你熬得起，就可以去寻找新的机会，可以去尝试任何新的试验；你有时间，可以去失败；你有时间，做一切都来得及，多么好！

但是，我们很多青年人对此没有认识，相反，在大量似是而非的、时尚的时间消费观的指引下，我们的时间资源出现了一系列的浪费。这些，值得有心在职场发展的青年人反思。

外表很忙，实则虚度。

如果你把自己的日程做一个日记，再做一个分析。你会发现，尽管你表面看上去很忙，但实际却浪费了大量时间。

我进入市场化组织的16年间，不断地观察青年人在工作和休息当中的时间使用情况。我发现尽管多数青年人很忙，但其中相当多的人没有把宝贵的时间真正用在工作和学习上。

在我研究年轻员工浪费时间的诸多现象的时候，看到了美国作家马里昂·E·海恩斯（Marion E.Haynes）写的《个人时间管理》，借助他的框架和思路，对我国青年人常见的浪费时间行为做了一个归纳：

内在的自我因素	外在的环境因素
没有时间表，造成工作、学习无序 存在拖延、迟到等坏习惯 “微博控”“微信控”“游戏控”“网络控” 视频、音频聊天 上网冲浪游荡 无目的、无价值的朋友聚会过多	邮件：看得慢，不会回复 电话：不会打，兜圈子太多 访客：过多，不懂控制时间 会议：无效率，不敢提出改进方法 危机：不会解决，不会求助团队 等待：不懂预约，无休止等待别人

我认为，左栏前两项已经成为上班期间浪费我们时间资源最多的因素，而后四项则浪费了我们每天工余和节假日绝大多数宝贵的时

间。对于不会安排工作时间，我们应该学会安排；对拖延、迟到等坏习惯，我们要断然改掉；而网络浪费和无价值的聚会，则是无目标的反映，想要改进，需要从树立自己明确的人生目标开始。

至于表格右侧的那些问题，表现出的是缺乏专业技能，需要用有关的专业技能培训尽快予以改进和控制。

白天低效工作，晚上熬夜加班。

不少青年人常常挂在嘴边的一句话是：我习惯晚上熬夜，和那些伟人一样。

不，你不是伟人！至少在今天，你还不是伟人。每逢遇到年轻同事跟我这样说，我总是提醒：喂喂喂，醒醒！在你成为伟人之前，你是不是还是和我们这些俗人一样，顺从朝九晚六的规则呢？毕竟，你是在一个由普通人构成的常规组织里工作，有很多工作是不能实行弹性工作时间的啊！

所以，我的朋友，你不必白天在网上游荡，把宝贵的八小时浪费掉，而晚上再去熬夜加班做工作，完全没必要！你最好在白天上班的这个时间段，完成你的工作。如果你真的喜欢在夜里工作，那么诸如媒体的夜班编辑，以及一些对时间不太介意的创意产业，都是你可以选择的。但是，在多数朝九晚六的社会组织中，请暂时忘记自己的“伟人习惯”。

以做“网虫”为荣。

大约10年前，互联网在我国热起来，就有人在网上写出了“网虫”的主要特征：每天上网五小时以上，半夜起来上洗手间也要看有没有E-mail，整天把自己挂在QQ或者

MSN 上面，等等。

本来写手可能是为了好玩来写的。但是，这种最初没有恶意的调侃渐渐成为了一些青年人模仿的对象，甚至不少人以被称为“网虫”为荣，使自己成为互联网的重度消费者，消耗了自己宝贵的时间！

第一次看到“网虫”这个概念的时候，我也仔细进行了体验，但很快就明白：我不能做一个虫，还是要做一个人！尽管在现实中，你可能感受到某些人具有某种“虫”性；尽管“虫虫”这种叫法有一种微妙的亲切感，但是，真正在职场上，“网虫”是始终处于可怜境地的。人在职场，就如人在江湖，没有特殊的原因，不要自贬身价！

就此我想给青年读者推荐荒诞剧的代表作家尤金·尤涅斯库的剧本《犀牛》。在剧中，当多数人，甚至连自己的女朋友都变成犀牛的时候，主人公仍然坚持不变，要做一个人。有人认为该剧讽喻人们在政治上的随波逐流，而在今天，我倒是觉得，这种以虫为荣的潮流，与谄媚政治潮流颇为相似，都是一种对人类的异化。

以做“微博控”“微信控”为荣。

微博在中国热起来，大约也就是从 2010 年开始的。经营者极其聪明地推出了“微博控”的概念，给微博写手们制定了诸如每天必须写一篇新的微博，连续转发、评论微博到一定程度，就可以给予“微博控”勋章一类的东西。网民在有趣的追逐之中，真的逐渐成为了被控于微博、丧失自主意识的机器或者动物，就跟“网虫”一样，还以此为荣！

在对微博进行体验之后，我开始感到“微博控”对于职业人士的危险：在微博上的人，或为追逐深刻写出貌似深沉、实则不成系统的东西；或激昂慷慨、乱发议论，令人无法卒读；或不加思考、随意转发。这些行为，表现出来的是不知自己上微博要干什么，它耽误了职业人士太多宝贵的时间。于是，我写了一段微博，反思自己，也警醒青年人：

> “微博控”的八个标志：1. 一睁眼就想：今天写什么？2. 一上网就直奔微博；3. 为一张照片在 google、百度上瞎翻腾；4. 为抢一个沙发紧忙活；5. 多忙都是先看微博、写微博再说；6. 半夜 1 点钟在家里找烟、找方便面，2 点钟胡思乱想微友都哪去了；7. 看很多人的微博都觉得好玩，一不留神过了四五个小时；8. 第二天照旧。

对微博，我主张，还是把它仅仅当做一种休闲的工具，而不要真的当成自己全部的生活方式。毕竟，你有你的天地！

2011 年以后，移动通讯设备上面又出现了微信。人们除了使用它的免费通话等功能以外，还有人开始试图用它做生意、做广告。但更多的人还是将它当做传播并浏览段子、文章的手段。微信代替了微博，占据了人们更多的时间。有文章说，全国四亿微民平均每四分钟低头看一次微信。

> 到了 2014 年初，微信里面开始出现了越来越多的引导微民更多使用微信、增加微信粘度的段子，如：指导微民先赞后转、礼尚往来等等。我想，这种指导将使更多的微民成为“微信控”。对此，我曾经对自己圈子里的朋友说，微信又到了给人“划道”的时期了。它提醒我：该看看微信以外

的世界了。

对微信，我想，可以把它作为新的联络工具，也可以把它作为圈子信息来源，但是否可以规定自己在一定时期的浏览次数、时间等？如果你需要使用它的某些服务功能，那就在需要的时候去用，万万不要耽搁太久，形成过度消费，浪费了自己宝贵的时间资源。毕竟，电子屏幕之外的世界更真实、更精彩。

按照 Facebook 制定的新规则来生活。

我想，读者已经知道 Facebook（脸谱）是国外一个著名的社交网络服务网站了。这类新经济企业，非常善于推广自己，并且在不断地为网民设立规则。我曾经在新浪微博上面看过一段 Facebook 发布的网民使用 Facebook 的报告，就是这样的内容：

> 【Facebook 营销问答】Dan Zarella 统计数据揭示：1. 应在什么时候发布内容？周末。2. 一天中的什么时段发布内容？早上 8 点。3. 什么类型的内容可能获得最多分享？乐观正面和情色内容。4. 哪些词语被分享得最多？ Facebook。5. 哪个词最少被分享？ VS；6. 多久发布一次内容？每两天发布一次。

这个报告可能真实记录了网民使用这个媒体时候的情况。但它的发表，有意无意地在为网民制造时间表，为网民制造生活规则，让网民按照它划定的生活方式来使用 Facebook，进而生活。我想，这种报告的发布对于很多没有什么主见的民众来说，一定会使他们持久地盲从下去，沉迷其中并乐此不疲。

但是，我认为年轻人还是要保持清醒的头脑。要知道，自己应该有自己的生活方式，自己的生活目标。因此，针对 Facebook 上述类似的为大众“划道”，也就是为大众建立使用社会化媒体规则的文字的做法，我转发了上述这篇短文，并且提出了下面的观点：

好玩！但不必照搬：1. 发布时间：平时也行；周末看点书报，别被忽悠。2. 一天何时发布：八点你在路上能写好么？可能下班后（万不要在上班时间，别找老板骂）。3. 分享内容：情色就算了。4. 最多分享语词：在中国，肯定不是那家公司，尽管我也在读其创始者的书。5. 什么最少分享：想想。6. 多久发布一次：随意。

读者可以看到，我的这个包括上面对微博、微信等新媒体的提议，是不是对它们鼓吹的“某某控”有点针锋相对的意思？这可不是为了跟这些社交媒体叫板，而仅仅是为了给身居职场的青年人一点忠告。

综合上述五类浪费时间的现象，我建议青年读者树立不受潮流影响的另类时间观。

近年，很多新、奇、怪的时间观点在影响着大众，特别是对青年人的时间安排影响尤甚。这些新的时间观点，与科技相连，与时尚相连，与新思想、新思潮相连，有很大的诱惑力。它引领和驱赶着大众盲目跟从，走向一种新的时间安排架构。

但是，作为一个职业人士，我不会按照这些所谓的新时间观来安排我的时间。这是因为，我会不时地提醒自己，我有我的目标，我有我自己的事情要做。我对时间的观念，套用年轻人时下最流行的话叫做“我的时间我做主”！就此我建议年轻的读者朋友：

在时间的使用上，不受大潮流的影响，而要打定主意按照自己的方式去生活。这番话，如果用网络语言来说就是：走自己的路，别人爱咋样就咋样；当自己的人，让别人去当“网虫”；做自己的事，让别人去当没主见的机器；创自己的业，让别人按照自己划的道走。

是的，在新经济发展的过程中，任何人都在试图为大众“划道”，为年轻人“划道”。但是，你作为职业人士，不必按照别人划的道走；如果你真的在创业，可以争取给别人“划道”——当然，你应该考虑要为大众，特别是为年轻人划下有益于他们发展的道！

按照职业人士的方法安排时间

对于时间，我们已经有了一些了解。那么，在职场，应该怎样计划自己的时间？观察职业人士，其实比较简单：在上班的时间完成工作。

这个原则说来简单，但很多人却没有做到。在职场你会发现，不少人上班时间忙忙叨叨，做一些“不能上账”的工作，也就是做一些琐碎的事情。下班之后，他们才加班写文件、写报告、甚至打电话做沟通。

作为职场新人，从一开始，你就要养成好的习惯，并且强烈地要求自己去尝试：在上班时间完成自己的工作！观察一下，在职场、在我们身边都有着很多这样很棒的人。

在最好的时间做最重要的事情。

在职场，一般认为，最好的时间是每天的上午。想想，你休息了一个晚上，精神十足，一清早来做最重要的事情，做大事情，是多么从容啊！所以，在这段时间，应该去做最重要的事情。即便一上班有无数琐事、急事需要处理，但是到了9、10点钟，前面那些小事都成了预热，你最好、最有精神的时间来临了，万万要抓住这个时间！

另一个工作的黄金时间是下午，特别是在下午3、4点以后，几乎所有的琐事都处理完了，全天工作都成为这个时间段的预热，就算是因为午饭造成了一时的困倦，这会儿也彻底清醒了。这个时间，是最容易做出创造性工作的时间——抓住它！

按照自己的时间表完成工作。

观察职业人士，很多人都有一个自己独特的时间表，可能是小本子，可能是手机，也可能是各种电子记录本。不管怎样，在这样的时间表中，人们写出了比较长期的工作计划；或者是中期的，比如近几个月的安排；还有比较常见的，是每周、每日的安排。

这些时间计划，实际上都是根据自己的工作目标做出的安排，应该说，都是实现总目标的有效步骤。但是，我们多数的年轻人却没有这样的计划。有的时候，有了这样的计划，也不会去执行。这就是我们工作无效率的原因。

仔细阅读职场人士的这些计划，你会发现，其实没有什么神秘的，仅仅包括目标、具体时间、工作事项等主要内容，计划如此简单又非常有效。所以，我们年轻的职场人士，一定要建立这样的计划，然后要严格按照计划执行。

任何事情提早做一步。

你可曾有过这样的经历：在你事先安排好的可控的时间内，你提早做好了工作，把工作成果传递到有关部门、人士的手中，你获得了一种短暂的、完结的感觉。这时候，你可曾体会，精神上那种闲庭信步的小憩为你带来了何等轻松、愉悦的感觉？

早一点，每天早晨早些出门，让自己减少挤车；

早一点，早到单位，让自己从容地做一些工作准备，包括给前辈打水，做好办公室的卫生；

早一点，给自己一点时间思考：干什么？

早一点，给自己一点时间想想：怎么干？

早一点，提早开始做棘手的工作，哪怕是按规定三周以后完成的工作，你也可以集中在两周之内抓紧完成，在第三周去从容修改，而不要让自己在最后一周、最后一天熬夜加班。

早一点，早到客户那里，从容地准备好计算机、投影仪，不要满头大汗、气喘吁吁地冲进坐满客户的办公室，那样不利于做好提案！

早一点……是的，做一切事情，都早一点！

会休息，才是一个真正的职业人士

把会不会休息作为衡量你是否是一个真正的职业人士的标尺，是因为：职业人士是具备全面的能力和素质的。从自然因素考察，只有会休息、休息足够，你才有可能具备做好任何工作的身体基础。于是，在职场，人们可以理解和尊重身体先天不够健康的人士，但是，不屑于因为不会休息而一天到晚萎靡不振的家伙。

很多年轻员工不会休息，以为休息就是放开了玩耍、喝酒、熬夜，还名曰积极休息。即便是平时的日子也这样去玩，更不用说，一到星期五就认为是来了大的假期，一味放纵地玩乐。结果，平日里上班总是没有精神，而周末玩乐熬夜回家之后，就算是狂睡也恢复不过来。这样的结果是极度疲劳，却还以为是平时工作加班、熬夜的结果！

在我看来，职场人士的休息有两点最重要：一是平日睡觉，二是周末休息。那么，在进入成人阶段独立生活之后，在没有家人督促的情况下，你该怎样安排自己的休息呢？

最重要的休息，是睡觉。

职业人士每天最少要睡七小时。在公司，长期加班，每天仅仅睡四五个小时，就会处于亚健康状态。长此以往，绝对不行！记忆力下降，精力不足，创造力减弱，气色很差，极其容易得病；接下来，身体的羸弱就会转到精神的悲观，就会感到，工作没有意思，生活质量低，个人无前途；甚至还会认为职场无趣，乃至心生离职之意。

我们常常说身心健康，身健则心康；反之，身弱则心衰。

什么时候睡？最好的睡觉时间是夜里23点到早晨6点。这方面，有很多心理学的研究成果。其实，不用心理学，我在农村的时候，由于每年都有五个月以上的时间是在夜里防洪大堤上度过的，所以脸色不好。一位农民大叔告诉我：“你就是缺觉，缺‘子时’觉。”

睡觉如此重要！现在，请读者跟我一样，做一个试验：睡觉时，把窗子上厚厚的窗帘打开；晚上11点甚至10:30就上床睡觉；然后，让自己在黑夜与白天的转换中体会自然醒。自然醒的含义，不仅仅是睡够，还有与自然同步的意思。

我试验晚上早睡的结果是，大约早上6点来钟就醒了。真的是早晨的阳光把我叫醒的！可贵的是，原来我每天早晨都觉得睡不够、在职场上那种严重缺觉的感觉没有了！感觉到，嗯，睡得差不多了。在第一次试验的那个早早醒来的清晨，我打开计算机，开始写作，发现昨天一天没有想明白的东西，清晨在我的脑子里面显得非常简单、清晰。

一连试验60天，看看结果！

可能，我们中的很多人都知道睡眠不够是何等的疲劳、沮丧和缺乏激情。但是，你是否享受过睡眠充足带来的愉悦、兴奋和激情澎湃呢？朋友们，你们值得就此做些试验，成功了，那可是能提高自己的幸福指数呀！

尝试一下：周末不睡懒觉怎样？

在职场中，我有这样的体会：每个周末，特别是周五，一旦无节制地熬夜、应酬，第二天起床就会很晚。然后在整个周六，甚至周日都感觉懒洋洋的，不想干任何事情。于是慨叹，这工作也太累了！

但是，如果我周五晚上能够按正常时间睡觉，第二天，我很早就会自然地醒来——睡觉睡到自然醒，这是职场人士对自己理想生活的追求。这时，我的心里就非常满足，内心充满喜悦，惊讶地觉得有很多时间可以运用。

一般周六的早晨，我吃过早饭后就会到街上买一堆社科和经济类报纸。天气暖和，干脆就坐在报摊旁的马路上一看就是两个小时，那叫一个享受啊！回来后，开始写我的这本书。午饭后处理一下家务，来个简单的午休，再接着写。周日，就更加从容地去休息、写作。然后我就觉得，这个周末过得很充实。这时，生活的幸福指数就显著上升。

于是，长期以来，我一般会注意尽可能地控制周五晚上的应酬时间长度，争取让自己和平时一样作息。这样，周六、周日就会休息得很好、很满意，还可以做很多自己的事情。

无独有偶，我发现日本学者大前研一、野村正树都提出了周末休息方法。他们主张周五晚上正常睡觉，做到周六自然睡醒。然后，去看书、写作、外出、郊游、爬山、看电影，玩一整天。把这些叫做积极休息。周六的晚上还是正常睡觉，用周日一整天来休闲、处理家务。我想，是不是职业人士或者成年人都会这样健康地生活和休息啊？

想想，这样令人愉快、幸福的职业人士的生活，你不向往吗？记住：你年轻，你健康，但如果不去注意，必定会慢慢出现身体虚弱、甚至疾病。为此，你要给自己“攒健康”，可不要给自己“攒疾病”。要做到这一点，就要事先规划好自己的时间啊！

12

团队：你最宝贵的依仗

思考：

当你在学校或在单位里遇到事情，特别是麻烦事时，是自己发愁，还是找团队成员或其他同事讨论？

我在外企工作的十几年间，几乎每天都会遇到麻烦事。对此，我慢慢学会了这样去处理：如果我自己不能解决，我就会去找担负有关职责的团队，共同研究解决；我也习惯被各个团队邀请，参加解决难于处理的课题，凡是遇到组织中各个团队因为难题求助，我总是第一时间提供协助。

Team 是什么意思？想想，再往下看

Team 是什么意思？有人说：团队。那团队又是什么意思？你可能听到过这样的定义：一群为了一个目标集合起来的个体组成的群体。清楚吗？我只能说还可以。它给出了目标、群体、集合等关键词。

但在实践中，依然有不少人缺乏团队意识，不能用团队精神去工作，为什么？我认为，是因为大家没能深切理解团队或team的内涵！

有一段时间，我领导的一个团队和另外一个团队发生了矛盾，我就带着我领导的团队头头去见那个团队。讨论完工作之后，我提出一个问题："各位的英语都非常好，我的英语非常不好。今天，我冒昧地请教大家：在英语中，team到底是什么意思？"一时间，会议室非常寂静，没有人回答。我问团队里那些非常专业的、年轻的总监们："怎么没声了？"

一个在我看来绝顶聪明、绝对智慧的team leader（团队的头头）说："我们都不敢说了。"我问道："为什么？"他说："Team的意思原来我们都知道。可是，你这么一问，我猜你一定有另外的解释吧？"

"呵呵，你们都知道team的基本意思，但是可能没有注意过team的本来意思。所以，我才来班门弄斧了！"我说道。

我开始说出我的想法："大家都知道team是团队的意思。但是，翻看我国早期的词典，没有'团队'这个词条，只有'团体'这个词条。《现代汉语词典》定义团体是'有共同目的和志趣的人所组成的集体'。这可以证明，在中国文化中，有团体，但没有团队这个概念。到了《现代汉语词典》2005年第5版，才增加了团队这个词条，含含糊糊地定义为'具有某种性质的集体'。"

实话说，在外企没有人像我这么"学术"地说话。但是，大约是出于对我的尊重，没有人插话。我接着说："我认为，我们的词典对团队的这个定义还是不够全面的。因此，我们很多中国人不能理解团队的含义，不容易具备团队本来要求的那种精神！在我看来，团体，决不能代替团队，而团队这个词本身更是一个来自英文 team 的语词。在英文词典中，一般都在第一释义位置，讲出这样一个在我看来很有趣的含义。”我看着那些非常专业的人士，接着说：

“这里说 team，是‘两匹或者更多匹马或者其他牲口套在一起去工作’(《盖奇加拿大词典》)；‘两匹或三匹牛套在一起拉同一个犁’(《韦氏词典》)；‘同拉一辆车子的一组动物’(《朗文现代英汉双解词典》)；‘套在一起共同工作的一组马或其他牲口’(《远东英汉大辞典》)；‘两头或更多头牛、两匹或者更多匹马拉一套犁或一辆车’(《牛津现代高级英汉双解词典》)。”

在我完成了这番引经据典的“文词儿”之后，又随即说出了一如我作为一个知青那样的粗野的话：“既然咱们都是拉同一辆车、拉同一架犁的牛马，就不要互相踢、互相咬了，对吗？”

各位读者，我在这里列出多部英文词典对 team 的解释，是希望你首先强烈地、深刻地理解团队本身的含义或称第一释义：一群牲口同拉一辆车或同拉一套犁；或者，就是一群牲口在一起工作。

想象一下这个画面：这群牲口是相互平等、没有主次的；这群牲口，必须同时发力，才能拉起那沉重的负载；这群牲口，要想让重负维系长期运行，就得谁也不能松套、始终要卖力。

当然，这些词典也都说出了我们都知道的含义：在一起工作或活动的一组人，为了竞赛或竞争组成的一组人（《盖奇加拿大词典》);一起工作、游戏、行动的一群人(《朗文现代英汉双解词典》)。这个意思比较明确,既然是一起活动、一起参加竞赛或竞争,就得一起努力,对吧?所以,即使有了"牲口"这个理解,我们却也不要放弃团队的这层含义。

顺便说一个同样有趣的词汇——团队领导人(team leader)。那被《韦氏词典》解释为"一匹套在马前的马"。也就是说,他也是team里面的一匹"牲口",跟大家是平等的。他也要跟大家拉同样的车,只不过,他的位置在最前面,是一个领跑的,也是一个蹚道的!

那天,我对两个团队的同事们说:"假设我们能够以此达成共识,那么,我们是否可以知道,自己在团队中的位置了?没错,我们就是拉车、拉犁的牛马中的一匹!这里面丝毫没有歧视。把自己摆在牛马的位置上,我们就能够正确处理自己和同事的关系了!"

后来,那两个团队再也没有出现过互相攻击、互相"撕咬"的情况,合作得非常好!

有团队,就有办法!

在职场,为什么要用团队精神来工作?因为,团队可以呈现个人或少数人所没有的智慧;团队可以做出个人或者少数人做不成的事情。从职场的角度,团队,就是你在组织里、在工作中永远可以依仗的力量!

近些年,我们的自我意识日益增长,应该说,这对于创新、对于企业多元化的发展是非常有益和必要的。但是,如果有人在团队中过度自我,团队就无法形成合力,进而无法实现目标。想想,一套拉着的车，有的马想站，有的马想干，有的马想吃，有的马想看——这车能拉走么？但如果每个人心往一处想，就不一样了。

团队的精神就是集体互助的精神。

知道什么是团队了，就好理解团队精神了：大家都是牲口，要一起来拉套；大家要平等相待，要齐心合力；要共存亡，共奋斗，共享乐，更要共荣辱；要一人为大家，大家为一人；要无条件地争取得到团队的支持，同时也要无条件地给团队成员施以援助。

记得在《环球时报》上读过一则美国西点军校的故事。西点军校的四年学习目标很有意思：第一年，用一年时间培养学生的遵从意识，培养他们的团队精神，让学生知道，很多事情不是他们自己可以做到的，只有靠团队合作才能做好工作；第二年训练学生在两到三个学生的小队当领导，练习做团队的头儿；第三年训练新生，第四年到军队实习。

那么，什么是美国军人的团队精神呢？从美国输出的文化内容看，主要还是互助共存、合力御敌的精神。

西点军校是培养人才的，是培训上战场的军人的。因此，一切都是以实战出发来进行培训的。他们居然用一年的时间进行团队合作的培训，再用一年时间，训练学生做团队领导。这是因为，由于人们个性的存在，实际上，很多人不容易合作，不容易用团队精神工作。因此，在漫长的两年之中，在青年成长的最初阶段开始做这样的培训，就可能使得多数青年确立团队意识和素质。

实际上，绝对不只是军队需要团队素质，所有社会组织都需要团队意识。没有团队素质，就不可能在组织中生存，更不可能在竞争中胜出。可惜的是，我们的学校以及各类组织，很少进行团队训练，因此，在很多组织中，员工都缺乏团队意识。

曾经有人说：一对一，中国人和外国人相差不了太多，而团队对团队，中国人就不容易赢得外国人。我想这是因为，很多国外的组织都很重视团队训练。为此，你应该想到：我们每个年轻人的团队素质训练，至少比从实战出发的西点人少了两年。知道这点，不是为了自卑，而是为了抓紧训练、培养团队素质！

团队重视集体力量，也重视个人力量。

在团队中发挥每个人的长处，对完成组织任务十分重要。很幸运，在过去的学习、工作和生活中，我总是遇到最好的团队，这让我顺利地完成了自己在职业化道路上各个阶段的各种任务。

讲讲我参加一个学习团队“豆汁协会”的故事。

在我的学历中，有一个证书，是北京师范大学和北京高教自学考试办公室颁发的中文专业的文凭。我格外珍惜这个文凭，它不仅是一个时期高难度考试通过的凭证，而且，还记录了我参加一个自学考试学习小组的难忘经历。

那是上世纪八十年代的事情，我们从各地回城的知青和被“文革”耽误没有上大学的六个二十多岁的青年人，为了读书而参加自学考试，在北京组建了一个学习小组，每个周末在一起学习，共同切磋考试中遇到的困难，共同研究考试面临的问题。

小组的成员有一个共同的爱好：喝北京豆汁。每当学习累了，街上响起卖豆汁的老人“麻——豆腐豆汁嘞……”那悠长的吆喝声，我们都会兴高采烈地去买豆汁、熬豆汁、喝豆汁，做短暂的休息。因此，我们学习小组自称“豆汁协会”。

言归正传，我们学习团队的结构是这样的：

文化结构：

老袁、老王、老郭是三个“老三届”中的“老高三”，分别来自北京四中、八中和26中这三个北京最好的中学；小冯，是31中“老三届”中的“老初一”，这个31中，是一个中等偏上水平的中学；小郭和我是69届初中毕业生，两个人“文革”时期进中学，有文凭、没文化，真实水平是小学毕业生。

互补的个性和能力结构：

不同的文化结构和个性特点，使得我们各自在小组中起着不同的作用：四位“老三届”，在小组中的作用是释疑解惑的老师；我和小郭，不断提出问题，是不折不扣的学生。

老袁是一位老成持重的人，他成为了这个团队的实际team leader——团队领导人。他是一位提前学习、提前准备学习计划的“领头的马”，引领着我们向前走。比如《逻辑学》，在我看来比较难，他则很早就学习完了。学了金岳霖的，又来跟我们啃自学考试委员会的规定教材。他把在我看来很绕嘴的逻辑语言换成通俗的白话讲给我们，还说：“给你们讲一遍，我就清楚了！”

老王，是一个学习非常系统的人，他不仅能够从全局把握学习的体系性，而且还能够给出全面、精当的答案。学习《杜甫研究》，他能够旁征博引，把杜甫那个时代的政治、经济、社会、心理、民俗等知识给你一网打尽、穷尽一切！

老郭是一个学习追求精深的人，总能提出非常刁钻的问题，挖掘出在考试命题中一些不按教材，而按老师个人趣味出题的考试题目。学《史记研究》，他竟然能从浩瀚的《史记》之中，根据中国教育制度的基本特点，揣摩出素未谋面的大学老师的偏好，并自制出来一批高水平的试题让我们练习，使我们一举通过考试！

小冯则是一位非常聪明的人，总是针对问题给出智慧的答案。他针对中国考试注重背诵的特点，经常给出一串串的顺口溜，帮大家记忆。在写作考试中，这个不谙世事的学究竟然不知道著名人物张海迪的性别。于是他在行文中一路回避，在全文中一共只用了两个第三人称，一次是“他”，一次是“她”，考试顺利过关，为我们的学习增添了幽默，更给我们增添了应对中国式考试的信心和智慧！

我和小郭都是小学生，反正什么也不懂，就根据中国考试规律，全面地提出实战型的问题，对每本书的每一章节，都分别提出填空、名词解答、简答、论述四大类问题。“老三届”对我俩的评价是，在团队中就像牛虻一样，不断“蛰”他们四人，使得他们为了回答我们的问题，必须全面准备答案。

归纳一下我们这个团队的特点：从文化看，四位老师、两个学生；从个性看，老袁是识途老马，老王是旗杆式人物，老郭是学习创新的人才，小冯是智多星，我和小郭是牛虻；从能力上看，老袁是团队领导，老王出标准答案，老郭研究作为竞争对手的老师，小冯专供考题顺口溜，我和小郭专提实战问题，实现以考促学。

看一看我们这个小组实际上所体现的**团队的基本特点**：团队中，每个人都各有长处；每个人都起到了不同的作用；每个人的作用都是不可替代的。

结果，我们集体成功地完成了将近20门课程的学习，在学习中获得了无数乐趣。同时，我们在这样的学习中，训练了自己与团队合作的能力！

我经常感慨：无论多难，团队总有解决办法！

曾经有一段时间，我在职场中面对难题的时候，是一个悲观论者，一有困难，倍感压力。然而，到了外企之后，特别是在电通和群邑两家世界级的公司，我显著地感受到一个颠扑不破的真理：

任何困难，任何危机，只要你请求团队来共同讨论，必然能够发现自己从来没有发现的视角，必然可以得到你自己可能永远想不出来的解决问题的办法。因此，我得出结论：有团队，就有办法！

为什么？因为，几乎所有的与会者都会从不同角度，提出不同的处理办法，而每个办法，都可能是一个独特的方案。因此我认定，每一个人的存在都有他独特的价值，都一定会发挥他应有的作用，这个作用在团队中是不可替代的。而且，我深信，那些在第一线的员工往往能够拿出切实可行的解决方案。

因为，距离问题最近的人一般才能最深切地看清问题、理解问题、透彻地分析问题，进而拿出解决问题的办法。

回想先后在上述两家外企工作的八年，我至少参加了十多个大的企业广告创新案例的研讨。那些项目，每个都是几千万元以上的投入。我还参加过一系列大的研究项目或者比稿提案。每次，会议刚刚开始的时候，我都不知道最终的结果，但我总会信心十足地想：今天，我们会有什么新的思想呢？结果，一旦经过团队头脑风暴的撞击，我们的团队必定会得到最精彩的方案。

这就是团队的力量。有团队，无论遇到什么问题，我都是毫不畏惧——有团队，就有办法！我对团队就是这么信任。团队就是这么让我踏实，放心。

第一时间响应团队成员求助

在任何组织中，你都会遇到团队成员的求助。那么，作为一个职业人士，你该怎样处理？无疑，你应该给予援助。那么，你应该在什么时间予以援助呢？

在群邑媒介工作的时候，我的桌子对面，是一位刚从别的公司进入本公司的女孩。工作期间聊天，她说起来："我太喜欢这里的文化了。"嗯？怎么是这么有趣的题目呀？我心想，随即问道："你喜欢这里的什么文化？"

"你有了问题，有了困难，在网上发信提出来，准有人管！"

"别的单位呢？"我问。

"我以前的单位，同事之间，甚至上下级之间，都是一种竞争关系。没有人帮助你，没有人教授给你。而在这里，为什么大家愿意帮助别人呢？"她有点不解。

"你认为是为什么呢？"我反问道。

"不知道。就说你吧，关于帮助人，你怎么想？"女孩问道。

我答道："别人在打仗，他们求助于你，你就得给人家支持和援助啊！要不然，他们可能冲不过去啊！"

"你不怕别人超过你吗？"她问。

"哈哈，超过我也不容易，我也在向前跑啊！你说怕，我可是从心底里特别希望，在所有方面，同事们都快点超过我啊！”我这样和她说道。

“啊？”她不解地望着我。

“那我不就省力了吗？”我笑出来。

“他们要是超过你，那你怎么办呢？”女孩问。

我说：“我吗？再开拓新的领域啊！”

不久，一个困难的问题，让我得以验证那女孩的论点：在我们这个组织中，你有了困难，发出求助信息，准会有人很快就给你帮助的。

2008年的3月，我遇到了一个难题——一个所有媒介代理公司都会遇到的、可以称为难度为顶级的问题。我想了很久，没有办法。于是，我给集团内有关的几个总经理和几个BD（事业群总监）发出了一封主题为“有关某某问题的求助信”。说明一下：因为涉及客户机密，我在这里没有说出问题具体情况。

你来想想：要是你遇到这样的信件，你会怎么做？

实话说，来到这个公司八个月，我第一次发出这种信。就是在我的整个职场生涯中，我也是第一次发出这种主题的信件——不到万不得已，我是绝不会发这种信的，我是真的遇到困难了！那天，信发出去了，我不知道能不能得到答复，也不知道要多久才会得到答复。

前些年，我曾经看过《麦肯锡方法》一书。书中说，麦肯锡咨询公司全球对同事求助的回馈时间，是在24小时之内。看了那本书之后，我开始非常注意给同事求助的回馈时间。我暗自要求自己的回馈时间是尽可能的快，对特急问题，一般绝不超过当天。

是的，我发出的求助信有了回馈：第一封来信，是5分钟；第二封来信，是10分钟。很快，能够给出建议的同事，都给出了回信；就是在出差中的同事，我发现，也都是在第一时间给予了回信。

这就是我们组织中高管的职业素质——在任何时间、任何地点，对同事的求助必定回复。回复，没有规定的时间，只有大家习惯的时间——第一时间！

我认为，对同事的求助必须在第一时间回复！这不仅是群邑一家公司的文化，也应该成为各个组织中团队意识、团队精神的具体体现！

但实际上，当遇到问题的时候，很多组织中一般人常规的想法是：第一，不该你做的事情，你做了，就成你的了，这超出了你的职责范围，却没有被组织认可；第二，因此你自己的职责可能被忽略，工作可能被耽误，因而吃亏；第三，担心别人超过自己。

在我看来，上面这些想法都是职场庸人的观点！我认为，在职场，当别人遇到困难的时候，你必须出手做出有效的援助。尽管我们是在和平环境工作，但是，组织里的工作就像是打仗——你不援助，他可能“死”！刚刚毕业的学生可能不容易理解这些，但是，这就是现实——你的同事可能因为没有你的援助而失败！

当然，你在援助别人工作的时候，必须要处理好自己的工作，完成好自己的职责。从团队协同的角度看，做好自己的工作，也是对团队整体的支持。

13

怎样在职场快乐地工作、生活？

思考：

在职场，你愉快么？什么让你快乐或者不快乐？怎样让你快乐一些？

我观察，在职场，有不少天性乐观的同事或朋友，每天愉快地工作、生活；但也有不少年轻的同事不那么愉快，工作和生活都很沉闷。因此，在这里，我希望跟青年朋友们一起探讨愉快、幸福地工作和生活的方法。

上班犹如登上辉煌的舞台

有一次，著名的佳能公司亚洲CEO对中国一家咨询公司的CEO说："我不理解，为什么中国员工来上班，会因为家里发生了事情而发脾气，影响公司的工作。在日本，这是无法想象的！"后者答复说："我想，恐怕是因为他们还不懂得职业化的含义吧！这需要给他们进行有关的培训。”

有一个道理，可能学校的教师，乃至职场中的师傅、领导从来没有告诉过你，所以很少有人懂得：职场就像舞台，一旦你来到公司，来到你工作的单位，就好比登上了舞台，来到了舞台的中心。聚光灯照射在你的身上，这时候，你就像一个职业演员。

无论你有多么大的私事，未来将有多么大的难事，无论你的身心有怎样的痛苦，你都必须把自己的角色扮演好，都必须完成规定的台词和动作，把这出戏演下去，直到闭幕！

在电通传媒工作的四年时间里，这种职场如舞台的感觉，我每天都会欣喜地经历一次。

早晨，我穿着运动服或快步或徐行，从家出门行走2.2公里，来到距离公司较近的一个健身房。在那里，我有时会做一些健身活动，更多时候，是在那里冲凉，褪去一身汗水。然后，我开始一件件穿上我的“工装”：熨烫平整的衬衣、深蓝色西装、黑色长腰袜子、黑色皮鞋，再打上适合当天心情或工作性质的、独特色彩或图案的领带……

每当这种时候，我就会想起世界著名的戏剧艺术家斯坦尼斯拉夫斯基说过的大意如下的一段话：“当你一件一件穿起剧中人的服装的时候，你就会慢慢地进入这个角色。”真的很奇妙，当我把一件件堂而皇之的“工装”穿上的时候，我的心理开始慢慢地发生了变化，内心开始一步一步进入一种熟悉的、亲切的感觉，那感觉可以概括为：

兴奋、紧张、尊严、向往、思考、机敏、蓬勃、自信，等等，步伐也开始矫健。这时，我好像不是刚刚走在路上那个从容、慵倦、潇洒、散漫的我了，而是进入了一种我称之为“工作态”的状态。这时候，我个人的一切都已经被置之度外，只剩下对工作的思考，对员工的责任，对公司的义务了！

嗬，这种感觉真是太棒了！

我想，一旦来到公司上班，我们就应该心无旁骛，只有一心思考工作，一心考虑实现组织目标，这才是职业人士应该有的基本素质。而且，这也是一种健康的职业心态。

我用舞台来比喻职场。请想象一下：一旦你登上舞台演戏，能够有任何私心杂念吗？能够有个人的情绪吗？你不能，也不敢。你的一切全在观众的注视之下，一切与台上无关的个人事务，全都不被允许。

职场也是这样。如果你每天能够自我调节、控制，不被私人事件所干扰，不因一时的不快而被影响，甚至，你都不为私事分过多的神。想想，你是多么健康，多么专注工作；而你又该比别人多干多少，多学多少，从而也将多获得多少呀！你能够这样，真是太好了！这不是令人非常愉快的事情么？

树立强健的职业心态

几年前，在一个灰暗冬天的早晨，我听到一个消息：以前曾经服务过的一个公司的同事到另外一个公司工作之后，自杀身亡。我的内心陷入了深深的沉痛之中！我不接受，不理解，不明白，究竟是为了什么？！要知道，他是一位非常优秀、非常聪明的同事。他那种独特的思维和对市场的敏感，以及高效形成完整思路的能力等等，都是非常少见的，加之其心地善良，使得我们很多同事都很喜欢他。

过了很久，我沉静下来，回想到那个朋友的一些敏感和情绪化的言行，我开始理解了。在职场，一个人的精神健康十分重要。而要想精神健康，具备健康的心理，就要从刚刚懂事的时候开始培养，而在你明确要进入职场的时候，就更应该有意识地去培育这种健康的心理。

诚然，在职场中，每天你会遇到很多不顺心的事情。老板严厉的批评、客户或公众严重的不满、市场的巨大压力、新问题带来的新矛盾，等等。这些都会给你带来一定的，甚至是很大的不快。怎样才能坚强地面对这些呢？我自己曾经做过仔细的观察和体验。

在职场，很多人一天到晚地说“烦”，一切都让他们烦：起床上班——人为什么上班啊？到达公司——电梯怎么这么拥挤啊！打开电脑——老一套，又开始了！接受任务——就不能来点新鲜的？看同事的电子邮件——写那么多，看不完；写那么少，看不懂；写那么尖刻，不痛快！处理麻烦的事情——真难！处理简单的事情——大材小用！处理重复的事情　这什么时候是个头啊！烦！

吃午餐——没有新鲜的！烦！吃完午餐——又要上班！烦！下班——又得挤车，或者自驾车，堵车！烦！很晚下班——上网游荡一阵，一晃四个小时过去了，又是晚上一两点钟了，这一天，怎么这么没劲呐？烦！

这就是职场中很多人的心路历程。你的情况比上面的例子要好点么？不瞒你说，其实，在不少时候，我也有过同样的体验，这曾经让我很是烦恼！幸好，我有很多的朋友，他们有的是同事，有的是客户，有的是合作伙伴，因为是朋友，所以有了烦恼我就会去跟他们念叨。在他们那里，我经常会获得一些宝贵的建议，心理逐渐强健起来。

有一段时间，我因为工作非常劳累，加上巨大的市场压力，非常烦恼。于是有一天，在一个活动结束后，我的朋友，一汽集团某个营销公司总经理赵捷（化名）拉我去跟他喝酒。我知道，他是期望我心情愉快起来。那天晚上，我跟他有一场对话：

我："想一想，你每天得有多少困难的事情？你会不会想，怎么这么难？怎么是我？"

赵："我从来不这样想，更不会像很多人那样去想为什么单单是我？

我："可是，作为领导者，你难道不是每天遇到大量棘手的、令人郁闷的事情么？"

赵："是的，几乎每天都有。但是，我还能够比较从容地面对。"

我："怎么才能从容面对那些难事？"

赵："我经常这样挑战自己。这个事情我都处理不了，我也太没本事了！"

我："你真豪迈啊！但说得容易做到难——你不烦么？"

赵："不烦！我追逐工作中的乐趣，享受解决困难的愉快。"

我："明明是面对无数难题，哪来的愉快？这怎么是享受？"

赵："别人解决不了的难题，我解决了；我以前没有碰到过的难题，经过努力，现在解决了；每次都经历了从来没有经历的过程，有时候这个过程非常曲折，而这个过程、这些结果让我很愉快！”

我：“解决难题的过程中能够愉快？”

赵：“是。想想，反正你也躲不开！愉快地做也是做，苦恼地做，也是做，何必不愉快地做？来了事，静下心来，想办法。特别是，跟同事们一起想办法，跟合作伙伴一起想办法，多难的事，都会有一个答案，你一定会找到‘解’，寻找‘解’的过程非常愉快！”

他一边说，我一边想。特别是，想我当前遇到的种种似乎是无解的困难和烦恼，我似乎有了解决问题的方向。我的心结，慢慢地解开了。

我年轻的朋友们，你能够体会到赵捷那种在工作中的乐趣吗？你能体会到他在解难题过程中的那种愉悦吗？他所达到的，是一种职场上比较少见的境界。的确，这种人在职场中很少，但是，有！我以为，这是一种很健康、很强健、很硬汉的境界。我认为，在职场中，一流人士应该具有这种气概！

听了赵捷的这番话之后的第二周，我照例又遇到了很多麻烦事。此前，我遇到麻烦事总是心浮气躁。但这次，我试着以他那种平静和从容的心态，去和同事冷静、周密地思考、设计。终于，几件大事都找到了“解”。我开始体会到，当我坐下来跟同事开会之前，就知道我面临的问题有多难，但我想，一定会有解。跟同事一起去探讨，一定会找到解。那么，就让我和同事们一起寻找吧！

嘿，这个过程非常愉快！

建立让自己快乐的系统方法

在职场中，有不少工作压力比较大。其中有些压力，仅仅靠一般的自我心理暗示不容易减轻。尤其是，很多工作本身就是长期处于高压之下。在这种情况下，你该怎么办？职场人士常用的减压办法对我们很有益处！

感受工作和生活的乐趣，让自己长久地处于愉快之中！

改革开放后的30年中，我和我的那一时代的青年人一样，都曾广泛地探求世界和我们身边的新思想、新行动、新事物。其中，有两个全国劳动模范，竟然在我脑海中留下了强烈印象。

实话说，当初我去看这两位劳模，可不是因为什么组织要求、单位行动，不！我去，纯粹是抱着半尊敬、半欣赏的态度去观察一种行为艺术，顶多也就算是一个围观者。

但是，这两个人的服务确实把我“震”了。

第一个是北京百货大楼已故售货员张秉贵，他在世的时候，每次我去百货大楼，都会专门到他的柜台去看他工作。我有了小孩之后，还曾经抱着小孩“舍近求远”地专程到他的柜台去买糖。因为这样，我就可以近距离地、仔细地去观察和研究他。

张秉贵一面展示着他那闻名全国的高超技术，一把就准确抓出顾客所需要糖果的斤两放在秤盘子上，一面还笑眯眯地看着每一个排队的顾客。看到我带着小孩排队，他竟然走过来问我要买哪种糖，预先拿出一颗放到孩子手里，然后继续工作。待称好我的糖果之后，他随手拣出去一块，放回糖果箱里面。他在工作中的状态，简直就像是在进行艺术创造，又像是享受在舞台上表演的乐趣！

第二个，是北京优秀公交车售票员李素丽。听说了她的故事之后，我就特地几次到她服务的公共汽车的线路上，等待她的车到来，进而体会她的服务。我曾经亲耳聆听过她对乘客清晰、准确地报出站名，仔细介绍某一车站附近的单位、机构的名称，嘱咐乘客上下车注意脚下，行车过程中注意拐弯扶握；还看到过她离座搀扶需要帮扶的老人、病人、孕妇。我感到，她简直像是在一面工作，一面享受给予的快乐！

是的，对这两位劳模，我由围观到钦佩，由观摩到欣赏，直到开始思考：怎么这世上还有人这么爱自己的工作，这么快乐地工作，这么愉快地享受工作的乐趣啊？

此后，我开始注意观察，发现，其实就是在我们身边普普通通的同事身上，也可以看到职业人士那种健康的工作和生活方式。从他们那里，我们也可以学习到快乐的方法。

我在群邑媒介时期的同事季光，是那种一天到晚乐呵呵的、心平气静的人。跟他在一起，你总是能够感受到他那种突出的、高于常人的满足感，或者也可以叫做幸福感。究竟是怎么回事呢？

在工作的时候，他总是能沉下心去，按照系统的方法去思考问题。因此，一旦开会，他总能讲出与众不同的观点。有他在，同事们心里都有一种安心感。多难的题目，他都能提出一整套有创新意义的新思想。我曾经问他：“你是什么时候想出来的？”他说：“上班的时候啊！”每天上班，他总是能够专心工作。所以，他很少加班。因为，他说要享受下班后的休息！

珍惜休息、会休息，是他的一大特点。他曾经专门给我们讲过他的“洗澡观”。他说，洗澡就要认真、仔细地洗，把哪儿都洗干净；不要胡思乱想，不要想工作，那样享受不到洗澡的乐趣。你要做的，就是去体会怎么去洗干净，怎么洗澡更舒服就行了！他一边说，还一边做出洗头的动作。

再比如，和大家一起吃饭，他也都是专心地吃。他会仔细选出好吃不贵的饭馆，然后和大家一起去品尝。同样是吃东西，每次看他吃，都是那么香甜，甚至，他吃饭的投入劲儿都可以同化周围的同事。那些由于疲劳而不想吃饭的同事跟他在一起，都会迅速地一起投入抢吃抢喝的状态之中。

有一次，他去上海出差，正赶上一个周末。工作完毕之后，他对我的另一个同事建议：“咱们去南京吃鸭血粉丝汤，怎么样？”偏赶上那小子也是一个激情如火的家伙：“走！”俩人开上车，长驱300公里，到南京喝了鸭血粉丝汤，吃了灌汤包，开车就往回走。

周末去郊外旅游是季光两口子最喜欢的事情，他说：“到那个时候，我是什么都不想，专心地玩！”

看了我的同事这么爱吃、爱玩，你可别忘了前面我说的，他在工作上面也是一样地专注、投入、享受！我是希望大家要善于找到周围这样的榜样，学习他们健康的工作和生活态度啊！

外部帮助：找同事聊天、倾诉！

当有了烦恼的时候，特别是遇到自己特别烦恼、简直找不到出路的时候，千万不要把这些烦恼放在心里，让自己苦恼。你一定要去直接跟自己的亲友说、跟同事说、跟领导说。不必害羞，不必爱面子，不必怕别人说，直接去寻求外界的帮助就是！

讲一个我的故事。

我是一个非常乐观的人，是一个很能克服困难的人，也是一个很有韧性的人。因而，在我的职场生涯之中，我曾克服过无数困难。但是，在非常严峻、复杂的情势面前，我也不是一个永远乐观的人。那怎么办呢？

前面，我讲了向客户学习建立起职业心态。这里，我再讲一个向同事倾诉，减轻自己压力的小故事。

2009 年 7 月的一天，因为一个非常复杂的创新案例，我苦苦思考了一夜，竟然认为，几乎面前的每个方面都有阻挡我完成任务的障碍。特别是，我为某一客户已经做了极致的努力，但客户中还是有少数人不理解，依然在斥责我们一线的客服人员。一夜没睡，天气又那样炎热，我简直烦死了！

凌晨 5 点，我给集团中服务那个客户的团队头头写信，一通吐槽，遍数当前的麻烦。因为，当时我真是遇到了困难。我在信里几乎就是这样说的："你们团队这个任务简直就是无法完成！"

第二天上午我刚一上班，就看到了那个团队的同事们放在我桌上的一篮水果，上面还附了一张纸条："难为你了，大夏天的，吃点水果，消消火吧！"我看了那一篮水果，火气早就消了，深深体会到同事们的体贴、关爱，非常感动！

我在写信道谢之后，又写下了这样一段话："我不为我今天凌晨的发火而道歉了，因为，我是把你们当成兄弟姐妹，才说出来。我说出来，自己是好了一些，之后才想到，其实，你们比我还难！”同事给我回信说：“知道你是遇到了大难题了，不然你不会这样说，理解！”

你可能说，这样做，不是暴露了自己的弱点么？没错，的确不该总是发牢骚。但是，当你实在忍受不了、要崩溃的时候——那天我苦苦思考，真就是一夜没合眼——在这样极端苦恼的情况下，你还要忍受吗？不能让自己崩溃啊！干脆向团队说出来，让大家帮助你排解一下好啦！

我知道，在职场，有的朋友有了问题，自己闷在心里不说，以至于在家里想起上班就难受，甚至哭泣。或者，有的人会选择默默地离开所在的单位。请想一想，都到了这样的境地了，你还有什么不可以跟自己的同事敞开心扉的呢？同事们是一定会给你帮助的，并且，有时候这种帮助效果之大出乎你的预料！

内部调节：创建一套适用于自己的、有效的减压方法

在职场，每个人都应该建立一套自我排解压力的手段。平日里有效和健康的自我调节方法有很多，比如跟同事去蹦迪、唱歌、听音乐、看电影，等等。来看看我在群邑媒介工作时候的同事方宁的方法。

在办公室里，我一般下班走得比较晚。可是，我每每发现，我的同事方宁走得更晚。在我看来，她可真是辛苦——每天加班，她的家距单位又远，而且，因为每天加班，那么漂亮、脾气又好的女孩，都没有时间去找男朋友。可是，每当中午我们一大群同事在一起吃饭，或者一起出去开会的时候，我感到她总是很快乐。于是，我就去向她求教，得知方宁有一套自己的提高幸福感或者被称为减压的方法：

压力大了，我会去走路，最长走过两个小时。走路，可以减压，让自己轻松起来。在路上，空气远远比缺氧的办公楼充裕多了，吸起来很舒服；在路上，还可以观看飞鸟，研究喜鹊和乌鸦为什么招人喜欢或者讨厌；路人就更加精彩了，那真是千奇百态、应有尽有，让你觉得很新奇，很有趣！

如果工作疲劳至极，我下班就会去逛商店。有一次下班晚了，累了，心情也不好，我就走到附近的电影院去看电影。在里面，我还睡了一觉，醒来，觉得不愉快的心情几乎没有了。

当然，我也有不愉快的时候。那我就深呼吸。我看了很多心理学的书，那些专家提出了很多在职场上特别有效的办法。比如，你就算是坐在办公桌旁，也可以稍微停下来，闭上眼睛，慢慢地深呼吸，想想让你愉快的事情。然后，一有空，你就去做。总这样做，就成了习惯，以至于每当你情绪不好的时候，就会这样放松地做深呼吸。很快，你的积极情绪就来了，好像是被“调动”出来了！

我听了方宁的话，就去练习了。还真是管用。

慢慢地，从季光、方宁等同事的方法之中，我体会到，每个人在职场中都可以达到他们那种境界。办法是多向那些快乐的同事请教，多回味自己的快乐，再看一些提供这类方法的书籍。然后，你就可以逐步建立起让自己快乐的系统方法啦！

14

什么决定你的未来？

思考：

你可曾自学过？你自学掌握一门知识、技能需要多长时间？

每年，我国都会有大量青年人从学校走上工作岗位。在这里，我想提醒年轻的读者，进入一个组织以后，要立即着手学习需要你去知道或懂得的一切，而且，还要建立起一种特殊的能力，即迅速学习一切知识和技术的能力！

在你人生的各个时期，每天学习多长时间？

在职场，要想生存、发展，就必须具备学习能力。为什么？

一次，我在飞机上遇到一家国际著名的鞋业公司的中国经销商，周海涛总经理。那天，通过聊天，我俩一下子就熟悉了。他问我："你怎么看一个年轻人？"

我说："我看一个年轻人，除了品质之外，一般是看他的学历、经历、能力。对刚刚出校门的学生，我没得看，只好看他的学历；出校门几年的年轻人，我看他的经历——看他有没有在可以信赖的公司、机构或者在可以了解的岗位上工作的经历；真要是选可嘱以大任的人，我会通过他的业绩，看他的能力。

周海涛对我说："很好。但是，你少了一样——学习能力！"

跟他分手以后，我仔细思考他的话，感到他说得有道理。慢慢地，我体会并理解到，在职场中看一个人，学历，表明过去；经历，表明过去、影响现在；能力，直接作用于现在；而学习能力，则决定了现在和未来。

因此，我建议年轻的读者在分析自己的时候，可以做一张表格。我喜欢用表格这种工具来分析自己，它比较简单，可以让你一目了然地了解自己、看透自己。作为职业人士，这种对自己全方位的了解是十分必要的：

观察内容	具体状况	影响
学历		
经历		
能力		
学习能力		

在"观察内容"这一项中，纵向看，你已经一目了然，可以看到学历、经历、能力、学习能力。

"具体状况"这一项中，你只要对自己的学历、经历做真实地回顾就是了。关于能力，可以描述自己在各方面的技能、长处，特别是曾经为组织做出某些贡献的具体事实、数字；而学习能力，则可以分析自己学习一项技能、知识等所需要的时间和掌握的程度等。

"影响"这一项，可以参考我上面所说的，对过去、现在、未来的影响写出你的看法。

现在，你是不是开始看到一个更加具体的自己了？是不是开始对自己有了更清晰的了解了？

我们再来继续分析一个过去你可能没有注意过的问题：你在人生各个阶段所投入的学习时间。

单位：小时

所处阶段	每天平均学习时间 （工作后，则要包括学习工作技能）
初中／高中时代	
大学／硕士生／博士生时代	
毕业后第一个 5 年	
毕业后第一个 10 年	
毕业后第二个 10 年	
毕业后第三个 10 年	
毕业后第四个 10 年	
……	

看了这张表，可以理解，在学校，你的主要任务是学习，所用时间必然多，也正因为如此，你的知识水平提高很快；而在职场，主要时间是工作，看书学习的时间自然少了，我们更多需要学习的是工作技能，因此，你的实际操作水平提高很快。

但实际上，我想通过这样的比较方法让你对自己有一个更清楚的认识，同时提醒你一个重要的事实：多数人离开学校之后就不再学习了。还有相当一部分人，在进入职场粗知工作技能之后，也就不学习了。在我看来，这部分人至少有80%。

这里所说的多数人“不学习了”这个情况有两个含义：第一，再也不看书了；第二，更重要和可怕的是，不愿意去钻研自己工作的技巧和学问，开始混时间、混工资。

但是，当今知识和技术的更新速度如此之快，职场有多少需要你学习的东西啊！无论你在哪个行业，要想进步，就要学习。我发现，在市场上越是竞争激烈的行业，人们学习的积极性越是强，素质也就越高；而在那些相对稳定的行业中的人，学习的自觉性就比较小。10年、20年、30年下来，就算当初是同样水平的人，到后来也必然会拉开差距！

什么是学习能力？

学习能力，就是在一定时间内学习、掌握一门知识、工作或生活技能的方法、技巧的能力。一般，人们仅仅有学习能力还不够，还要有主动学习的精神和毅力。讲一个“徐岚的小本”的故事。

徐岚，是我认识了10年的一位职场人士。他是一个非常优秀的、年轻的、做营业工作的职业经理人。徐岚有一个四寸长、两寸宽的小本子。在那个小本上，除了有每天的计划之外，还记满了各种各样的新思想、新事物、新数据。比如不同学科书籍中的新观点；各地市场数据比较曲线图；各类经济和社科媒体里面呈现的智慧、思想，等等。

我问他："为什么做这个笔记？"他说："大学毕业以后一直在做，有用！因为，大学的知识一出校门就不够用了。"

我问："怎么记录的内容这么宽泛？"他说："营业人员是做销售和客户服务的，需要掌握的知识非常广泛，什么都要学。一些新鲜的东西，说不定在和客户交往的过程中或在提案中就有用！"

我再问："为什么非要记录下来？看看不就成了吗？"他说："'一般了解'是学校考试前老师经常说的。对于这种背景知识，当然可以这样对待。但是碰上真正有用的知识，还真就得写下来，不断拿出来看看，就记住了，就可以用了。"

徐岚长期这样学习，有了长足的发展。现在，他已经独立创业，被各界誉为"最接地气的市场人士"，受到众多客户的尊敬。

那么，我是要大家关注徐岚小本子上那些具体的新鲜事吗？还是说，我是在告知大家今后要想进入广告公司、文化创意产业或者更大范围的咨询、服务公司，应该准备什么知识吗？都不是！

我想要告诉大家的是：第一，一个年轻人出了校门以后，要想不断进步，就要不断学习；要想一辈子进步，就要一辈子学习。第二，要像徐岚那样，准确地找到自己从事的岗位上所需要的一切知识，去利用一切时间学习。

对此，我的观察与思考是这样的：

大学毕业后，如果坚持学习10年，你可能进入人群中20%的行列，从整体人群中脱颖而出。因为，其他那些大学生毕业后学习日益减少！原因有很多：认为学够了；或者，经受惯了被动灌输式的学习，不会自学；还有受到诸如“最重要的是享受”“快速挣钱”等似是而非的思想的引导，所以哪怕是对自己所从事工作的专业技能，也不愿静下心来钻研，等等。这就使得一大批大学生停步了。

顺便说一下，诸如“享受今天”“活在当下”等时下流行的“小资调”，我认为，它是职场人士在生活中遇到矛盾和困难的时候，自我调节的一种方法。运用一时，还是有效的。比如，有人在遇到巨大困难，觉得过不去的时候，去唱歌、喝酒、旅游，放松精神，以利再战。但是，真正的职业人士是很少把它作为人生哲学去运用一生的。当然，究竟该怎样做，每个人都有自己选择的权利。

明白了进入职场后学习的原因，归纳总结出自己的学习目标、方法，学了 10 年，再坚持继续学习 10 年，你大约就 40 岁了。这时，你可能进入人群中 10%的行列了。因为，在这个年龄，有的人完全停止学习了，有的人进入了重要的管理、技术、经营等岗位，没有时间学习了。

再学 10 年，你可能进入 5%的行列。因为，大约 50 岁的人学习就更少了。而且，如果你处在领导岗位上，不用你再学，手下的人就会代替你学——他们在不断学习、思考。比如，你的讲稿、文章会有很多年轻人帮助你写，你甚至不用自己去做更多思考了。你在使用着年轻人的思想，却以为自己在进步，于是就会停止学习。

50 岁以后，如果继续学习，你可能会进入人群中顶尖的 1%至 2%的行列。因为，多数人都停下了学习的脚步。

那么，60 岁以后呢？你退休了，要不要继续学习？请

> 看一看中央电视台《大家》这个栏目。那些在学科和行业里面的领头人以及那些大学问家，很多都是六七十岁甚至更大年龄的人。他们是集众家之长者，是真正活到老学到老的学者——他们自认是永不停步的学习者，而从不自居有学问者。只有这样，才有可能最终成为“大家”！

假设你认同我对人群学习趋势的思考，那么你可能会感到，毕业后的学习将是更加重要的！是的，要想成为出类拔萃之辈，就要在学习上下功夫。过去中国戏班子有句老话：“要想人前显贵，就要人后受罪”，“显贵”“受罪”两个词不好，但这话包含的“要在台下做足功课，才能独步向前”的意思，却是实事求是的硬道理啊！

这里，我还想特别提醒青年读者，近两年，随着移动通讯设备普及，越来越多的人沉迷于各类社交和娱乐媒体，用那些段子、笑话、励志故事、朋友感叹、集体吐槽代替了一切学习。这些移动通讯设备已经融入到了相当多年轻人的主要生活之中，人们从早期的“BBS控”“网虫”“微博控”“微信控”逐步成为“网络控”“移动控”。

在这样的大环境下，一个人能否把眼睛从那些电子设备上移开，把头抬起来，去观察现实的世界，去思考现实的问题，将成为是否为职业人士的新的标志了。对这个问题，我在本书中的多处都有提及，目的，是希望和大家一起做出思考，开始行动。

干什么，学什么！

进入职场不意味着学习的终止，相反，是意味着更加广泛的学习的开始。那么，从哪里下手呢？

先建立起自学的方法。走上社会之后，没有了老师的指导，也没有了家长的督促，那可真是需要自学的啊！

本书的读者，多是在学校学习了很长时间的学生或者是企业、公司、机关和事业单位的员工。请各位想想：在学校里面，你得到的是什么教育？你学到了什么？

有一个在加拿大读中学的中国年轻人曾经告诉我，一位加拿大中学老师曾经对他讲过对中国教育的负面评价。

一天，在课堂上，老师拿出了咱们大家都熟知的著名数学家高斯多年以前面对的那道题：1 ＋ 2 ＋ 3……＋ 100 ＝？立刻，同学们就忙活起来，有狂按计算器的，有拿着笔在那里写写画画的，还有三三两两组队讨论的。只有这个中国年轻人没加思索，就高高举起了手。老师见状，慌忙摆手大喊："不要说出答案啊！"

下课了，老师单独找到中国孩子，问："现在，说说你的答案吧？"他说出了高斯的答案。

老师问："这是你自己想出来的吗？"中国孩子答道："不是。是我们老师告诉我的。"

于是，老师说出了此后长期影响这个年轻人的一番话："加拿大教育不同于中国教育。在加拿大，老师的责任是教给学生学习的能力，教给他们自学的本领；而在中国，老师没有教给你们自学的方法，也没有教给你们如何培养自学的习惯，而只是教给你们知识、结论，让你们背诵。今后你在我这里学习，要仔细体会这两种方法的不同。记住，掌握了学习方法，你才能自己去学习！"

后来，这个中国孩子顺利完成了高中、大学的学业。进入职场之后，他迅速学习了一系列专业技术，显示了比较强的自学能力。

是的，我很认可那位加拿大中学老师对我国教育方法的批评。假设你也有同感，就要特别注意改正中国教育给你带来的不利影响的一面，特别注意自己思考，自己学习！

从学校到一个新单位，学什么？需要什么，就学什么！

多年以前，我曾经看过一部经典的罗马尼亚电影《多瑙河之波》，故事描写了二战时期罗马尼亚人民反对纳粹德国的斗争。片中有一个叫托马的罗马尼亚军官奉命扮作一个水手来到一条运输船上，准备截获那条船上运载的物资。事实上，他只是一个职业军人，对水手的事情，一窍不通。但是，他有极强的学习能力。影片中有这样一个情节：船主命令他刷甲板，然后，就进屋去了。

可是首先，托马不懂得怎样在高高的大船上用水桶把水从多瑙河里打上来。于是，他四面张望，发现别的船上有人打水——就像我们中国农村从井里打水那样。于是，他照猫画虎，迅速练习。很快，他就学会了如何在船上打水！

接着，他面对船上那种没有木把的墩布又犯了难——不会用啊！于是，他一面跪在地上，双手攥着墩布笨手笨脚地擦甲板，一面四处观察。他发现另外一条船上有一个老婆婆唱着歌，弯着腰，拿着墩布甩来甩去地擦甲板。他也立刻站起身来跟着比划。就这样，他又迅速学会了擦甲板！

当船主人再次出来看到他貌似熟练地刷洗甲板的时候，问道："你以前在哪条船上干过？"他非常自信和老道地说："不止一条船了！"

托马就这样轻而易举地骗过了船主，在船上安顿了下来！

这是一个“需要什么就学习什么”的范例。第一，当生存的需要摆在你面前的时候，你必须要调动你的一切能力、文化、经历迅速地掌握工作技能。第二，有的时候，各方面允许你学习的时间非常短暂，纵使如此，你也必须高度机警、全神贯注、八方观察、迅速学习，取得生存的权利！

接下来，干什么，学什么。

中国职场有一个独特的现象，很多人一面工作一面学习。但是，他们的学习，不是研究、学习自己的业务，而是去钻研与个人当前职业没有关系的东西，比如外语或研究生考题，这使得这些人在单位里总是处于业务劣势。不说别人，其实，我自己在早期也有过这种情况，后来我发现，这不对头，在个人发展上，很吃亏！

要知道，走上工作岗位之后，你在一个单位里最重要、最急切需要掌握的是什么？是这个单位的业务啊！这个单位付给你劳动报酬，这里是你的立身之地。你不专心致力于工作，却想着别的事情，甚至在上班时间也悄悄地学习工作以外的知识，这怎么能达到业务精专呢？这又怎能得到工作单位的器重呢？明白了这个道理，我做了改进。

我刚刚从市场研究公司进入电通国际广告公司的时候，看到高管中有很多日本人，就想，我要不要学日语呢？可是，如果我把精力都用在了学习日语上，又怎么能够尽快提高广告业务水平呢？我一时想不明白，就把自己的想法向老板做了汇报。老板嘱咐我，万万不要去学日语。如果需要沟通，公司每个部门都有翻译。于是，我就专注于业务，并在电通做出了我应该做出的贡献，得到了老板的认可。

想想，如果我把时间精力全部用到我不懂的日语上面，我一定不会在最短时间内了解业务，更不会全神贯注地做业务，也就不可能取得那些应该有的成绩了。

所以，结论就是：做什么，学什么。首先是要学习自己所从事的工作当中需要的一切技能，一定要让自己在业务上尽快过关！万万不可以做的是：别人学什么，你就学什么！

比如学外语，如果不得法，就会耗费你极大的时间，但却不能让你在单位里应该成熟的时候，成熟起来。它可能会为你今后某一个时期与外方管理者沟通带来方便，或者，为下一步跳槽准备条件。但是，在这个正在给你发工资的组织最需要你去体现才华学识的当下，却让你丢失了分数。

你可能问，外语很重要，什么时候学？我说，从中学到大学，你10年全脱产学习，居然还没有掌握外语吗？

你还可能问，我没上过大学，或者，就是10年没有学好，可是现在需要外语，怎么办？从职业发展的角度，我也只能说，真是需要的话，就要研究学习外语最有效的方法，然后利用业余时间学。

那么，请想想，你现在最该学习的是什么呢？想明白了，就动手学吧！

第四章

你所不知道的职场第二规则

15

从一般的规矩到不可触碰的铁则

思考：

进入一个新的组织，你该从哪做起?

在任何组织中，你都可以看到一系列规章、制度，它们必将成为你的行为准则。我把它们称作“职场第一规则”。但是，有相当多的职场常识、规则没有被写入组织的规章制度，但它们又是职场中很重要的行事方法。我称之为“职场第二规则”。

职场第二规则，是组织正式的制度体系、员工职责之外的，职场自身对所有员工的要求、规矩和原则；对组织中每一个员工来说，职场第二规则的含义就是：在组织中，做你该做的一切！

对这一套规则，你应该按照组织明示的第一规则那样去遵守和执行。只有这样，你才可能成为一个被领导和同事认可的合格员工，进而，最终成为一个职业人士。

第一天，怯生生的你刚刚进入公司……

入职第一天，你该做什么？怎么做？

与人交往。

在很多场合，我看到新员工刚刚进入公司的时候，迎面见到生人，不知道该说什么，手脚也没处放了，脸一红，低下头就匆匆走过去了。自己觉得不自在，对面的来人也觉得尴尬。

那么，在组织内，应该怎样面对同事呢？

面对同事，应该善意地微笑，主动地问好或者点头示意。这样，你就会很自然地融入一个新的组织。比如，在早晨刚刚进入单位或者晚上离开的时候，用上现在盛行的同事见面互道“早上好”，晚上下班互道“再见”的寒暄语，并养成习惯。这样，你一点也不会感觉尴尬。

上面那种怯生生的表现，还体现在与同事的谈话方面。大概是在学校久了，或者，刚刚出得家门，很少在公共场合抛头露面，很多年轻人与同事一见面说话，就会低下头，显得很害羞的样子——这种情况，男生、女生都有！注意，这样的动作和表情将使自己得不到对方全面的信息，还会增加对方的局促，达不到良好的沟通效果。

正确的做法是，在与同事交流、沟通的时候，眼睛平视对方，聚精会神，表情放松。放松，也不要过度。不要跷二郎腿，不要在手里耍弄圆珠笔，更不要腿乱哆嗦，那会被视作不职业或没教养。

开会。

很多新员工更加青涩的表现是：一进入会议室，要么，就像小绵羊似的立刻蜷缩在一个角落，好像生怕别人看到；要么，就像在大学听课时候占座那样，找到一般公认最好的座位，大大咧咧地一坐，等待开会。开起会议来，不少新员工又会低下头来，一言不发，一副可怜巴巴的样子，对此只能用“低眉顺眼”来描述。还有的时候，会议开得很久，前辈那里茶干碗净，也没有人理会。

就此，我的建议是：

进入会场后，先观察一下，要去抢看上去“不好”的座位。比如，在小会议室，一般后排是不好的位置。你是新员工，不受到特别邀请，一般不要往前面抢。若是大会议厅呢？一般前排是老员工不愿意去的区域，好，这时候，你就应该随时听从会议组织者的招呼，坐到指定区域——一般是前面。

什么时候坐下？到达大会场就可以坐下了。但进入小会议室，在传统组织中要注意：一般，让尊者、长者、前辈先坐，自己再坐；即使自己先到会议室坐下了，前辈进来了，也应该主动起立、同别人打招呼，等别人坐下，自己再坐。到了客户那里就要更加注意！

在各个组织中的小会议室里，一般没有专门的服务生。因此，会议进行过程中，看到大家水杯里没有水了，主动去给大家倒水，这样老员工会觉得你活泼、懂事、眼里有活。

有一次《北京晚报》招聘，面试官发现每个人都很优秀，看不出大家的区别。于是，就组织了一次小小的茶会，让大家自由发言。席间，很多人水喝完了，应聘者中一个女孩子站起来大大方方地去给会场中的每个人倒水。最终她脱颖而出——面试官认为她善解人意，体谅别人，而且行事落落大方。

还有，会议结束后，一定要把椅子送回原处；桌上杂物、一次性水杯带走，放入垃圾箱；桌子上的一切，如投影仪、笔记本电脑等，都帮助收起来，送还原处。这个习惯，就是外出到其他组织甚至公共会议设施那里开会，也要保留。

办公桌。

到很多办公室去看看，一些人的办公桌永远是非常纷乱——天晓得那桌上哪里来的那么多的东西。

职场人士一般认为，整洁的办公桌，是思维清晰的表现；纷乱的办公桌，是思维混乱的表现。所以，要永远保持你的办公桌整洁！做到这一点最简单的方法是：第一，强迫自己，每天至少扔掉一样东西。第二，要求自己，每天下班离开办公室前用五分钟收拾一下办公桌！时间久了，这个好习惯可以反过来促进你思考清晰和条理化。

休会一下，这样一来，你的办公桌将永远是整洁、干净的。在一些非常紧张的行业中，你的这个习惯，甚至可以成为一件帮助你克服紧张情绪的愉快且有效的工具。

有一次，我到一个客户那里去。在地上，看到一片不大不小的纸片横在那里，十分扎眼，就捡起来顺手放到了旁边的纸篓里。我的这个举动没有人看到，而我这样做也不是为了让别人看到。因为，那张纸片在客户整洁的办公室里实在是太扎眼了！

要这样做吗？要！无论在自己的办公室，还是在客户的办公室，都要和在自己家里一样。如果家里乱七八糟，你会心情很不愉快，你会不管么？不会！而办公室是你每天要工作八小时的地方啊——不要容忍垃圾！当然，如果整个办公环境是乱七八糟的，那就要建议单位，配置保洁员，或者，建议管理者要组织员工大扫除了。

办公室。

我经常看到，在一些单位里面，下班了，办公室里面没有人了，还是灯火通明的。这样不好。从大的方面来说，这是对我们有限资源的巨大浪费；从小的方面来说，没有一个公司的老板愿意自己有限的资源被这样无效地支出！

怎么办？下班的时候，如果你是最后一个走，就主动地关闭所有电源；如果你是在前面走，也应该把自己那个区域的电灯关掉。

另外在节假日，即使没有人嘱咐，你也应该主动地去关闭电源，包括计算机电源和饮水机电源等——当然，上班的时候别忘记把电源打开。此外还有关闭窗户、大门等。

这样一些行动，是你作为一个职业人士所应该做的。应该说，所有管理者乃至员工都会欣赏这样的行为。他们认为，那是你有主人翁意识的表现。

递名片和握手。

当你进入组织不久之后，就可能到外面与人交往了。那么，一般没有经验的员工会怎样做呢？

在递送名片的时候，新员工经常会“递错”名片，也就是把名片上面的字朝向自己，硬生生地给人家递了过去；还有的人会一只手给人家拿过去——在市场上做了甲方的时候，就更加容易这样做——有不少人在心里是连名片也不愿意给人家的。

应该怎么样呢？给对方名片，要双手奉上，名片上的名字要朝向对方。一定不要把名片从名片夹里拿出来之后，就舒服地看着自己的名字交给对方。为什么？这是为了方便对方阅读呀！请把此前你那种给人名片的方式做个换位，从自身的角度来反思、改正，而且还要举一反三地改进其他不能体谅别人的毛病。

至于说一些处于甲方位置的人士不愿意给人家名片这件事，我不讲任何一个组织都需要其他合作机构的帮助，我也不说我见到的市场上最聪明的甲方如何倚重乙方，我只说：你是否看过 2014 年的一则新闻，说著名港商李嘉诚有一次见人，在电梯口迎候，进屋后向每人奉上了名片。那么，无论你是多大的人物，比李嘉诚如何呢？

一些员工不会握手，结果会让人家不太舒服。不说别人，我刚刚走上市场的时候就是这样，握手非常有力。有一次，我和一位女士握手，对方惊叫出来。后来那位女士做了我的老板，初次见面给我上的第一堂课就是，今后见了女士，握手不要太用力啊！

握手过于用力，不仅不能达到你想表示友好的目的，相反，还会给对方增加负面情绪。另一些人士则完全相反，在握手的时候，手软绵绵地“放”在别人手里。这样，对方可能感觉你不在意，甚至不屑于和对方握手，如果你是男士，对方可能感觉你不够男人。

这样试试，握手的时候，心中带着对对方的尊重；眼睛，要平视对方，在心态上不俯视、不仰视；右脚，伸出半步；对男士，可以适当有力；对女士，则一定要力量适度；对熟人，真正是觉得很久未见，可以用双手表达自己的情感，一手握对方的手、一手扶握对方臂肘，但也要注意周围人的感受，不要让别人觉得你过度热情或厚此薄彼。

“你的任务，死活得完成！”

在学校里的时候，很多人对老师留的作业，甚至论文，都是一拖再拖，老师经常通融、忍让。同时，我们还被教育可以质疑任何问题。因此，很多人很有主意。于是，进入职场，我们也经常不能按时完成任务，心想，还有明天。不仅如此，我们还经常像在学校一样，书生气十足地对老板的命令发出疑问。

上述情况的结果，就是在执行命令的时候打折扣，甚至不执行命令。结果，往往摔跟头。对此，你需要知道，职场和学校不同！不管学校的教科书里面怎样描述，在现代组织里，特别是企业中，实际上是处于半军事化状态的。这种状态要求，对老板的命令，应该无条件地执行！

即便是非企业类的组织，实际上，如果你能够按照企业的标准来要求自己无条件地执行上级命令，你也会受到欢迎。从这个意义上来说，企业标准高于行政事业单位的“国标”。

什么叫无条件执行命令？那就是任何任务，一旦下达，就必须按时、按要求去完成。这是职场铁律，和在学校不一样。在学校里，你有一万个理由不完成作业。但是，在单位里面，你没有任何理由不完成任务。

在非市场化的组织中，常有这样的情况：布置好的任务，就是不能完成。不能完成任务，有很多理由：

"有另外的任务"——这个任务，甚至比直属领导布置的任务还重要！

"我得病了"——这你总要同情吧？否则，你还有点人道主义精神吗？

"上游部门没有送来他们应该传来的材料"——责任不在我！

"太累了"——你总不会不理解吧？

……

那么，在职场中，我们应该怎样对待任务呢？

很简单，是自己的任务就必须完成，这没有什么可商量的。不完成任务，没有任何解释的理由。你听说过结果主义、结果至上吗？对，职场只看结果，不看过程，更不理会任何解释。

怎么完成？你是新手，就要勤学苦练，这就必然需要多投入一定的时间。即便不是新手，我知道，很多员工为了把工作做到超级棒，对一页一页文件进行斟酌，对一个一个图标进行修饰，直至做到最好。

在本书前面讨论面试的章节中，我曾经介绍了妮娜经过成功的面试在2014年初进入了一家外企做会计。刚刚进入那个企业，她发现，工作繁多，特别是她很不熟悉那里的业务。她立即感到，自己在学校中学习的知识和此前在国内企业所做的同样工作的经验远远不够用，以至于精神非常紧张。但她调整了一下心态，就立即开始加班学习新业务，期望能够在最短时间内将其熟悉并掌握。

如同我们对战争的了解一样，一上战场，那就是你死我活，就必须完成任务、消灭敌人，在公司中也是一样。上级或你的老板下达了命令，一旦你接受下来，就没有任何理由不完成任务。你听过组织中的总监、经理遇到难事经常说的一句话吗？“死活你得拿下来！”是的，无论困难与否，只要是自己的事，死活得完成。

较真的人要问，完不成怎样？不会怎样。顶多，你会被认为是没有经验，能力不足，需要慢慢学习。对这样的评价，就要引起“老人”的注意了，而新人却不必过于焦虑，抓紧时间学习就是。

“准时”是职业人士的习惯

我们从小到大，养成了很多习惯，它们有好有坏。其中，不准时，就是一个坏习惯。在职场，它被认为是不职业的表现。怎么做？

按时上、下班。

除了一些新经济企业之外，我国的多数单位还是比较重视上下班时间的。在这样的单位里，有些人上班一定会迟到，而且，是经常性迟到。这种员工，一般不受老板欢迎。原因很简单，他觉得你不在意这个公司或者这份工作。

员工能够按时到达岗位么？没有特殊的情况，绝大多数员工都会按时到达。

你问，必要么？必要。既然公司在意，你又何必非得迟到？

谁也不会一辈子不会遇到意外呀？对！谁都会遇到偶然的事情。可是，我告诉你，在职场，真的会有人一生都不迟到！谁？我的妈妈！单位8点上班，她每天早晨6:50出门，到单位7:30至7:40之间，四十年如一日！

当然，在组织中确实经常会有人因为一些可以理解的原因而迟到。比如，前一天加班回家晚了。对此，没有人去计较。但是，如果是没有理由的迟到或多次迟到，那样的话，就会有考勤员通知你。一般，领导者也会对你有所注意。

其实，一个会安排自己的生活，能够正常地生活的员工是很少迟到的。对此，我的建议是，如果没有特殊情况，头一天早睡。**“睡得早就起得早，起得早就上班早，上班早就不迟到”**。这是按时上班的诀窍。

按时下班怎样？很好！在班上能够完成任务，很棒！很职业！在职场，有一小部分人真的能严格按时上下班，还把工作做得很好，但这样的人太少了！

没到下班时间就离开单位叫早退，这不对！早退的人经常说，职场规则是朝九晚五，于是就提前个十几分钟、几十分钟下班了。先更正一下，在市场化的组织中，绝对没有“朝九晚五”。在这些组织中，只有“朝九晚六”，中午吃饭的一小时，不包括在工作时间内，朝九晚五只不过是一些没有目标、没有任务的机关和事业单位及其员工的自我创造。

问题在于，有的员工甚至早晨迟到了，可晚上还是没到下班时间就走，这就是典型的没有责任感的员工。这样的员工是无法取得组织的信任的。实际上，这样的员工是自己把自己边缘化了——你认为组织中的工作乃至一切与自己无关，而组织自然也不会把你当做可以信赖的对象。这是相辅相成的。

按时开会。

在中国的很多单位，会议都不能按时召开，不按时的理由都很充分：

“路上堵车”——比如北京的堵车，大概是全世界之最吧，你管得了吗？

“会议主持者的老板让我办事”——你管得了吗？是你的老板叫我耶！

“我手里有非常重要的事情”——比这个会议还重要！

“上厕所了”——管天管地，你还管得了这个吗？

亲爱的读者啊，如果你是一个职业人士，就会非常反感这些迟到者和他们迟到的理由。在市场化的企业，开会迟到没有理由，这样的人是不会见容于组织的。

几年前一个星期一的早晨，在北京电通广告公司的电通传媒会议室，我的老板主持会议。有一个总监没有到，我的老板在电话里对她说：“我们在会议室里等你开会！”于是，全体参会的总监以上的管理人员就坐在会议室里等待这位迟到者。

那天早晨，那位总监接到电话的时候还在路上很远的地方。但是，我们就是全体一起等。大约 40 分钟以后，全体管理者看着她满头大汗跑进来，连连道歉。此后，我们电通传媒的管理者再也没有人迟到了。普通员工听了，也不再迟到了。

市场化的企业没有迟到的理由。我听说，著名的联想集团规定，任何人迟到，都不可以坐下开会，而要罚站开会。甚至，最大的领导者柳传志迟到也要罚站——你还有理由迟到么？你还敢迟到吗？

写完这一段，我刚好在微信里看到有人介绍腾讯上班不打卡。很多人对此一定非常喜欢，觉得新经济企业才令人向往。但是，就是在同一篇文章中，还介绍了一个小伙子的事迹，说他“几乎不熬夜，每天早早来公司，尽可能十点钟之前离开办公室”。我的朋友们，这个十点钟，十成是晚上耶！那么，你能否体会到，不打卡也不是没规则啊！

按时赴约。

在组织内部要遵守时间，在社会上、市场中，与任何人约会，也都要遵守时间，按时赴约。

一般来说，如果别人约我，却迟到了，假设那一天正好我的工作安排得比较满，那还真是挺烦的。一般，我恐怕就会先去按照原来定好的日程进行接下来的项目，违约者的约会便会被推迟。当然，如果接下来没有日程安排，我也不会去难为来访者。接到他们将要迟到的电话或者短信，我总是安慰他们：“没关系，我在办公室里面做其他的事情呢，不耽误时间。”

你可能会觉得我这样的约见者好说话，是你喜欢的约见者。但是我不得不告诉你，如果我这样的人多了，还真的不利于培养年轻人养成按时履约的习惯。实际上，在职场中，多数人都比较讨厌迟到、违约。

我知道真有那种严格的管理者，如果你迟到，他就会去做自己的事情，直到做完为止。而你，就不得不在外面经历漫长等待的煎熬。还有更加严厉的约会规定，比如比稿，这是一种常用于甲方如企业或政府采取招标手段实现采购的必要程序——不少组织规定，在比稿过程中，迟到要扣分，而迟到超过五分钟，就取消你的提案机会了。

严厉吗？我认为，这不是严厉，这只是良好的职业习惯而已。如果你要想成为一个真正的职业人士，那就请养成良好的习惯吧！

16

“柔软”的坚硬规则

思考：

怎样看待自由的观念和职场的规则？

在职场中，对于很多事情，很少有人会一一告诉你，该做什么，不该做什么。但是，如果你做了公认不该做的事情，其他员工就会很奇怪，认为你不职业。但这些员工不会去想，其实是他们自己或者所在组织从来没有给新人说过。

在职场，不谈与工作无关的事情，如宗教和政治

近年，一些善于宣传自己的企业自我炒作，说在企业里面可以自由睡觉，可以带着猫狗上班，可以穿着人字拖鞋及其他随便的装束到处溜达等。这些，都被作为企业文化而到处传颂，借以显示这些企业的员工享受着多么大的自由。

于是，一些青年人就觉得，自由的组织才是比较理想的。

这个自由包括：吃什么、穿什么、想什么、做什么、说什么、干什么，等等。他们认为一切都应该由自己做主——当中国市场上那个“我的地盘我做主”的广告把当代青年人内心的想法呐喊出来之后，广告界的一批庸才不断跟风、抄袭，把这个概念扩大了，甚至影响到一部分青年人对职场的认识。

我想，读者首先需要知道，即便一些公司有一些相对宽松之举，那公司也一定是期待你有更多的回报。比如，如果企业真的允许你在单位睡觉，那么，那里一定是一个加班成风、工作成癖的创造性工作环境。而一些企业老板讲民主、讲宽松，也是期待你拿出更多建设性的意见，而绝不是想创造一个没有责任、没有义务的自由乐园。

我曾经在一家媒体看到，他们每个人的办公桌下面都有一张可以自动拉出的简易床。每天中午，大家都可以来一个午休。我在惊呼他们老板如此善解人意的同时，想到这是一个新兴城市的媒体，处于各类优势媒体夹击之下，缺乏更多可以借用的文化组织、各类人才、公众媒介消费习惯等资源，创作和经营面临挑战，进一步想到他们平日里紧张的工作状况，从而深深感到他们工作的不易。

实际的情况是，在一切社会组织之中，绝对的自由是没有的！

职场，是实现组织目标的地方。

在职场，你首先应该了解的，是组织的目标。生产什么产品？实现多少盈利？完成哪项报告？开展哪些活动？这些，都可能成为组织一定时期的目标。在实现组织目标这个唯一追求之下，一切与其无关的，都不应该被讨论、实施、呈现，甚至关注。

比如，一些人是有宗教信仰的，应该说，这是挺好的一件事情。同时，宗教信仰是受到法律保护的。但是，在职场上，无论是我所走过的国际性公司、国有企业或国家机关，还是我见识过的国内外知名组织，员工都自动地不讨论宗教问题。为什么？

第一，职场，是组织提供工资、交换你的时间和劳务的场所，它与宗教无关；第二，你有信仰，别人可能没有信仰，或是有别的信仰，你谈这些，可能造成别人的尴尬；第三，如果你是做服务工作的，你不能保证你服务的对象与你有同一个信仰，搞不好，你的工作会因为你的宗教信仰而存在风险。因此，你可以观察到：在商务、政务场合，没有宗教内容。

与此相连接，你所信仰的宗教的配饰、服装以及一切与之有关的东西，也不要带到工作场所，尤其不要带到客户那里。

在电通广告工作的时候，我曾经听我的老板说，有一次提案，我们团队中的一个爱打扮的女孩子戴了一个十字架的项链饰物。那个十字架配着一条水晶的项链，看上去十分漂亮。但是，在进入客户办公大楼之前，我的老板发现了，立即要求她摘下来。当时，老板的要求仅仅是按照职场的一般规则提出的。没想到，这避免了一场难堪——进了大楼才知道，那家民营企业的好几个老板都崇尚佛教！

值得提及的是，我后来也有幸服务那个企业，常跟那家企业的高管在一起。尽管那家企业的老板们尊崇佛教，而我们是对这家企业提供服务的乙方，但是，对方也都秉承职场的一般原则，在任何时间、任何地点，都没有与我们讨论过任何有关宗教的话题。大家坐在一起，除了工作，还是工作。

这样的状况让我们感到与客户的关系比较单纯，工作效率比较高。

在职场，不仅不要讨论宗教问题，也不要说与职场无关的其他话题，不做与职场无关的其他事。这才是职业化的表现。

工作场所是做工作的地方。

职场是做工作的地方。在工作场所，应该专心于你的业务，专注于你的任务。因此，我们一般不要在工作时间讨论其他问题，比如八卦新闻，政治问题。特别是，不要在上班时间大谈特谈非主流的政治主张。因为，这些事情与工作无关，不仅会浪费你宝贵的工作时间，而且可能会给你带来负面影响。

我曾经在国家机关工作过八年。在那个时期，我国的改革事业蓬勃发展，而我又是一个思想活跃的人，上班间隙，经常发表一些对各类问题的看法。久了，就难免出现非主流思想。一次，我的直接领导在一个非正式场合对我有点认真地说:“你平时太随便、太活跃了。这次整顿，你要好好检查，反思自己！”我听了，心中很震动。

幸而，那段时间，我被外派参加国家医疗保险改革研讨小组。在那里，我没日没夜地工作，仔细研究各国医疗保险政策，思考我国医疗保险改革的方针、原则，接待各省市来咨询改革方向、政策等问题的政府官员。那时候我的思想非常明确——无论社会上各界人士怎样呼吁改革，我做的，就是设计中国的医改方案，就是具体的改革工作，必须把它进行下去。

也正是因为我是这样想的，所以，我始终没有停止工作。

在那期间，医疗保险改革研讨小组办公室的领导带领我们办公室成员出差到很多城市去调研，使我更加专注于改革方案的试点等工作。

接着回来说说我领导跟我说的上述那番话吧。由于他是在非正式场合说的，于是我也用半开玩笑的方法对他说：“在国家医疗保险改革研讨小组期间，我可是自始至终坚守岗位、坚持改革工作的。这回有没有评先进人物的，把我报上去？”

这样，我算是过了一关。但是，也正因为如此，我才懂得，工作时间，在组织中随意述说与工作无关的问题，特别是政治问题，在严肃的组织之中不仅无用，而且是非常危险的。从那以后，在工作时间内，我再也没有在组织中随意发表过政治观点。

仔细观察一下，其实，不仅在国家机关，就是在任何组织中，你整天跟人家讨论政治，不关注业务，不完成任务，也是为组织所不能容忍的。

尽管我们在职场中要专注自己的业务、不讨论包括政治在内的与业务无关的问题，但这不是说你不应该关心政治。毫无疑问，你当然应该具有较强的政治素质，对人是人非问题应该有自己明确的见解和立场。这里，我仅仅是希望你把业务和政治区别开来，你当然懂得！

如何应对突发事件？

无论是在组织中还是在公共场合，工作时间久了，总会碰上一些突发事件。一个职业人士，在这样的情况下总会应对得体，对这些事件表现出恰当的态度和处理方式，起到自己应该起的作用，尽到自己应该尽的责任。

在公共场合出现的一些突发事件，对很多人都是一个小小的考验。有一次，在山东有线电视台的一个客户培训会议上，一位上台演讲的著名老师的计算机出现了问题。看得出来，那位老师在台上很焦虑，反复试验着计算机，他很想给大家看到自己精心准备的一段视频。

这时候，台下就有人不耐烦了，开始抱怨那位老师。恰巧，我就坐在吐槽的那位人士的旁边。于是，我就跟他说："别急，咱们等等。"过了一会儿，那位老师的计算机连接好了，就开始进行培训。

其实，演讲现场大屏幕上不出图像、音响不出声音，是很多会场经常出现的情况。一般来说，这是由于计算机与影音设备调试不匹配，或者是由于视频线、音频线连接不好等原因造成的。

这时候，你会怎么做呢？如果你有办法，那你就应该大大方方上去帮助人家调试计算机。因为，他需要帮助。如果你不懂计算机，那你就应该静静地坐在那里等候。由于经常行走于公共场所，我曾经看到，一旦遇到类似突发事件，欧美或日本人士表现得比较沉静，而我们中国人的急切和不耐烦就会在这个时候表现得淋漓尽致。

几年前的一天，在中国市场研究行业会议的会场上，一位会议发言者突然出现了失音情况。他刚上台没多久，就开始用讲台上的小毛巾在脸上擦拭。显然，他是在出虚汗呢！这明显是生病的反映。眼看，他好像就不能继续发言了！在台下，我和很多人都非常替这位发言者担忧。

而在台下，坐在我前面的某个著名研究所的知名学者，竟然带着他的研究生在那里嗤笑。这引起周围的参会者对这位学者的极大不满。对此，我首先提醒我们的青年人，请记住，见人遇难，一定要与人为善，一定要出手相助。而这种与人为善的习惯，要从你懂得应该尊重人、爱护人、关注人的第一时间养成。在社会上，不要在遇到紧急事件的时候表现失态，那样的话，就太没有教养了！

与此同时，与这位学者相区别的是，会场中大概有七八位参会者从几个方向奔跑上主席台，搀扶那位发言者走下讲台。在会场外的一个休息室，有的人给他端来了白开水，有的人递上了纸巾。那天，我也参加了应急抢救，待那位演讲者情况缓解之后，我开车送他离开会场，回家休息。

这就是出现突发事件的时候，职业人士所应该做的。这还仅仅是一般的突发事件，而如果真是遇到地震、火灾、事故、恐怖袭击等重大突发事件，我们更应该按照平时的训练和学到的知识，去冷静面对，正确处理。

怎样对待职场中的残疾人？

在职场中，我们会遇到一些残疾人，应该怎样对待这些人士，是我们需要有所了解的。

十几年前，我和我们总经理陈若愚女士从中央电视台出来，创办了央视调查咨询中心，也就是后来的央视市场研究股份有限公司（CTR）。公司初创时期，有一天，我和她一起去中央电视台西边的一座大厦看房子，准备在那里注册公司。可是，在我们看完房子，从地下一层沿着楼梯往上面走的时候，身后传来一阵嘲弄的笑声。

于是，我跟陈总说："这帮家伙笑什么呢？"陈总笑呵呵地说："准是笑我个子矮，再加上我的走路动作，和你这个大高个之间形成的对比吧！"是的，我们陈总在小的时候腿曾经患病，所以走路时有一点跛脚。

从此，我在心里就多了一件事情：要多关爱她。有一天，我们公司在北京著名的梅地亚宾馆召开成立大会，我主持会议。请她上台讲话的时候，我竟然一面伸手引路，一面陪她上台。那时候，我的心里想的是挡住观众的视线，别让人家过多地看她走路，笑话她。

可是，在日后较长的工作之中，我日益感到，我们的陈总实际上是一个内心非常坚韧，胸怀非常广阔，气度非常博大的人。在她的内心中，早已经无视一些人由于无知而对残疾人发出嘲笑所产生的难堪。而且，实际上，她从来没有把自己当做残疾人，而从来都是像一个健康人一样工作。应该说，她不仅为残疾人，而且为我们所有健康人树立了榜样。

慢慢地，我开始领悟到：我不该像此前那样去维护她。虽然那种表现，确实出自我内心的一种关切，但其效果，恐怕是不好的。那样做，不是对她真正的尊敬，相反，可能成为一种贬低。于是，我开始关注她的卓越、智慧和大度，慢慢地忘却了她的病症，除了在最必要的时候帮助她提些物品，我再也没有对她做过什么帮扶。

回顾这些年，我的老板是在用自己的言行一点一滴地教给我慢慢学会了怎样对待残疾人。那么，从更加广阔的社会范畴的角度看，我们究竟应该怎样对待残疾人呢？

在北京 2008 年残奥会官方网站上有一篇文章叫做《与残疾人交往的基本礼仪》。其中，介绍了对残疾人应取的态度："原则上说，对残疾人最大的尊重，就是像对待健全人一样地与他们正常交往。"结合这个思想，回想我跟随陈总工作的过程中，我对她以及残疾人认识的变化，我更加懂得了在职场中应该怎样对待残疾人。这让我对残疾人更加尊重了。

实际上，残疾人在职场，乃至人生的很多方面，都更加强于健全人。应该说，这些人士，都是我们的榜样。

我有一个残疾人朋友，叫姜长河。在他很年轻的时候，我就认识他了。他有写作、音乐、咨询等多方面的才华和能力。而且，他的意志非常坚强。有一阵子，我由于身体较弱，又看不到事业的发展方向，情绪低落。他就一直开导、安慰和鼓励我。在我心中，从来没有把他看成残疾人。对此，我时常反思：我怎么在很多方面，特别是在精神方面不如他那么健康呢？

我也曾经见到过很多国外的残疾人。我观察，他们的同事们，从来没有一天到晚拿他们当残疾人来不断照顾。我猜，那会招人家恼火的。

有一次，我在加拿大温哥华的素里驾驶员考试中心，看到柜台里面有一个独臂女孩子。她大大方方地穿着短袖衬衫工作。就在柜台上，她开朗地接待每一位考生：操作计算机，就用一只手敲；开可乐罐，用左臂剩下的一点上臂夹着可乐罐，用右手打开，没有人帮助！那时候，在我眼里，她根本就不是一个残疾人，完完全全就是一个心理健康、身体健全的职业人士！

在我心中还有一个一直令我敬佩的残疾人英雄，那也是我们大家都熟知的一个女孩。2008 年奥运会火炬传递到巴黎期间，我国女孩金晶，面对抢夺火炬的暴徒，毫不畏惧，不惜以自己的身体来保护，始终没有放弃火炬。她受到了中国人民乃至世界人民的尊重，这样的女孩，你早就忘却了她是一个残疾人，只知道她是一个英雄！

因此，在职场中，一方面，我们要特别尊重残疾人自立的权利，把他们当做健康人来对待，让他们感受到平等发展的机遇和理应得到的尊重；但同时，也要特别提醒我们的职场人士，当残疾人需要帮助的时候，就一定要及时出手帮扶。要知道，实际上，在这方面，我们做得还很不够，需要大力提高。

在这里，我讲了很多有关怎样对待残疾人的思考。实际上，我不仅希望和读者探讨怎样对待我们在组织中、在社会上遇到的残疾人，怎样去给他们以足够的尊重和帮助，更重要的是，我希望把这种尊重和帮助扩大到整个弱势群体，更扩大到所有人的身上，使自己成为一个有情、有义、有爱的职业人士。

17

职场小事里的规矩

思考：

在办公室里面，你会遇到很多小的事情，这些事情，看似没有责任人。那么，这些事情该由谁来干？

2014年初，友人来访，略显无奈地说了他们那个正处于创业阶段的公司发生的一件小事。在他公司的办公室里，有一位入职不久的90后同学，从来不做办公室里的任何杂事。有一天，一位总监拿着墩布擦地，他抬起脚说："把我这里也擦擦！"旁边几位有多年职场经验的同事看了，都暗自摇头。

我听了，想起多年以前的一段往事，不禁笑了一下。友人也笑了："你现在逍遥自在，不用再为这些事发愁了，得意啦？"我说："你知道那小子的师傅是谁吗？是我啊！今后啊，再也不要说什么80后、90后啦，那小子，跟我有一拼呐！"友人问道："怎么回事？"我叹了口气，给他讲了下面的故事。

惭愧，在国家机关工作八年，我很少做办公室杂事

十几年前，我进入全国总工会工作，成为一名国家机关干部。每天早晨，我也像那些穿着得体、步履从容的大批干部们一样，体面地走进北京长安街上的全总机关大楼。

那时候，我们机关是没有清洁工专职打扫办公室的。而且，机关里面也没有桶装水，大家喝水都是到全总一楼的锅炉房那里去用暖壶打开水。于是，每天早晨，清扫办公室、打开水，就成了每个部门必做的两项工作。

惭愧的是，在这里工作八年，除去其间外派的两年，我在机关很少做这两件事情。可是，这房子脏了总得打扫，大家在办公室里一坐就是一天，总得喝水啊！这两件事情总得有人做啊，谁做呢？主要都是我们那位转业军人出身的秦彦功处长做的。

每天，他早上7:30到岗，总是先提着三个暖壶，从我们五楼的办公室走到一楼打开水。然后，拎来两把墩布，在我们那宽大的办公室里面一通猛擦，待我们进入房间的时候，地面已经非常干净、亮堂了，开水也打好了。我们呢？从容地为自己沏上一杯茶，开始工作。我在机关工作了八年，他是八年如一日啊！

同样在早晨做这个工作的，还有我们部门的几位老部长，也就是我们的局长。每天上班，他们进入自己的办公室，也是要做这两件事情。

听到这里，来访的友人发问：“你为什么不做这些事情

呢？”我有些沉重地说：“唉，一开始是没注意，眼里看不到活。后来，看到人家老做，心里面有一种奇怪的念头：我来这里，是做研究的，不该做这些小事。”

“可是，你那些部长、处长也是做研究的啊？”友人问道。“是啊！”我说，“我心里面有时候也有这种念头啊！而且想到，人家领导的水平还比我高很多呐！但是，时间久了，心里面那种奇怪的念头继续发酵，算了，这种小事我不做，把大事做好就成了。”

友人笑道：“哦？你做了什么大事啦？”“咳，刚进机关的小年轻能做什么大事啊？只不过每天收收发发，处理各地来信罢了。一般也就是看完人家来信，写一封回信，请领导签字发出而已。”我说道。

“咦，好像你后来在机关里是做了点事来着？”友人所说的，是指我后来在国家医疗保险改革研讨小组制订改革方案那些事。我惭愧地答道：“我做的那点事情算什么啊？人家处长、部长还不是一样在做？而且，他们比我做得更多，贡献更大呐！”

“这八年里面，你就始终没有想过去干？”友人继续问。“也不是绝对的哈，偶尔也会干干，但总体说来，我是不屑于去干的。”我说。

“那，今天你怎么想？”友人接着问。“咳，哪还用到今天呐，在离开机关后没有多久，我就开始悟解到了，我怎么那么傻啊！”我叹道。

“傻？”“对啊，你说，我怎么那么蠢啊？就不知道在办公室里面，这些事情是该大家一起做的啊？”

“你用了八年时间悟解这件事情吗？”友人惊奇地问。

“确实太长了！那时候，恐怕心理也有点逆反——既然没做，那就不做算了。”

“你怎么这么较劲啊？”“没办法，年轻啊！”

“年轻？你进机关是……”“唉，30 多岁啦！哪里还年轻呐，这点事都不懂！想想那些老部长，我更是极少帮助他们做这些事情。为什么呢？比较多的时候，是看到没想到；有的时候，是想到没做到，怕别人说我是‘拍马屁’。所以啊，回到咱们当初的话题吧！今后啊，再别说什么 80 后、90 后啦，在很多问题上，任何时代年轻人的心理、行为都是一样的，没有代沟啊！”

今天，尽管我离开国家机关已经很久了，可是，每当想起这件事情，我都非常惭愧，非常自责。当时，我那么年轻，有什么本事啊？为什么那么眼中无事，又那么狂妄啊？这些事情，就该人家领导做吗？我的水平比人家低，真该去多做这些小事情，让人家领导多多考虑一些大问题。蠢死了！

是的，在组织中，有很多琐碎的事情，没有职责规定应该由谁干。一些人顺手去做了，于是组织就在这样的状态下正常运行。同时，大事小事都做得来的这些人，似乎才是组织里的主流人群，而永远不去做这些事情的人，则像是有些另类。久而久之，你才会懂得，在职场里的这些小事情上面，可以看出一个员工是“懂事”还是“不懂事”。

什么才是懂事？简单说来，就是抢着去做那些与你“无关”的小事！

我曾经先后在四个公司工作过。在这些组织当中，每当我到饮水机前倒水，发现水桶里面没有水的时候，我都会去主动更换水桶。可是，只要我把空水桶从饮水机上拔下来，发出“嗙”的一声时，附近正在工作的年轻人看到，总会跑过来，去抢那有点分量的水桶，撕掉封装纸，提起来，安放在饮水机上面。更多的时候，组织中有一些员工看到这种活，早就顺手做了。

也就是说，对组织中不断出现的类似琐事，不要回避，直接做了就是，不要让人家认为你眼里“看不到活”，不要让你的主管感到你“不懂事”。像打水和清扫卫生这样的事情，单位里面总会有，如果没有清洁工、服务员，该由谁干呢？一个职业人士要永远认为，这事应该由我来做！

外出开会要做的四件事

一般，在组织中外出开会，至少有四件事情要做：约见对方、联系车辆、做会议记录、写出会议纪要。对这些事情，一般有经验的员工就会主动去做。

但在实际工作中，很多青年员工在外出开会的时候，总会傻傻地跟在前辈后面，看着人家一件一件地做，有的是心安理得，觉得自己是新人；还有的呢，是根本不知道发生着什么。那么，这些事情，应该由谁来做呢？

在我看来，上面这四件事情，都应该是由年轻人或者职级低的员工来做。当然，其中“约见”这种事情，有的时候，一个低级别的年轻人可能不太容易约见对方高级别人员，但是，如果你能够学习约见技巧，能够约成对方各种人士，那么，你的工作能力就提高了。

我曾经遇到过这样的情况，在老板约会对方高管完成之后，少数员工在那里说“片汤话”：“我们约会不了高管，那都是领导才可以做成的事。”注意，这种没有一点用处的话万万不要在职场乱说。作为新人，你不仅不要学，而且也不要去那样想。管理者听了会觉得很不舒服，觉得自己干了工作，下属没干，还好像是理所当然的。如果你说上几次的话，你在人家心中就是一个小市民，会被边缘化！

正确的做法是，要认识自己的不足，争取替老板做得更多！

至于叫车、记录、写纪要，无疑，都应该是我们年轻的员工来做的。否则，仅仅跟随领导，或者顶多帮助提个包，我们年轻人或者低职级的员工的价值也就太低了！

出差的时候，你应该做些什么？

有一天，一个知名公司的老总跟我吐槽：“好么，我们这里每次出差，无论哪个员工跟着我，都是我值机、换票。他们呢，就大摇大摆地待在一边，还经常没由头地瞎催。入住宾馆，也是我来登记住宿，这帮大爷啊！”

因为我与那家公司的很多高管很熟，和他们是属于那种平日无话不说的、非常近的关系。听了那位老总的话之后，我对他手下那些总经理、总监一通狂训：“你们也太不懂事了！这些年都学了什么呀？还想不想进步啦？”

有一位管理者是女士，小声跟我解释说："不是我们不懂事，我们老板有国航的白金卡，他可以在特殊窗口换票，比较快！住宾馆呢，是因为他有信用卡，我们让他做，可以让他弄点积分，给他的小孩换机票……"

"我呸！"我吼道，"什么白金、黄金卡的！你把他的卡接过来直接去换票，让他站一边，不就成啦？再说了，他一个大老板，哪在乎什么积分啊？记住，这种小事今后你们全包了啊！""遵命、遵命！"那群高管顽皮地跟我笑道，他们都知道，我没有真生气。

跟他们分手后，我开始思考一个问题。就拿出差这件事情来说吧，一个初入职场的年轻人，或者，一个低职级的员工，究竟应该怎么做才对呢？

想了半天，我的脑子又回到"懂事""不懂事"这个标准上来。真的，我清楚地记得，在电通广告公司工作的时候，我就觉得，我们电通的姑娘、小伙子们都特别懂事。应该说，那与我们老板日常的培训是密不可分的。首先，我们老板自己，就是那种善解人意、做事细腻的人。

在职场中，什么是"不懂事"？就是该自己做的不做，让领导去做。**什么是"懂事"？那就是该你做的，你自己就会主动去做，不用领导吩咐。**没错，尽管规章制度上没有规定，但是，很多事情就应该由你去做，对这样的事情，你直接去做就是。

那么，哪些事情是职级低或年纪轻的员工应该做的呢？我这里仅以出差为例，与你一起做一个分析：

序号	出差需要做的事情	谁来做	注意事项
1	订票	年轻人、低职级员工	
2	机场换票		
3	将好座位让给前辈		事先问清楚前辈需求
4	前辈手里有拉箱、背包，要主动接过来		背包里往往有笔记本电脑，在长途飞行之后，背着甚至比拿手拉箱还费力，抢重的背
5	入住宾馆登记，预付押金		出差之前借好款项
6	吃饭时，招呼年长及高级别的同事		
7	退房		
8	叫车去机场、车站		
……	其他事务		

这些全由年轻人或者级别低的职工来做么？是的。

我曾经把上述内容跟一位非常智慧的管理者念叨。他听了笑道："你就等着80后、90后骂你吧！"

我也笑道："骂什么？""骂'你不讲理！''你霸道！''你强迫症！''你纯粹站在老板角度说话！''你日本企业风格！''你官老爷作风！''你典型的80前，老八板儿！''你欺负新人！''你算老几？'"朋友说出一堆来。

我接着笑道："嗯，不错，骂得有趣！可我的书，是给不骂我的年轻人看的，凡是会骂我的人，他们根本看不到我上面那个表格。”朋友好奇地说：“怎么回事？”

我说：“我的书，是给职场中想提高的年轻人写的啊！那些自认为非常牛掰的人，他们根本就不会看我的书啊！”

我们一起大笑。

是的，我认为，职场中的年轻人就应该这样做——做一个“懂事”的员工。

有年轻人可能问我有理由么？我说，请问自己两个问题：第一，反着想，这些事，自己不做，让领导或者前辈去做，应该么？第二，你做了那些小事，给你的老板、你的前辈、你的领导多一些时间，那他们是不是可以做更多、更重要的事情呢？

碰到宴请或聚会，你该怎样做？

在职场，你会经常出席宴请或者同事间的聚会。在这方面，也有不少人由于不懂规矩，而常常被前辈认为是不懂事。

先从坐座位说起。

很多地方或组织都有习惯，凡有来宾，必定宴请。而且，为了表现出对来宾极大的尊重，总是把他们的座位安排在重要的位置。遇到这种情况，有些年轻人会因为自己来自领导机关，或者是来自市场甲方，就无视在场宾客，大大咧咧地坐在主宾位置——按照“餐右会左”的原则，在餐桌上，坐在主人右手的地方，是上宾位置；在会议中坐在主人左手的地方，是为会议主宾位置。

点菜的时候，如果让年轻人点菜，有不懂事的人就会仅仅点自己爱吃的菜，而不管主人的爱好；或者，还有的人会被餐厅服务员忽悠得乱点高价菜、高价酒。

在付费的时候，一般对方宴请，就是人家付费了。但就是在同事聚会的时候，也有一些年轻人不懂得至少应该交出自己那部分费用。

那么，在职场，这些事情应该怎样做呢？

座位。年轻人应该主动把主宾位置或者距离主人近的座位让给在场的前辈或者领导者。即使你的衙门再高、公司再大，如果在场来宾有比你年龄大的、资历深的，也应该让人家坐在主宾位置。当然，如果主人强调了，自己才应该客随主便，即按照主人吩咐去坐。

点菜。大家抢着点，你让；没人点，你主动；如果是人家请客，一定要学会点好吃不贵的菜；还有，别忘了征求大家的意见；对忽悠你点高价菜、高价酒的服务员，学会悄悄对他说“今天是朋友吃饭聊天，不是外人撒钱摆谱”，给主人省钱。

同事聚会。现代企业，一般 AA 制，也就是按人均摊，自己该出的那份不要忘记出。聚会中，如果存在老人欺负新人不给钱的情况，今后吃饭，你不必跟着去。找一些借口，如家里给带饭了，或者想吃更便宜的，等等。聚会中，如果大家都装蒜，不出钱，你呢？费用太贵，你也别充大；付得起，就大大方方付账走人，今后少跟这帮人混。

聚会出钱的另一种情况是，老板要求你垫付。那么，事后你要敢于去跟老板要钱。当然，话可以说得委婉，比如“老板，我真的来要钱啦！”多数老板都会认账的；如果他不认账，下次他拉着大家去吃饭，你只带自己的钱，并毫不羞涩地说“我太穷”，或者“我是月光族”之类，丝毫不要顾忌什么面子。

还要注意：吃饭不出声、不挑食。

在这方面，一些人表现出的，是缺乏家教——这个词，我是当做中性词来使用的，只是说出事实，丝毫没有贬损、攻击这些人的意思哈——这样的年轻人到职场上就会“露怯”。

有一些人吃饭，总是“吧唧、吧唧”发出很大的声响，这是一种不文明的表现。还有一些人，吃东西爱挑着吃。这大约是家人宠爱，希望你吃自己愿意吃的东西造成的结果。到了外面，如果自己扒拉自己碗里的饭菜，挑来拣去的还不显。但是，日子久了成了习惯，甚至大家在一起吃饭也是扒拉来、扒拉去，这就不文明了。

怎么办？想要吃饭不出声音，闭着嘴吃饭就是。就算你吃的是热乎乎的面条，看上海人拿筷子、外国人用刀叉，把面条卷起来，送进嘴里，也就不出声了。至于吃饭菜挑来拣去这个习惯呢？只要你知道这属于不文明的动作，经常提醒自己“别露怯”，吃饭时注意改进就是。简单的办法是，夹盘中的菜拣近的夹，不要超过盘子的一半。

商场出现新毛病“不宴请不办事”，你不要跟从。

2013 年以来，党和政府发布了一系列禁止吃喝送礼的规定。这一来，很多官员，甚至商界人士不敢去吃请了。结果，一种新的情况出现了。一些人开始不吃饭、不办事。当然，还有伴随情况出现的是，不收礼、不办事。

诚然，这些年，我们形成了“吃饭宴请谈生意”的独特文化。但是，在很多情况下是公款消费，或者用私款招待公家人，吃的喝的越来越奢靡。伴随吃喝的就是送礼乃至行贿，扩大了腐败行为。对这些情况，我说，这些风气原就与职业化格格不入。

幸好，80后，特别是90后还没有来得及被污染，还是祝愿我们最年轻的一代保持自己的特立独行，不要让那些俗物玷污自己吧！

说话过多。

> 我多次看到，在宴请、聚会中，有人只顾大大咧咧地说自己关心的事情，或者，让大家围绕着自己的成就、年龄、特长、爱好、困难、心情说，全然不顾旁人感受，让别人没有机会说话。

你应该知道，在这样的场合，应该更多地让别人说话，而自己不要过多表现。当然，如果出现冷场，你应该站出来提出新话题来暖场，请大家慢慢地说起来。这就是懂事，也是教养。

18

职场穿衣：既为自己，也为别人

思考：

你要上班，穿什么服装去单位？你有多少件可以上班穿的服装？

穿衣，究竟是为别人还是为自己？这是人们长期争论不休的一个问题。那么，在职场中呢？我建议就不必争论了。穿衣，既是为别人，也是为自己。为什么？想一想，你到单位，穿得极其随便或者穿着十分得体，哪种更受人们的尊重？而在组织中，穿什么样的衣服会让自己感觉更好，可以更加融入组织？

古冶规则

中国老话里有“衣帽取人”的说法，意思是人们往往凭借一个人的穿着打扮来看待或对待一个人。反向思考，不管别人是否衣帽待我，如果我们自己先去注意穿着，结果会怎样？

1975年，也就是唐山大地震的前一年，我在7月下旬去了开滦煤矿。在那里，我学习到了有关穿衣服的规矩。

古冶，是距离唐山20多公里的一个小城市。

30多年前我去唐山的目的，就是想到煤矿井下，看看煤矿工人是怎样工作的。下井那一天，我真的看到了煤矿工人在井下的艰苦工作条件。不说别的，就说那天我身上、脸上蹭的煤灰就有老厚的一层，怎么洗都洗不干净。下井归来，我就住在了与我家有世交关系的，当时的开滦煤矿总工程师刘光大先生在古冶的一座小楼里。

那天一进家，大概是看到我出煤矿时没有洗干净，刘先生就让我再次去洗了澡，换上干净的衣服。饭后，他跟我聊天聊到很晚，说了很多开滦煤矿的新鲜事。我记得最清楚的事情之一，就是他对我说的这样一段话：

“下矿上来，一定要把自己洗得干干净净的，不然人们会对你有看法——这小子，怎么出矿没洗脸呀？这会影响你和人们的交往！”“哦，难怪我看到所有矿工都很利索、很干净的！”我说。

刘先生说：“那当然！过去人们说煤矿工人是煤黑子。实际上，我们煤矿工人个个都是小白脸，秀气得很呐！记住，无论是上班还是出远门，先要搞好个人卫生，再就是穿衣服一定得注意！虽然不一定讲究，但是，一定要非常得体、干净。多年来，我一直是这样做的。”

刘先生接着说：“每次我去北京，上火车的这个古冶站是个很小的车站，上车的人很多，而且，这里都是大城市发出的过路车，所以上车的时候，车上都已经接近满员。但是，每次上车不久，我都会得到一个座位，一直坐到北京。而那些穿着随便、肮脏的人，却不得不站几个小时到北京。

“为什么呢？”他继续跟我说，“首先，每节车厢都不一定坐满，对吧？如果有空座位，刚上车没座位的人就会询问。这时候，实际上先坐在座位上的人就会有意无意地挑选乘客。他看着不舒服，就可能撒谎说‘座位上有人’；看着顺眼，他就让人坐下了。这个时候，什么人会最先被他挑中呢？是穿着干净的乘客。这就是我多次去北京而每次都有座位的秘密！”

刘先生说：“可能你觉得，我这样做有点狡猾，但衣帽取人是这个社会的一个特点，你无法改变，只能适应。出门上车，你总不能跟大家爱干净的想法对着干，专门穿脏衣服吧？当然，服装仅仅是一个方面，你还要举止得体、非常友善，那是另外一个问题了。”刘先生说这番话时我想起来：此前我在北京，每次看到的他，给我的感觉都是一个态度非常和蔼、穿着非常精心的知识分子的形象。

一年以后，1976 年 7 月 28 日唐山大地震，令人尊敬的、善良的刘光大、杜兰若夫妇双双遇难，我再也见不到他们了。但是，刘先生的教诲让我铭记长久，受益一生。刘先生跟我讲过的小火车站“古冶”，我也一生都没有忘却！

对刘光大先生的教诲，我在心中干脆就称为**“古冶规则”**。那就是，出门穿着要得体、要整洁！

进入职场以后，我更加注意穿着了。因为，着装，对呈现一个人内在的精神气质有重要作用。如果是去面试，着装的恰当与否有可能为你增减分数。而在组织内，你的着装甚至隐约影响着别人对你的感觉和态度。如果你是做服务工作的，或者是去做销售，极端地说，它甚至影响着你们公司的服务价格。

就着装问题，我曾经询问一些HR（人事部门）的朋友，他们告诉我：

> 如果看一个人用10秒，从着装就可以看出一个人很多的信息：品位、性格、精神、想法，等等。看你穿着得体，一些面试官会认为，你的其他方面可能都“还可以”，于是，你得到了一个基本分。以此为基础，人们继续向你打探，最初的基本判断将可能被扩大到对你的整体印象，面试官开始希望对你了解更多了。
>
> 但是，反过来，如果你穿着新、奇、怪，或者露、透、破——顺便说一句，衣服破了，应该缝上、补上。还是这10秒，对方观察你，从服装到整体，有一个心理过程。最初是：“嗯？怎么不对劲呀？”然后，这种稍带负面的影响会被扩大到接下来的观察：“是差点。”于是，你得到的评价，是稍带贬义的“一般人”。

着装让你给别人留下了第一印象。无论是好印象还是坏印象，这个第一印象在接下来与人的交往中可能会被扩大。所以，着装很重要。

那么，在职场，什么服装比较适合呢？一般认为，是职业套装。

哪种职业套装更便宜？

看了这个题目，你一定会说：你糊涂啦？我说：没有，来听听我在职场着装的故事。

> 初入职场的时候，我有两套西服，一套是1000多元的，

另一套是打折后400多元买的。结果呢，我发现，我穿1000多元那套的次数远远高于400多元那套——其实，那套打折的西服是当时专给国家领导人做西装的北京有名的红都西装公司用人字呢做的，面料、款式都相当的好。但是，没有办法，大约是价格的心理暗示，我隐约觉得1000多元那套似乎要更好一点。

后来，我有了六套约2000元到3000元的西服。于是，我开始专门穿这六套西服，此前那两套1000元和400多元的西服就支援农村亲朋了。再往后，我在国外买了两套打折后每套约6000元的品牌西服，之前所有的西服我就再也没有穿过了……

你听了，可能会说我追逐高档、喜新厌旧。我只能说，品牌西服的品质相对确实要好一些，在款式、面料、质地、做工等方面都更加讲究一些。无法否认的是，你穿上品牌西服会有一种心理暗示，觉得自我感觉更好。因此，你穿的次数会更多！

把我自己穿西服这些年的经历回顾一下，假设每套西服仅穿两年——实际上当然不止两年——咱们就可以得出一个对职业服装的看法了：

（表中数字为人民币，计量单位：元）

序号	单价（套）	第一年穿着次数	第一年日均价格	第二年穿着次数	两年日均价
1	1000	100	10	100	5
2	400	8	50	8	25
3	2000	100	20	100	10
4	6000	100	60	100	30

1000元的西服，就算每年穿100次，日均价格10元，加上第二年的100次，日均5元；400元的西服看着便宜，但穿的次数每年仅8次，两年16次，日均25元，就算穿着次数增加一倍，日均价格也是12.5元，仍然高于那套单价1000元的西装日均5元的价格。

2000元的西服，就算真的每年与6000元一套的西服穿着次数一样，都是100次，两年日均价为10元；6000元西服两年日均价30元，看上去，后者比前者日均价贵了三倍，对吧？但是，可别忘了我说过的，有了那两套6000元一套的西服，2000元一套的，我就不穿了。于是，它的价格就停留在那里了。而第三年、第四年以后，我还在穿6000元一套的西服，这样比较，哪个便宜、哪个贵呢？

好了，现在，大家可以根据我穿服装的故事总结出来一个服装价格的公式了：

服装价格 = 购买价格 / 穿着次数

呵呵，这个公式可不是我个人的异想天开，这是美国的形象专家苏珊·比克斯勒和南希·尼克斯－赖斯给出的建议，这个公式出自她们合著的《职场衣着与装束》。实际上，我个人着装的实践也证明了她们的公式：在职场，越是好的服装，你穿的次数就越多。

有了上面我着装的例子和专家给出的服装价格公式，可能你会买一两套价格适中的职业套装，穿得长久一些，而不会没完没了地去网上淘那些看着便宜却不能在职场穿的服装了吧？

当然了，我还是要提醒你：初入职场，一定要量力而行，万万不要举债去追求高档服装，让自己承担不必要的负担啊！

着装：从头到脚，从里到外……

为什么我比较推荐职业装呢？

2005年，在北京的一个大型招聘会上，几万名求职者就像巨大的浪潮一样涌动，可以说是人山人海，摩肩接踵。在求职大军中，有一个大学应届毕业的小伙子穿了一条膝盖露出肉的牛仔裤。一位专家看到，便去问他："你为什么这样穿衣服呢？想向外界展示什么信息？"

那位求职的小伙子说："我没有想。但是，既然你问到，那么，我想向外界展示我随便的一面。"

这位年轻人事先一定不知道：第一，你穿任何服装，都是在向外界展示着一定的信息；第二，很重要的是，在求职的时候，一般不必展示你"随便"的一面！特别是，在巨大的求职大军里面，你的这种个性展示，实际上存在着被忽略、被边缘化的风险。所以，在职场，还是建议你考虑穿职业装。

那么，职业装向人们展示什么呢？

到北京、上海、广州、深圳等一些高档写字楼旁，看看那些身着职业装匆匆走过的男男女女，在向你展示他们的追求——职业、自信、自立、文雅、体面、专注、健康、向上，等等被称为"专业素质"的内容。哪怕他们没有那么专业，却也被那些深蓝色的西装包装得"密不透风"了！

初入职场的你，还需要了解普通便装向人们展示的内容：

到飞机场、海滨大道、西湖边、北京的新光天地、上海的淮海路，你可以看到，那些平日里西服革履的职业男女，在这里穿着休闲、新潮、时髦、鲜亮的服装，向人们充分展示着自己的优雅、从容、自由、舒展、时尚、轻松等等的特点或者个性。

这就是职业装和普通便装的差别。仅仅想想两种服装所处的两种场所，你就可以感受到这两种服装所呈现的内在的一些东西，从而理解为什么在职场要穿职业装的原因了吧!

这里面，还有一些小故事，可能在一些细节方面能帮助你规划着装：

深圳写字楼中的男士不穿凉鞋。

改革开放初期，我到深圳去出差，看到在炎热的夏季，满街的年轻人都穿着凉鞋。可是，几乎在所有的办公楼里面，却没有一个年轻男士是穿凉鞋的。我就问当时在一家著名外企人力资源部的一位经理：“为什么大家都不穿凉鞋呢？”那位经理说：“一是人们觉得，凉鞋与高档写字楼不匹配，二是凉鞋与职业装、西服不匹配。”

当时，深圳是引领我国改革开放的先行城市。所以，白领进公司不穿凉鞋对职场有很深的影响。

老外周五不改装。

在我离开国企之后，先后在法国企业、日本企业和英国企业工作。这些企业都有一个不成文的规矩，那就是周五在不见客户的情况下，或者在没有客户来公司访问的时候，可以穿便装。究其原因，我想是老板们认为，穿职业装毕竟是太正式了，试图在组织紧张的气氛中建立一种轻松的工作态。

于是，在周五，多数年轻人都愉快地穿起了便服。那时候，办公室里面很轻松。但是我发现，几乎所有老外，也包括几乎所有的中国高管，都不会去换上便装。他们依然穿着职业装工作，顶多是男士不打领带。这种情况在日资企业更加普遍。对此我想，大约是外国人和中国高管们在职场的时候，实际上是永远处于工作态的缘故吧！

于是，在周五，我一般也不去换便装了，觉得这样才能处于和高管们相融的状态。我那样做，是为了合群；至于你该怎么做，我想还是根据自己所处的环境的多数人的情况决定好了。

内衣、秋裤、袜子和平底鞋。

哇，你太啰唆了吧？管那么多！看到这里，你会惊呼吗？呵呵，不是管，而仅仅是分享。

内衣。

小伙子们，当你穿起白衬衣的时候，大约不会像小明星那样，衬衣里面什么都不穿、再解开上面的两个扣子，对吧？你想到过吗？要是那样，万一出汗，白衬衣就会贴在身上，既不舒服，也不雅观。在这方面，我发现老外们在衬衣里面都会穿短袖的白汗衫。冬天，他们在衬衣里面穿的也是白色紧身的棉毛衫，而绝不会像我国北方国企干部似的，在白衬衣外面套上一件毛衣，再打上领带。

当然，要是在寒冷的冬季，你也就别管北方干部式的穿法是否合适、是否有点土了。该穿毛衣就得穿，不要为了服装让自己着凉、感冒啊！我这里说的，是在温暖的办公室里面的一般着装。

秋裤。

去网上看看，上面有很多调侃、攻击穿秋裤的好玩的东西。这大约源自一种情况：来自国外和港台地区的职场人士一般是不穿秋裤的。所以，他们就会笑话穿秋裤的人们。甚至，我还看过“秋裤阴谋论”的段子，说中国人穿了秋裤再也脱不下来，体质就会下降云云。

但是，我国是一个由亚热带和温带组成的南北气候差异较大的国家。在南方可以穿着较少，可是在北方，不仅穿秋裤（又叫棉毛裤），还要穿毛裤、绒裤、棉裤甚至皮裤。你不穿，就可能被冻坏。所以，该穿还得穿！

不管人们有怎样的看法，在这里要提醒你：在职场，穿衣的时候，不要在裤腰、裤脚露出内衣内裤的颜色、性状。这应该是一种社交礼仪或职场礼仪。记得有一次，我要迟到了，慌慌张张没有仔细整理衣服就来到公司，被我老板看到了，她善意地提醒我：“喂，秋裤都露在外面啦！”没错，当初我就是这么土。为此，我很感谢我的老板们多年以来对我悉心的指教啊！

袜子。

比较简单：一般在职场穿的皮鞋多是深颜色的，所以在这种情况下，就一定不要穿浅色袜子，尤其不要穿白色袜子！一定要穿深颜色的袜子，比如黑色或者深蓝色。对此，你不必用和某些演艺明星上台穿的黑皮鞋白袜子做比较，他们那是演出服，怎么穿都不为过。当然，袜子要是破了，就要换掉或者至少要缝补，不要有漏洞！

硬底皮鞋的思考。

无论男士还是女士，你是否曾经有过这样的感觉，穿硬底皮鞋，走起路来，会发出“咔咔”的响声。这种声音，平时听了觉得很“飒”，是吧？可是，到了客户那里呢，你有什么感觉？在很多时候，你会踮起脚尖走路。为什么？因为生怕自己穿硬底鞋走路时声响太大影响别人，对吗？

因此我主张，无论男士还是女士，尤其是男士，在你的职业装里面，请取消硬底皮鞋。我认为，特别是拜见客户的时候不要穿硬底鞋。

因为，你穿着这样的鞋，在通过客户公司漫长的走廊时，它敲击水泥地面所带给你自己的，是震撼的紧张；而走过客户开放办公室的时候，它总是会使客户在繁忙的工作中抬起头来，观看你们这衣冠楚楚的一群人，从而分散了人家宝贵的精力；有的时候，你可能会因为疲劳而拖着腿走路，那就会发出难听的拖沓的声音，这样更不好！

就是在自己单位的办公室里面，硬底鞋“咔咔”的声响也会分同事的心思，我认为也不应该穿。

那么，应该穿什么呢？我以为，你的职业套装中的皮鞋，鞋底质地应该是橡胶或者是任何踩在地上无声的材料——不要让客户从鞋子上感到你的存在，也不要去影响自己的同事！

看到这里，你可能会说：你怎么那么霸道啊？连这都管呀？

诚然，对于硬底鞋，我知道多数公司都没有规定不许穿，而这只是我自己在职场里，特别是长期做服务工作中体会出来的东西。我总是在心中做着这样的比较：一个人或者一群人走在客户的办公室里，是胶底鞋发出“刷刷”的声音好听呢，还是硬底鞋发出“咔咔”的声音好听呢？我以为是前者。

你可能开始感到，我对硬底鞋的思考已经超越了对着装的要求了。没错，我在这里实际上是提出了怎样对待客户的细节问题，你能够体会出来么？

除了这些，职场着装还有很多讲究。年轻的读者们，我建议你们像爱打扮的女孩子们那样，在这方面多做一些研究吧。因为，职业特征是由很多的细节组成的，当你把大的方面都做到的时候，就要开始注意这些细节了！

19

职场女孩子们应该注意的问题

思考：

你是否已经开始为自己的就业做准备了？或者，你已经入职，同事们是怎样评价你的？

在职场中，女性是一个庞大的群体，有人说她们占据了职场人士数量的一半。实际上，在很多行业，女性的人数已经大大超过了男性。当然，也有某些行业，依旧是男士的天下。但不管怎样，女孩子们已经大批地出现在职场之中，而这里又有些什么需要注意的呢？

从小学二年级就开始准备应聘一个岗位的女孩

过去 10 年，媒体不断报道女大学生毕业以后不容易找工作，说是因为很多单位都明确要求只招男生。还有的单位，是暗地里对女生实行另类严控标准。对此，我一面为性别歧视在我国居然这样明目张胆地大行其道而震惊，一面也在想，找不到工作，是否也有女生自己的原因呢？为了就业，女生们自己做了哪些准备呢？

在《鲁豫有约》这个节目中，童话大王郑渊洁老师讲了这样一个小故事：

有一次，郑老师到郑州去签名售书。在签售快结束的时候，来了一位小学二年级的女生，她对郑老师说："我长大以后能不能去你身边工作呢？"郑老师随口说道："可以啊！"一向都是鼓励小孩子的郑老师又跟这位小朋友多说了一些话。他想到自己跟外国出版商打交道，因为不懂外语而受骗的经历，就说："我身边缺一个说英语的，其他的人都有了。"

谁知，那小女孩认真地说："那你给我写在书上吧？"于是，童话大王也就真的在她的书上写下了"长大以后，学好英语到我这来"。写完以后，这件事情也就过去了。

没想到，这小女孩拿到郑老师的签字之后，学习成绩大变，从班里排名靠后一跃成为全班第一。接着，她考上了广东外语外贸大学，一口气学了好几门外语，毕业之后找到郑老师，拿出了当年他签字的书。就这样，她顺利地成为郑渊洁老师的私人助理。

我不是在这里讲一个励志故事，说童话大王怎样改变了一个差生的命运——郑老师从来就反对我国教育制度中的排名这种陋习。所以，说到这个故事，他还开玩笑地说出，自己"害了"那个女孩子呢！这里，我只是惊诧：一个女孩子，怎么能够从小学二年级就开始做一场就业的准备呢？！

想想吧，似我这种可能被称为魔鬼的职业人士，要求同学们一上大学，也就是从大一就开始做就业准备，已经够邪乎的了，就够招大学生烦的了。而这个女孩子，怎么能够用了至少 14 年的时间来准备到童话大王身边工作啊？我对自己说，我小时候怎么就没有这么远大的志向啊？我得拜那个女孩子为老师啊！

还是回到女孩子就业难这个问题。没有做好准备，是一个原因；而有了机会自己不愿意去做，恐怕也是有的，这可以说是第二个原因吧。

我曾经工作过的某个组织，想为一个在我国排名为行业第一的客户招聘一批媒介策略和技术策略的员工。出于为客户保密的原则，我不说我曾经服务过的这家令人尊敬的公司和我们客户光荣的名字，读者也不必去胡乱猜想究竟是哪家公司、哪个客户，那与我要说的问题无关。

是的，我们的招聘消息传播出去了，但是，没有回复。于是，这个部门和人力资源部在组织内部发出通告，诚邀所有同事来这个部门工作。可是，依然没有消息。我们的大网撒向了外部社会，行业内的大量专业人士陷入了我们的“魔爪”之中。但是，对我们摇曳的橄榄枝，业内各路英豪却不为所动。最后，甚至就是新毕业的大学生来应聘，一听说是服务这个客户，竟然都转而放弃我们公司了。

说来，我们的客户也只不过是对工作要求比较高而已。因为工作量比较大，服务公司人员需要经常加班，所以让人感到比较累。仅仅因为这个原因，很多新人竟然拒绝做这个工作，其中就有不少女生。但是，请想想，由于客户对工作质量、水平要求比较高，在这样的团队工作，你提高的速度得有多快啊？说到加班，在整个创意产业、IT 行业以及整个新经济企业，哪个组织不加班呐？

这件事情给我印象比较深。所以，我才在这里把它写出来，与女孩子们共同讨论：咱们，是不是有点娇气呀？

关于女孩子们，包括所有大学生们的就业难问题，恐怕还有第三个原因。那就是我国教育与实践脱节的问题。

这些年在大学讲课的时候，我多次讲到，以我目前的观察，不说别的行业，仅仅是我所在的创意产业，未来 10 年，都会大量缺乏策略研究人员。我敢说 10 年，是因为：

这种岗位对员工要求比较高，它需要员工有更加广阔的观察问题的视野，有更加全面的运用各种知识，包括军事知识分析问题的能力，有更加丰富的策划、构建大结构解决问题的计划能力。而目前我国大量开设广告、营销等专业的大学，似乎还不具备培养这类人才的能力。

实际上，不仅仅是在我工作的创意产业，几乎所有行业，也都严重地缺乏这种策略研究人员。

你可能会问，什么是策略研究人员？他们需要什么能力？我想，对此用一两句话是无法说清楚的。在丛书第四册对策略和战略等问题，我有专门章节讲述。而策略人员所需要的分析能力，我在第三册中会讲到。其他能力，我在全书中都有所涉及。

看到这里，我建议你先不要立刻就摩拳擦掌地冲上去，而是先通过各种途径对一部分创意产业做一些调研。如果得出与我类似的结论，认可未来社会需要这类人才，又知道目前大学教育的缺失，那么，我们就应该去探讨成为这样的人才的方法、途径，进而去努力就是。

其实，不仅是策略研究人员，在我国各行各业，我敢说，也都缺乏真正的专业人士。只要我们稍微观察一下，就可以发现这当中存在的巨大机会！

"女汉子"还是小女人？

2013年，我国出现了一个新词汇"女汉子"，用以形容职场中那种比较强悍的女孩子。在这里，我想跟你讲两种比较强的女孩子。

我第一次注意"女汉子"这个词汇，大约是在这一年的七八月份，看央视广告部一个女孩在微信上写道："加班到凌晨4点了。可是，童鞋们还都瞪着眼睛，打了鸡血一样在精神抖擞地开会，真是一群女汉子！"第二天，这女孩凌晨2点在微信上继续写道："今天怎么下班这么早呐？有点不习惯哈！"就这样，一群女汉子的形象跃然于微信。

一望而知，"女汉子"这个词说的是创意产业疯传的"女人当男人使，男人当牲口使"的段子升级版，它描述了女孩子们大战职场的情状。

但是，在职场上也有另外一种女生。

我曾经工作过的一个公司，是开放式办公室。这种办公室有一个好处——可以看到很多事情。有一天，一位姓安的总监安排一个新员工坐在他附近。可是，那孩子还没有坐下，另一位总监便一把将椅子抢过去，说："我们部门的人要坐。"

安总监说:“这不是我的人耶，是大老板让他坐我这里的。”

后来的那位总监是一位女士，脸一冷:“我不管，办公室资源是公共的，谁坐了就是谁的。”安总监一看，笑笑说:“没关系，我安排这同学坐在别处。”

那位女总监走了，安总监领着新人经过我办公桌，说:“您看看，有这样的吗?”我说:“你做得对。”

安总监说:“可是，大老板来了我怎么报告啊?”我的手没有离开桌上的笔记本电脑，用下颚点向抢椅子的那个女士，说:“过几个月她们部门就搬走了，你就说，她们走后，这位新同事还可以安排坐回来。”

安总监点点头:“嗯，好吧。”

无独有偶，有一天，我来到北京白领云集的高档办公楼区东方广场。中午，我到一个大食府吃饭，看到一个帅哥等候在一位正在用餐的顾客后面。那顾客吃完饭刚一起身，一位30来岁的白领丽人便抢上来坐下。帅哥说:“我一直在这里等呐。”丽人脸一冷:“这是公共场所，谁坐就是谁的。”全桌的人都抬起头看了那丽人一眼，没说话。

帅哥摇摇头，转身要走。那天，我正坐在同一张长桌子上，就说:“小伙子，坐这儿来。”我一面说，一面赶忙把碗里的饭扒拉到嘴里，站了起来。帅哥走过来，说:“谢谢您。”我说:“不谢，我正好吃完了。”

当我转身走开的时候，就想起了“女汉子”这个称谓。应该说，前面所说的央视广告部那群苦中作乐、作风顽强的女孩子，在整个创意产业中绝不是少数，她们每每成为所在团队的中坚力量，在各个方面都受到尊重。

但后面这种为小团体、为自己挣桌子抢椅子的小女生，我们在职场中也时有遇见。凡是遇到这种女士，如果是有点绅士风度的男士，就会对女士礼让三分，一笑了之；但真要是遇到与之同级别或者同样性情的同事较起真来，就可能演化成办公室矛盾，影响工作，甚至影响当事人的个人形象。

这里，就引发了一个问题让我们来思考：女孩子究竟要做什么样的人？

2014年1月，凤凰卫视资讯台副台长、新闻主播吴小莉在广州与粉丝见面。其间，有一个粉丝问了一个暴强的问题："小莉姐，你认为做'女汉子'好还是做小女人好？"这个问题引得全场大笑。吴小莉笑答："无论是'女汉子'还是小女人，做自己就很好。最重要的，是成为一个可以被爱的人，生活才会善待你。"

吴小莉所说"做自己""成为被爱的人"会被生活善待，其实，把这两条用在职场，也是一样。

做自己很难。作为女士，在职场中要想做自己，更难！尽管有很多男人吐槽说，在世界范围，中国的女性所获得的权利远远超过男性。但实际上，在职场中，中国女性如果想获得哪怕仅仅是与男性一样的成功，需要付出的努力也要比男性大得多。

这是因为，在家庭中她们至少要担负生育和做家务两项责任，这使她们极大地分散了精力、降低了体力。但在社会上、在组织中，她们却要面对与男人同样的压力。在巨大的压力面前，有时候，一些女孩子在处理问题的时候，就会流于简单，甚至就会自觉不自觉地表现成蛮横。明白这些之后，该怎么办？

对内，经营好家庭，让自己的另一半或者亲人帮助自己分担家务；对外，在组织中，跳脱每个人都会有的那种原始的遇事自卫的心理，使自己成为职业人士，用职业方法处理职场问题。

当然，吴小莉对她的粉丝所说的小女人，恐怕不是我前面故事中所说的那种耍脾气的小女人，而更有可能是讲那种小鸟依人式的女人吧！

如果想要在职场中成为被人们喜爱的人，应该说，也难，也不难。显然，如果在职场中以女性自居而耍霸道，很难被同事喜爱；同时，职场人士也不会喜欢矫揉造作和装腔作势的人。而如果你处处呈现出职业人士的特征，就一定会受到人们的尊重和喜爱。

从传媒和广告界，再扩大到整个创意产业，你可以发现一个奇特的现象：女士的人数大大多于男士。这是为什么呢？我想，首先是因为创意产业工作量大，压力也大。再有，其中较多行业处于整个产业链的下游，市场中一些客户不能正确对待广告、媒介或创意公司，动辄训人、骂人。于是，一些比较刚烈的人就相继离开了这个行业，而具有较强韧性的人则留了下来。

想想，女性中有韧性的人更多一些，这大概就是在创意产业中女性居多的原因吧。我观察行业里的女孩子们，多数是非常坚韧的。尽管她们中的很多人体质其实很柔弱，但是，在面对工作的时候，她们表现得非常豪迈、顽强、有刚有柔，丝毫没有“骄”“娇”二气，让人非常钦佩！所以，这个行业的很多女孩子非常优秀、令人尊敬！

我敢断言，广告、传媒和整个创意产业的女孩子们进入任何一个行业，都会成为那个行业最优秀的一批人，都会受到那些行业同事们的尊重和喜爱。同时，我认为，创意产业的女孩子们这种坚韧的职业精神很值得中国职场全体女孩子们学习！

当然，我还是要说，正在读本书的男士们，不要忘记，在职场中做一个响当当的男人，在一切场合，都应该有更多的担当，肩负起更多的责任！

我们CEO说，上班别穿迷你裙、人字拖

我曾经看到过一篇《华尔街日报》中文网的文章《给2013届毕业生的29条建议》，其中第10条说：

> “现在的就业市场竞争激烈，但如果你有幸得到了一次面试机会，你就可以标新立异地穿着短裤和人字拖去面试。相信我，人人都爱短裤和人字拖。尤其是，如果你在面试开始时把穿着人字拖的脚搁到面试官的桌面上，然后大声地打个呵欠，再打开一罐品客薯片(Pringles)。”

我看不出这是作者的幽默还是无知，不管怎样，我还是用微博转发了这篇文章，并且加了一句话：“如果按照第10条做，你会后悔一辈子！”

的确，这些年，我真的看到，在一些组织中有这样打扮的员工。但那一般都是在一些文化创意产业中才存在的。想来，我们公司也属于文化创意产业吧，但我在群邑媒介工作的时候，我们的CEO李倩玲女士对员工着装是这样建议的：

在群邑，虽然你看不到男职员一律西装领带，女职员统一及膝裙和高跟鞋，但我还是希望他们心中有一把尺，可以自己区分什么是端庄的仪容举止，什么是不端庄的仪容举止。

当然你也能穿迷你裙，再蹬一双人字凉拖。不过那是去海边度假的打扮，请不要带到公司来。即便今天你不用去见客户，也请考虑会不会有其他同事的客户过来，在见到你后改变对公司的看法。

对仪容上的规定自然会有人质疑。他们说，在我们这个讲究创意的行业，太多硬性规定是不是太形而上学了？可我坚持这样的规定，因为我相信一个人的穿着会直接影响他当天的工作情绪和工作表现。当你穿了一身休闲装来上班，就容易不由自主地放松自己；当你穿着笔挺的职业装跨进公司，尤其是穿了高跟鞋的时候，你就会被迫挺直坐正，工作心态迥然不同。

我认为，我们CEO的建议，对员工，特别是对初入职场的女孩子来说，体现的是一种爱护和专业的指导。请读者要特别注意她所讲的一个重要内容——“穿着与心态”。没错，我也有这样的感觉：平日里，我穿着西服工作，那真是绷着劲在干活；假设偶尔在周五穿着便服工作，那么，一整天都会有一种星期五式的放松心态。

你可能会说，放松不好么？我说，好！但是，在办公室里，还是得打起精神，绷着劲，这样做起事来，精力才更加集中，效率才更高。为此，我完全赞成我们CEO的意见，比较主张在办公室里穿着要正式，而不要穿薄、露、透、短的服装。对此，一些非常时尚的女孩心中可能会想：“哇，你这么老八板儿呀？”那么，就请你来听我讲一个故事。

我国著名豫剧表演艺术家常香玉女士在世的时候，有一位中央媒体的女记者去采访她。采访完毕，她老人家用非常好听的河南话评价这位记者：“这小姑娘呀，真是又朴素、又大方。”听到这个小故事，我追问那位女记者：“那天你穿的什么衣服？”她说：“也就是衬衣、长裤啊！”

可能会有年轻人奇怪我怎么说起了这么一位老艺术家？告诉你，在河南乃至中国艺术界，你若是说起常香玉，那可是非同一般。她不仅是一个时代的象征，而且是一位真正的大艺术家啊！别分心，请注意她说的那句“朴素大方”的话。

分析一下，有时候，我们评价女孩子，说她落落大方，为什么？因为她穿着职业服装，所以无论行走、站立还是落座，都不用顾忌自己的服装，不会去做任何其他动作；而如果你衣着较短，自己就会有所担心，就会左顾右盼，格外注意自己的举止，怕有所暴露，从而表现出多有顾忌的心理状态。

再有，办公室有一个习惯：你穿短裙、短裤，可能没人去责备你，但你会被理所当然地看做是“小朋友”了！那也就是什么都不会的学生啊！平时，职场中有一个词叫做“掉价”。现在，你该明白这话什么意思了吧？这样的话，你获得的评价得有多吃亏呀！

那么，在职场，女孩子们应该穿什么服装呢？建议你，穿职业套装。在这方面，还是建议你去看一两本专业书籍吧。

第五章

如何处理组织内部的基本关系？

20

上级：客户？朋友？还是队友？

思考：

你和老板的关系怎样？你怎么看待自己和老板的关系？

在一个组织中，有上级、平级、下级三种关系。其中，让很多年轻人最头疼的，大概就是与上级或者叫做与老板的关系了。

老板是人不是神

正确地评价老板，是你在职场上永远会遇到的问题。在没有进入职场之前，我们对老板的希望，是理想化的；同时，很多员工大概很少想到，这种理想，实际上首先是从自己的利益角度出发考虑的。因此，一旦老板和自己想象的不一样，就会很失望。我对员工期望的老板做了一个描述：

理想老板的特征	我们的利益
高瞻远瞩、韬略满腹	我们就可以背靠大树好乘凉。
大事不惊、小事不怪	我们可以不惊不吓地在激烈的市场竞争中处于优势，还可以享受市场各方的尊重。
专业、职业	我们可以拿着工资，不断学习、提高，在给组织做出贡献的同时，提升自己。
诙谐、幽默	我们可以安然享受人生乐趣——既能愉快上班，又能轻松挣钱。
充满亲情	老板对下属就像父兄或者姐妹，出得家门工作，仍然享受家庭的温暖。

一般，当我们想起老板或者领导的时候，如果是干部，就像焦裕禄、孔繁森；是老板，就像张瑞敏、柳传志、马化腾、雷军。可惜，那样的领导太少了！实际上，现实中的老板可能是这样的：

现实中老板的状况	我们的感觉
很能干、很专业，但很暴躁。	让我们非常害怕。
很和蔼、很亲切，但很没战略。	让我们为自己的前途担心。
很一般，觉得他／她还不如自己。	让我们看不起他／她。
一开始还客气，但后来越来越挑剔。	让我们很不愉快、很失望。
眼里充满爱，但有点让人担心。	那是对异性的或同性的贪婪，有骚扰倾向。

可能还有很多情况，都是与我们理想的领导不一样的。

那么，实际点，我们指望遇到什么样的领导呢？我的看法是，现实生活中的老板，一定是优点和缺点同样明显的。所以，当你欣慰地接受你老板的优点的时候，对他的缺点恐怕也不得不接受；当你希望他给你较多关照的时候，你一定要付出更多。

了解老板的困难和关注点

可能有人会说，我不断更换工作，直到遇上一个好老板，怎样？我想，那样的话，你为此付出的个人成本就太高了。在我看来，在职场里，与其琢磨怎样选择一个老板，倒不如更多考虑怎样和老板相处。这里，有两个思考的方向：

第一，老板的困难是什么？

既然老板是跟我们一样的普通人，那么，你可曾想过，老板很难？

今天的老板，很多是在万般无奈的情况下误做老板的；

今天的企业领袖，很多是不具备领袖风范，却不得已做了领袖的；

今天的领导者，很多是不具备领导才华而是矬子里拔将军做了领导的；

今天的经理，是在职业经理人大量缺席的情况下赶鸭子上架、勉为其难做了经理的！

是的，很多老板，是在自己并不具备老板水平的情况下，是在自己还没有完全准备好的情况下，是在可能根本就不适合做老板的前提下做了你的老板的。你说，他该有多吃力、该有多难？

进一步分析，来看看老板面临的具体难事：

先看老板在设置组织目标方面的问题。

每一个组织都应该有自己的目标。一般，企业把目标分为长期、短期两种。长期，咱们见过的是“做百年老店”；短期，则是尽快盈利，或者上市套现。经常被企业管理者提及的是：做大，提高营业额；做强，提升利润率。一般，他们是既要做大，又要做强。

还有很多老板有不同的目标。那么，你的老板的目标是什么呢？据我观察，很多老板是没有清晰目标的！在这种情况下，你的责任是什么呢？

你的责任就是，首先，不是自以为是地向他指出他没有目标。实话说，多数年轻人也想不出什么组织目标。如果你真的有什么发现呢？那你就可以委婉、含蓄、慢慢地帮助他建立正确目标。得到老板认可之后，告诉大家，老板的目标是什么，然后积极地执行或者推进目标实现。最后，一定要把功劳记在老板账上。

再来看老板在市场上面临的困难：

有不少老板是做技术出身的，不善于做市场；有的老板善于销售，可是不懂得一个企业怎样做出好的产品；有的老板长于组织生产，但不善于全面经营、管理；有的老板比较外向，有的比较内向……

可是，外部，面临严峻的市场竞争与挑战，内部，组织内的人、财、物、信息管理不畅，自身，优势与劣势、优点与缺点同样显著，这是不少老板面临的共同困难。

你怎么做？

帮助他。帮助他发扬他的优点，帮助他弥补他的不足，为他做出业绩。然后，依然是不居功，把功劳全都记在他的头上，把他顶到更加高级的岗位。这里说的老板，是指你的领导，即跟你一样的打工者，可不是所有者意义上的老板哈！

注意，这种方法跟传统组织的做法不同，不是打跑他、挤走他，而是把他“顶”上去！也就是为老板做业绩，用业绩帮助他提升！可能你会追问，然后呢？想想，在组织中，你永远都是帮助老板提升业绩的人，你的进步就是自然而然的事情了。

第二，老板最关注的是什么？

无疑，了解老板关注的重点，使自己的工作方向明确、重点突出，十分重要。这一点，只要你仔细观察，总能发现。看看老板的言谈话语：

老板的关注	你的作为
我最恨撒谎。	你从来就不该撒谎。
我最恨有坏消息不告诉我。	即使老板生气，也要告诉他坏消息。
我最恨说大话。	做事要有信心，但不要把话说满。
我最恨迟到、不守时间。	小节误大事，改掉。
我最不喜欢光说不练的。	少说，多干！
你们就不能做点新鲜的？	创新是你永远的任务！

再听听同事的议论、介绍，这也是你获取“老板最重视什么”的宝贵信息来源；更深一步，你还应该观察老板的管理重点。

在企业中，人、财、物、信息是老板管理的重点。但是，信息会逐渐扮演更加重要的角色。因此，任何老板在把人、财、物大权牢牢控制之后，信息，就成为他管理的重点。所以，勤于汇报一切大事、小事，时刻请老板掌握一切重要信息，就成为你的重要工作。

记得在央视市场研究公司（CTR）做营销副总经理的时候，我经常为了销售而出差。但只要我在北京，每天中午，我都会和我的老板一起吃饭。请注意，是每天啊！你想想，就在饭桌上，一切信息都会被完整、有效地汇报，一切存在的问题都会被沟通，而我老板的一切想法，我也就全都了解了！

这里，我想专门就人、财、物问题提一点我的忠告。作为下属，如果没有专门分工，一般情况下，不要对这些关键管控点表现出过多兴趣，那根本就不是你应该控制的领域。

我在CTR工作的时候，老板是陈若愚。她是我一生中最喜欢的老板，具有战略眼光，对人宽厚无边，给了我广阔的舞台。

公司初建的时候，当看到汇报方向不清晰时，作为副总经理，我对她建议："咱俩是不是该有个分工，确定一下谁分管哪个部门，让下面汇报方向清晰啊？"

她想了想，说："这样吧，你管挣钱的部门，我管花钱的部门。"

我当即兴高采烈地答应了。那时候，我一直在外跑，做销售，不熟悉财务，一听就头疼。对涉及人事管理的部门以及日常大量的物品采购工作，我觉得特别细碎，很分精力，巴不得躲得远点。有这样的分工，我乐得省心。

然后，我老板提出要我担任公司中党组织的领导者职务。那时候，在我国社会经济生活中，党政矛盾是企业常见的问题。社会上对党政究竟谁是一把手的问题也是变来变去，而我又是从心底钦佩我的老板。于是，我提出："从公司长远稳定发展的角度看，这个公司，一定是党、政领导都由一把手担任。因此，你应当是党的书记和公司的总经理。这样的话，不管今后外面怎么变，你都是一把手。”

后来，曾有管理专家听到我对我们公司分工的看法，之后对我说：“你天生就是一个职业经理人！”我理解，他的潜台词是，你对权力没有欲望，天生是一个干活的，而组织中就需要干活的！

对此，我的体会是，由于我天生不喜欢一些碎事，结果，很偶然地，我做对了。对人、财、物这些重要部门，如果不是老板指定你去分管，一个副手压根就不该过分感兴趣！就算是分管，你心里也得清楚，自己是“使唤丫头拿钥匙”——帮助老板看管的！所以，大事必报！

需要明确的是，不感兴趣，绝不是坚决不沾，一概远离。相反，在CTR，我是无条件地支持、协助总经理分管的工作，坚持人事制度的政策性，维护财务制度的严肃性，支持公司统一采购物品，以利节约资财的政策。在这样的情况下，我们CTR一直都保持着非常统一稳定的发展，从来没有出现过一些组织中存在的严重派系矛盾。

帮助老板分担子、提建议、搞平衡

每个下属都希望获得老板的信任。而要想获得老板的信任，我以为，最重要的就是无条件地帮助老板。我这样说，可能会有人喊出来：“啊？无条件啊？他要是做坏事、做错事呢？”对此我想说，不要主观、轻易地把人想成坏人。老板中，好人是多数！至于错误，谁都会有，学会正确处理就是。对此，我将在今后多次讲述。

好了，针对如何帮助老板，我想用三个词语来概括：分担子、提建议、搞平衡！

先说分担子。

我刚到电通传媒的时候，老板给我分配任务，让我负责全媒体的采购，而她去分管为客户制定媒介策略服务的计划部门。于是，我一门心思地就扑进了我负责的广播、电视、报纸、杂志四个购买部门。

但是过了一阵子，我发现，由于老板很忙，没有时间去参与一些客户大的策略研究、讨论。这样，在管理上就出现了空隙，而不少负责媒介策略的总监又常常要求我和老板参加他们的研讨。在我这里就有些微妙——那些部门是我老板分管的，我插手是否合适？

经过思考后我认为，对于客户大的策略，无论是内部的研讨还是去客户那里提案，的确是需要有高管参加的。这样做，有助于提高客服水平，维护客户关系。于是，我就坦诚地向老板报告，说这些工作目前需要去参与，我有兴趣也有精力，愿意参加。老板欣然同意！那以后，我在做好本身分管的部门工作之外，也参与了不少本来由老板分管的工作。老板不仅对我没有任何意见，还很满意！

其实，每个组织都会存在工作交叉的现象，每个管理者也都会有工作上照管不过来的时候。这种情况下，你主动补位，分担子、分任务，协助领导把工作给做好，但同时，又不贪功。这样的下属，谁不需要呢？当然，在你主动申请工作的时候，要仔细想好怎样去说，这就是沟通技巧的问题了。

再说提建议。

2011年的春节，我和某国家机关的一位司长在一起聊天。他说起自己跟部里的几个部长关系都很好。这引起我极大的兴趣，因为跟他很熟，就直言相问：“不少人和领导关系好，靠的是请客送礼，溜须拍马，你靠什么呢？”他说：“那可绝对不行！那样做可以让领导一时高兴，但绝不可能维系长远，而这几位部长长期以来对我非常信任。”

我问：“秘诀是什么？”他说：“算不上秘诀。仅仅是看到问题，直言相告。更重要的是，拿出解决的建议！很多人看不出问题，那是庸庸碌碌，不取；看出问题，大炮筒子一通乱轰，不为；看到问题，提出来，分析出原因，更重要的是，提出解决问题的建议，这才对领导有用处，这样的事情，多做！

是的，任何一个领导，整天面临一系列要解决的问题。作为下属，看不出问题，自然与他远离；看出来问题，只会一味地批评，这于事无补；要想获得领导重视、信任，你一定要拿出解决问题的办法，这才是有用处的。长此以往，何患领导不信任？

最后说搞平衡。

很多下属攻击一些同事，说他们就会在领导那里搞平衡。可让我说，你不搞平衡，难道去闹矛盾么？当然要搞平衡，为了组织的稳定，应该是坦坦荡荡地去搞平衡。

我的一位朋友是一家著名医药企业的部门总经理，他曾经跟我说过这样一件事。有一天，一个记者采访这家企业的副总经理后，写了一篇有关这个企业战略的文章，写得非常好。那记者兴冲冲地跑来跟我这位朋友说，准备在某个媒体发表。我这位朋友看了那篇文章之后，沉思良久。

记者问："有问题么？"他说："有。一个企业只能有一个声音，像这种战略层面的文章，只能是老板来写呀！文章写好之后，你跟那位副总说了吗？"

记者说："已经报告了！"我这位朋友说："恕我直言啊，你这不是害他么？"

记者立即明白了，便问："那怎么办？"他说："这样吧，我来处理，这个稿子怎么用，咱们另说，好么？"

记者答道："听你的。"

我的朋友找到他们企业的那位副总，诚心实意地对他说："领导，我看了这篇文章，写得很好。在媒体上发表，对咱们企业也很好。但是，我觉得，如果刊载出去，不知道老板会怎么想呢？"

企业高管都是非常聪明的人，那位副总非常感激地对我的朋友说："多谢你的提醒，这篇文章一定不要用我的名义发！"从那以后，这位副总对我的朋友更加信任了！

说实话，即使是职场经验比较丰富的朋友遇到这类事情，也不容易处理好。因为它需要足够的智慧、真诚和很好的沟通技巧。遇到这类问题，你需要仔细权衡、分析；在解决的过程中，要真诚、实在；在沟通的过程中，既要坦诚说出自己的想法，又不要散播小道消息，更不能以传闲话的方式去结党营私，这在与管理层交往的过程中是十分重要的。

怎样和老板相处？

读者已经知道，我曾经在不同组织中工作过。在这期间，根据自己的经验教训，我总结了一些对待老板的原则。在离开公司，重新回到研究领域后，我慢慢反思，开始感到，此前，我在传统企业里工作得较多，对老板的认识有一定局限，而在与新经济企业接触过程中，我的认识得到了扩展。现在，我把自己的三种认识放在这里，与读者讨论。

把老板当做第一客户。

在一个时期中，我对自己明确了这样一条原则：无论何时何地，要永远把老板的指令当做第一任务。这个原则的含义就是，要非常、非常在意自己的老板，甚至把老板当做第一客户。这也是我在职场中慢慢体会到的。

在某个公司工作时期，有一次，我要去为客户办事。但是，老板要我去做另外一件事情，我简直无所适从。最后，我还是按照客户至上的原则去做客户的事情了，但那之后竟受到老板的严厉斥责。晚上，我气愤万分地给一个管理专家打电话：“你说，客户重要，还是老板重要？”没想到，我这位从不媚俗的专家朋友告诉我：“虽然你的客户重要，但是，在职场，老板是你的第一客户！”

我想，把老板当做客户这个观点，仅仅是非常极端地表明了老板的重要，它正应了我们平时在职场上说的那句俗话“别拿老板不当老板”。

可是，真要想准确把握“老板是第一客户”这话的分寸，还是需要丰富的职业经验的：它既要求你把老板放在重要的位置，又绝对不是要你为了老板而随意慢待客户。真要是遇到与客户利益相关的大事，无论老板的事情多急，你都应该准确地告诉老板，客户面临紧迫问题，由老板做出决断。老板们多会理解你的。当然，说话、做事不要走极端，也不要拿客户“压迫”老板就是。

幸好，在那之后，我再也没有遇到过这种矛盾。大概，这也和我比较注意把客户和老板的时间表准确安排，并区别开来有关。

把老板当做朋友。

在职场，是否可以把老板当做朋友相待，历来有两种意见。一种深信不疑，一种断然否决。这里，有两个结论截然相反的故事。

第一个是我自己的故事。

当我参加CTR和CSM两个公司的创建时期，作为创业者，我跟我的老板陈若愚总经理有非常铁的朋友关系。对她的所有指示，我矢志不渝地执行，对我认为她不尽合适的想法和做法，我也像是对自己的姐妹一样毫无保留地说出来。结果，陈总对我高度信任，而我对她也是忠心不二。尽管我的工作能力有限，但是，我们一起度过了最困难的创业时期。因此，我认定，和老板是能够成为朋友的。

第二个是我同事的故事。

有一天，一个忧心忡忡的管理者告诉我，他把自己和老板的关系搞坏了。在一次外部会议上，他的两个老板同时到会。他按照会务组的要求把职位高的老板安排在主宾位置，把自认为是朋友的老板安排在次宾位置。会间，他又应会务组要求，上台做了一场论坛的替补主持嘉宾。一年多以后，有一次他犯了一个错误，那位“朋友老板”在批评他的时候带出一句“那次你上台主持会议，我不是也没说什么吗”？

我听了便问：“把‘朋友老板’安排在次宾位置以及你上台主持会议，事先没向老板汇报吗？”同事说：“当时我参加办会，忙得乱七八糟，没有顾上。看来，不能把老板当朋友啊！”

我说：“不然，你事先没有报告才是个问题。”他说：“真要是朋友会在意这些吗？”

那次，我第一回没有对同事的问题做出回答。

把老板当做团队队友。

在现代企业中，特别是在新经济企业，一种新型的老板和员工的关系正在形成，那就是老板和员工相互视作同一团队的队友。这种关系在我国众多的企业中还比较少见，但它已经成为一种人们非常向往的企业人际关系。

2012年初，我作为优酷专家团的成员出席优酷的会议。那次，我和专家团成员参观了优酷办公室并注意到一系列细节：

优酷全体员工的办公区在每层楼的开放大厅里，办公桌都是同样大小，就连优酷总裁魏明的办公桌也和普通员工一样，办公桌之间的隔离板很矮，坐直身体就可以相互说话，据说这是为了同一团队沟通方便。集团最大的领导CEO古永锵的办公区也在大厅的一角，他的办公桌稍微大一点，类似于那种对面可以各挤两个人的长方形木板餐桌。员工之间，无论职务高低，一概直呼名字。

与高管和普通员工聊天，可以感受到优酷内部浓浓的平等气氛，感受到他们推崇“与喜欢的人做喜欢的事”的那种友爱、快乐的工作氛围。这让我对这个新经济的代表型企业的“官兵关系”有了一个清晰的印象——在这个企业，所有人的关系，就是一种团队队友的关系。

好了，总结一下。上面，我们探讨了老板和员工关系的三种状况：老板是客户、老板是朋友、老板是队友。那么，究竟应该怎样和老板相处呢？我想，不必去把哪一种或者更多种类的模式作为唯一模式。现实的情况是：

队友关系，无疑是所有年轻人向往的一种关系，但那种状态可遇不可求，不必用这把尺子去比量所有组织内的老板与员工的关系；

朋友关系，也是一种理想的状态，但即使跟老板能够做朋友，你也要分清，这是职场中的朋友，绝不是学生中的朋友；

而把老板视作客户，听上去有点疏远，但与老板保持一定距离，心存一份尊重，却也增加了职业的严肃性。

那么，一个年轻人面对复杂的职场情况，应该怎么办？我说，到什么山头，唱什么歌！一切，取决于你老板本身的价值取向。

怎样对待老板的缺点？

老板在组织中非常重要。那么，如果老板有了缺点、错误，该怎么办？

我曾经遇到过严厉的老板。

对于严肃的老板，如果严厉得让你受不了，我的建议是，不必回避或者独生闷气。你可以好好跟他谈一谈，使他知道你愿意接受他的意见。告诉他，你非常尊重他，因此，即使他平心静气地指出你的错误、缺点，那也足够让你心中惭愧和抱歉万分！要把自己的心里话告诉老板，而好的老板一定会理解的。

我想跟读者讲一讲我与自己某一时期的一位老板进行沟通的故事。由于事先没有就此请示，我在这里隐去了她的名字。

我的老板是一位非常优秀的企业指挥官，她对商业的感觉十分敏锐，作为职场女性，她的直觉非常准确，对员工在商战中的实战培训十分内行。而她自己就更是一个商务方面，特别是公关方面的专家。

但同时，她对手下的要求非常严格，不容忍下属对商务判断的低级错误，也不接受下属的非职业行为。甚至，她不容忍下属报告中出现语法错误或者错别字！

在我成为她下属最初的一年多时间内，她至少对我做出过四次严厉的批评，搞得我十分紧张。此前，我习惯了历任老板心平气和、循循善诱的指教，所以一时觉得十分羞愧，但又十分窝火。于是，在经过仔细思考之后，我跟她做了一次非常正式的沟通，我是这样说的：

“首先，我得承认，您每次批评的内容都是对的！对此，我是非常遗憾，也特别惭愧。比如，那次我忙于繁多的外部事务，竟然忘记了执行您的指令，这真的是非常不应该和非常不专业的！”

然后，我说：“可是，您能不能不要大骂呀？您一骂，我敏感的心灵就会关闭，我的聪明才智就会消失，我就再也做不出创造性的工作了！”她说：“你说清楚，我怎么骂人了？什么时候骂的？”她在质问，但我听得出来，她正在竭力回忆。

“好几次啊！”我把那四次批评一一说出来。“这……听上去没有骂人啊？一个字都没有啊？”老板笑呵呵地说。

“您那是——对不起——您那话在我听来劈头盖脸的，那就是骂啊！”她说：“也只不过就是说话快了点呀？”

“声音还特别大！”

“嘿，你个大男人耶，批评你还要温声细气的呀？”

“可您不能没完没了啊？”

“谁让你犯那种低级错误呢？犯了错误还不允许批评啊？”

“当然允许。我再次承认，您说的完全正确；我还得承认，每次批评之后，我都比以前有了很大进步，这在我以前的单位是很少，甚至是根本没有过的！但是，我这人自尊心是很强的，我是响鼓不用重锤敲。说实话，您只要指出我的错误，我立刻就会痛心不已，还用您高声吗？”

“你的心理是不是有点弱啊？没想到！好吧，以后我说话小声点！”

通过这次沟通，我对老板有了更多的了解，而且，我自己也反思，我是不是真的有点娇气呢？是不是听不得批评呢？此前对老板批评的那种抵触被一种新的、职业式的理解所代替了。以后，不知道是老板批评的方法变化了，还是我自己变化了——我只听得到那些批评里面包含的是对我工作的问责，而听不到“政治”的责备了。也就是说，我再也不会认为她是在骂我了！

从我和我老板沟通的故事，我想告诉年轻的读者什么呢？

第一，要从职业的角度理解老板的批评。那就是，只考虑他批评的内容，不去想他批评之外是否有情绪性的东西。第二，如果你认为领导者的话触犯了你的尊严，你就可以而且应该去做正式沟通，万万不要憋在心里。第三，这种沟通应该是经过思考的、细腻的沟通。第四，自己有了错误，要容许人家批评。

实际上，我看到，在很多单位，更多的是缺乏批评，有了问题不说。要知道，领导者不容忍你的错误，当面给予批评是好事。回顾我与上述那位老板共事的几年，我体会到，每一次老板的批评都是为你单独打造的培训——借用你的错误给你指出不该“这样”，而应该“那样”。你听了，照着去做，就提高了，这是多么难得的学习机会啊！

遇到无能的领导。

对上级，首先要学会服从、尊重。要学会懂得，你真的不一定有你的老板强——“不是蛟龙不过江”，能够坐在领导岗位上的人，一般都有一定能力，至少有资历，比你有经验。

当然，确实有不少时候，你在某些问题上比你的老板见解深一点，方法好一点。在这种情况下，职业人士的一般做法是，直接或委婉地告知老板就是。告知以后，也不必因为自己在一时一事上的高明就自以为是，更不必从心底看不上领导，让自己难受，那与工作无关，是不职业的表现。

老板对你有看法。

领导对下级有看法，这再正常不过了。在职场，遇到这种情况，我看到，很多员工一般会首先从老板那里找毛病，认为老板偏听偏信、信息不对称、偏向某人、有成见，等等。

其实我认为，遇到这种情况，还是要首先从自己这里找毛病——我有什么问题？老板的话有没有一点道理？有了，就要去改！有则改之，无则加勉，这才是职业人士对待批评的正确态度。

老板对你性骚扰。

需要说明，性骚扰不是一般缺点，而是道德品质败坏，是违法、违纪、违规！即违反法律，违反政纪、党纪，违反组织规则！

作为员工，首先不要给老板这种机会。这就是说，你的言行举止要自重，不要太随便。有些年轻员工，动不动就对老板说“我好喜欢你”“你太可爱了”……不，不要这样说话——在你，这只不过是不成熟的学生腔，或是小资不经脑子脱口而出的感叹，但在对方，却会误解成你爱慕他。

还有，不要为了获得领导的信任而跟领导往来过多，关系搞得过于密切。因为，在这个过程中，你自己可能说出过分的话，让对方想入非非，进而胡作非为。职业人士的做法是，在职场，跟老板只谈工作，不说与职业无关的话，不做与职业无关的事。

最后，也是最重要的是，在职场，确实有个别的领导、老板有性骚扰的问题，一旦遇到这种问题，要明确正面警告他不要乱来，万不要忍气吞声，那样他会更加肆无忌惮。如果对方继续，立即报告，包括：他的上级、老板、党委、工会、妇联、纪检委、公安局、法院等。如果他敢打击报复，就继续告下去，直至问题得到解决。当然，这种向上报告，事先需要考虑周全，并采取一些策略。近年，媒体报道的一些成功维权的案例值得参考。

此外，在职场中，有些敏感的人士，一旦发现老板属于这种人，有这种苗头，就直接选择离开这个组织，防范危险发生。这也是一种处理这类事务的方法。

21

平级：珍惜友谊，保持平常心

思考：

你可曾遇到过平级同事受到上级重视，而你的各种情况与其相似，却没有得到。这种时候，你怎么想？

怎样对待组织中与自己同级别的人士？当你在职场中不断进步的时候，这个问题慢慢地就会摆在你的面前。处理这类问题有一些共通的原则，掌握这些原则并到职场中去运用，有助于提升我们的职业精神和职业素质。

对待平级，从友谊、支持，到欣赏、尊重

多数青年人天生具有一种内在的提升自己、争取进步和发展的愿望。而在一个组织中，这种愿望有的时候会呈现为一种竞争的意愿。应该说，积极的竞争，有利于组织的健康发展。

当我上山下乡在建设兵团工作的时候，曾做过小班长。那时候，我们所有知青，年龄、能力几乎一般高低，遇到那种可以评价、比较的工作，比如挖大渠、割麦子、向胶泥地里挑沙子改良土壤，我们每个班、排都有一种竞争关系。但是，我们的连长、指导员一方面希望大家的积极性得到充分发挥，一方面还希望大家搞好团结，不要过度较劲，所以经常嘱咐我们“友谊和支持比什么都重要”！

显然，这句话来自军队，说的是在共同对敌、生死与共的战场上，平级之间应该保持最亲密的友谊，时刻提供给战友、同级最需要的支持和援助，以便赢得胜利。战时如此，那么，平时呢？我认为，这个原则同样有用，无论在传统组织还是新经济组织，仍然需要同级、同事之间相互的信任和友谊、相互的支持和帮助。

我曾经在一个只有几百人的小型电子企业做过办公室的副主任，兼任工会副主席。那是一个产品制造企业，生产高压示波器、计算机电源等产品。别看企业小，里面各个工种却很齐全，而且，生产车间、综合管理部门也不少。我所在的厂长办公室经常处于协调各方利益、解决各种矛盾的位置。

那时候，我做过最多的事情，就是骑着自行车，在各个车间、科室之间转，了解各个部门的头头有什么困难，帮助他们连接、沟通与之相关的部门或领导去解决。当然，很多问题我自己是解决不了的。但就是在行走于干部、工人之间时，我了解到各方对解决困难问题的想法，就把这些想法反映到厂长那里。后来，很多意见都得到了采纳。

在那个波澜不惊的小企业中，在不断解决那些当时看上去难以解决的问题的日子里，我和我的那些同级管理者们结下了深厚的友谊。

随着我进入一系列市场化的组织，我开始感觉到，平级之间不仅应该是一种友谊和支援的关系，同时，还应该是一种彼此欣赏和尊重的关系。在这样的关系之下，我们与平级人士之间会建立起一种更加深厚的情谊。

在电通广告公司工作期间，我负责在电通传媒做媒介策略和购买业务。那时候，我面对的，是北京电通的事业本部和各地分公司的所有同事。一次又一次，当我和他们并肩到市场上比稿、开发客户的时候，我都非常惊讶于他们对市场的那些真知灼见，赞叹他们对营销的那些奇思异想。我一面不断地向这些同事学习市场营销知识，一面暗自非常欣赏这些同伴，并且深深庆幸与这些英才为伍。

有一次我随团队拜访一个大客户，客户含蓄地说："您来的太少了。"并委婉地说我们仅仅派出一位总监带领团队来工作。我自豪地跟他说："在市场上，电通的总监是很值钱的！他们不是靠熬年头上来的，而是在市场上厮杀出来的。在组织内，他们可以调动全公司任何资源为您工作。"然后我承诺，今后，我们的管理者将会更多地出席客户的重要会议。此后客户再也没有过类似的抱怨。

后来，我进入世界知名的WPP集团中的群邑媒介工作。在那里，我见到并结识了很多市场英豪，每每感叹，身边是群贤毕至，少长咸集。进入公司不久，我曾经跟大老板说：

"咱们这儿精英荟萃啊！进来一看，这些人都是我过去在市场上跟各个公司竞争时的对手，您怎么把市场能干的人都挖这儿来了！"老板笑道："是啊，这里面也包括你啊！"我赶忙说："不算我，我得好好跟这帮人学习呢！"

此后，无论是与同事们共同打市场，还是服务客户，每当看到他们对客户市场精湛的分析，读到他们对复杂的中国媒介市场深刻剖析的时候，我经常慨叹于他们广阔的视野和深刻的洞察力。出于对同事们专业才华的欣赏和尊敬，我很快和集团内各公司的领导者与管理者融为一体，大家在一起形成了平等、轻松的创造气场，共同在市场上做出了一系列精彩的营销战例。

回顾在电通传媒和群邑媒介两个国际著名广告与媒介公司工作的经历，由于与那些平级管理者相互欣赏、相互尊重，我们形成了相互信任、相互支持的非常强大的团队力量。这让我们在面对极其困难的任务和巨大压力的时候，共同分担了那些重负，创造了一系列辉煌的成就，留下了珍贵的情谊。

当你的平级同事受到了重用……

有的时候，平级同事受到了领导的重用，而你却被放在了一边。看上去，你落后了，这的确是一个很让人尴尬的问题。有的时候，它很让你纠结、不安，对吗？还有的时候，受到重用的同事并不是真的比你工作能力强、处理问题的方法好，只不过他遇到了机会。这样，你可能会不爽，甚至焦虑。你遇到过这种情况吗？

就此，我想讲一段我个人的经历。

1988年初，我进入国家医疗保险改革研讨小组，这是一个由党中央和国务院共同批准决定建立的一个高级别的国家社会政策改革机构。主要领导者，由国务院的一位领导担任；小组成员，分别是来自中共中央和国务院系统八个部委的部长或者副部长；小组下面的办公室，有各部委的八个司局长；办公室的成员，是我们来自八个部委的年轻人。

这个小组的任务，就是为政府研究、制定中国医疗保险改革方案。工作的方式，是由领导小组集体讨论改革方案的思路，由办公室人员执笔起草方案。

最初撰写方案的，是国务院所属几个主管部委来的年轻人。从年初到5月，每个部委的代表轮流写了一稿。但是，这些报告都没有获得其他部委的认可，也就没有获得小组的批准。最后，小组领导决定让我来试试。大约用了二十来天，我的方案写好了。小组讨论后认为，稍做修改，就可以上报了。于是，我在几位司局长的指导下做了一些修改。6月，方案正式上报国务院了。

此后，这个研究小组的多数文件、首长讲话稿都由我来承担第一执笔任务了。两年以后，当我离开这个小组的时候，小组办公室给出的鉴定中对我的工作做出了肯定。

先要告知读者的是，我这里不是炫耀自己昔日的辉煌——时过境迁，我已经不需要用昨天的成绩来为今天的简历添彩了。何况，近年中国医疗保险改革问题重重，自己反思，我在设计方案的时候，确有过多兼顾，甚至有迁就有关部委意见的问题。这里，我只是想跟大家分享，究竟我是怎样从一个最初看着别人干，到最终获得主要文件执笔人这个重要工作岗位的。

当别的部委的年轻人设计方案的时候，我没有在那里怨天尤人。我知道，那样做并不职业，不仅没用，还会给自己的单位带来麻烦，会给自己减分。于是，我心平气和地做了一系列事情：

第一，研究各个部委的意见，仔细地分析他们关注的重点，特别是他们与其管理的部门、机构相关的利害关系，比如卫生部与医院、国家医药局与医药企业等；

第二，回到我工作的单位全国总工会社会保障部，参加我们部门的领导组织的研讨工作，学习我们部门从全局考虑制定医疗保险改革方案的指导思想；

第三，在研讨小组中，每次某个部委一个新的方案被否定的时候，我都把各家意见带回全国总工会，跟领导、同事仔细研究，并准备出针对性的解决意见；

第四，我个人研究了世界各国医疗保险的各种政策、方案，更研究了中国医疗保险各个主管部门、各省市，乃至各个基层管理部门的改革意见和建议，写出了一批调研报告和研究文章。

这样，当研究小组领导者提出“你来写一稿”的时候，我已经是站立在四个台阶之上了。那就是，全国总工会专门的研究报告，每个部委所关注重点的对策，世界各国医疗保险体制的成败得失，以及我个人对医疗保险改革全面的研究与思考。应该说，我写出的成稿，是集聚了各个方面意见的成果。

回顾最初，当各个部委的那几位与我职务相近的年轻人先后接受撰写改革方案任务的时候，我的内心确实有一丝不好受。这不仅有我个人的成就感问题，还有一个自己所在的组织能否有效参与制定国家社会政策的问题。特别是，这里还有一个中国职工的声音是否能够进入国家改革方案的大问题。

但是，我没有也不可能去计较，而只能是在下面扎扎实实地做功课。当机会终于降临到我头上的时候，我那个有准备的方案就得到了认可。并且，我个人的业务能力和工作业绩也得到了各部委领导们的肯定。

这里，我想与读者分享的是，在职场，即使你的同事受到领导重视，也不要争一时之长短，更不要考虑自己的面子是否好看，而是要着眼大的方面，把这些问题看得淡一些，心态放平一些，去努力提升自己，打好基本功，专心地去做好自己的任务。这才是职业人士所应该做的。这样，当机会降临的时候，你总会有所表现。

怎样处理平级同事的升迁?

如果说上文所说的“平级受到重用”还仅仅是显示了你似乎一时在工作中落在了后面，而平级得到升迁、你却没有得到，那则是职场中更加搅扰人的问题了。处理这样的问题，需要更宽广的胸怀以及更大的耐心。

2011 年 9 月的一天，我看到新浪微博中有一段职场箴言这样写道：“允许一个陌生人的发迹，却不能容忍一个身边人的晋升。因为同一层次的人之间存在着对比、利益的冲突，而与陌生人不存在这方面的问题。”对此，我做了转发，并且评价：“这是有问题的。在职场中，你不要去学用。”为什么我认为这是有问题的，而这里面又有什么问题呢？

在职场，你可能会感到，比较难处理并且让你难受的，是看到你的平级在学历、职称、资历、能力、经验等方面，跟你相仿，业绩，与你相近，而单位里要提拔人的时候、要评定职称的时候、要提工资发奖金的时候，可能出现“非你即我”的情况。不少时候，你甚至比别人强，可结果，你还是没有实现期望，你很难受。怎么做？

这方面，我在国家机关、事业单位的朋友们给我讲了很多正反两方面的故事。通过这些真实的故事，我们是否可以寻找出对这类问题的解决之道呢？

某个著名媒体将要提拔一个中层干部。在这个部门中，有一位我比较熟悉的能力、资历都已经具备的管理者。各方都觉得，这次该轮到他上了，连他自己也是这样认为。但结果是，另外一位同事获得了任命。事后，这位同事到处找领导述说，说到情急之处，甚至还哭了起来。对此，就有同事议论了——看来，不提他还是对了，怎么这么经不住事啊！

正面的例子也是比比皆是：

我有几个在不同部委或事业单位的朋友，都是在提升职务、评定中级，乃至高级职称的时候，遇到了与上述情况相类似的问题。但是，这些朋友不声不响，继续工作。结果，不久后，领导先后把他们调到别的部门，解决了职务问题；没有解决职称的，也在一年后得到了解决。还有一位朋友，在等待了很长时间后，遇到一个机会，调离了原单位。最近我见到他，得知他早就评上了正高的职称。

上述一正一反两个例子告诉我们：

第一，在职务、职称、工资、奖金等涉及个人进步、待遇等问题上，不要过于拘泥一时得失，更不要做出过度反应，尤其不应失态。因为，失态则失分。

第二，把眼光看得长远一些。在职场人生的道路上，一时得失在一年两年，甚至三年五年、十年八年，都不能说明什么。只要你有长期目标和实现目标的步骤，早晚会走出来。

第三，把自己的格局放得大一些。当你着眼大事的时候，这些眼前看似很重要的个人待遇问题，都将是很小的事情，不应该影响自己的情绪。

第四，如果某一组织真的存在长期不公，也不必闹将起来。因为，闹也没有用，该做工作就去做工作，必要的时候，换个单位。是金子早晚会发光。

在与平级的关系上，还有另外一个应该注意的问题，那就是“怎样出现在平级管理者面前”。

著名的美国管理学家德鲁克在他的《顶级经理人的5维管理》中，借助加拿大麦吉尔大学琼斯博士研究大雁飞行规律的成果，提出了“大雁法则”，即“大雁在飞行中拍动翅膀，为跟随其后的同伴创造有利的上升气流”，“队形后面的大雁不断鸣叫，目的是给前方的伙伴打气鼓励”，“不管群体遭遇的情况是好是坏，同伴们总是相互帮忙”。

他通过“大雁法则”论述了职场同级之间应该采取一致的行动，以实现组织的最终目标，进而又告诉人们，在团队中，帮助了别人也就帮助了自己的道理。他的教诲非常生动而有益。

但是，德鲁克还借助大雁对得病或者受伤的大雁的帮助动作，提出“你可以在你的同级面前摆出一副弱者的样子，让他们把你的名字从他们竞争对手的名单中划去，那么人类的天性就会使他们更能帮助你完成你的工作”。这就让人感到，把这种自然的法则用在工作中，似乎有些不厚道了。这样的做法类似于职场丛林法则了。

我不赞成德鲁克关于装扮成弱者以获得同级别员工中强者的忽略或者帮助的理论。我更主张，在同级、同事面前，还是要厚道一些，要从心底真诚地认识到每个人都有自己的优、缺点。而你，如果只看别人的优点，就会谦虚地向别人学习，在需要的时候求助，从而获得别人的理解、支持。反之，对待同事的求助采取的做法也是一样。

当然，你也不应在同事面前争锋、逞强。因为，那不仅从另外一个方面显示你在职场上的不成熟，而且，也会给同事留下你过于强势的印象，甚至会让同事感觉你比较贪婪、霸道，从而影响你与同事的合作。这是应该防止发生的。

22

下级：自由和规则一个都不能少

思考：

你理想中的下属是什么样的？你应该怎样引领他们？

每天，找你请示的员工多吗？让你烦恼吗？怎么改变？

工作时间长一点了，你的领导就可能会让你带一两个人，甚至一个团队工作，这是你成为领导的开始。在此，与你分享一些经验教训，看看能不能对你有所启发。

干什么，让谁干，怎么干，干没干

1995 年 3 月，我和我的老板陈若愚总经理从中央电视台总编室走进市场，建立了央视调查咨询中心，也就是今天的央视市场研究股份有限公司（CTR）。台里任命她为总经理，她任命我为副总经理。由于我俩都是研究人员出身，不知道该怎么去经营一个企业，就请了一个咨询公司为我们做战略和管理咨询。

咨询公司的工作方式一般是先要面访组织中的各种有关人员，然后，经过仔细研究再提出具体建议。记得那家咨询公司的董事长兼总经理在面访中问了我一个问题：“你为什么要做这个咨询？”我说了一个读者们今天听了可能觉得非常土而又非常好笑的理由：“我不知道一个企业的总经理应该干什么。”

经过大约三个多月的时间，咨询报告出来了。其中有一页专门回答了我的问题：总经理主要考虑两件事情——干什么，让谁干。

想一想，经常有人讲，管理者应该管战略。那么，思考一个企业该干什么，这不就是战略么？此外，老话说“天地间人是最宝贵的”，这是把人摆在至高无上的地位，而管理学上讲究人、财、物、信息，也是把人放在了首位。因此，在此后的工作中，我就经常思考干什么、让谁干这两个问题。

如果说，上述两条规则主要应该是组织中的一把手来思考的问题。那么，长期作为副手，我还体会出来，作为一个具体工作的管理者和带头人，除了上述两条之外，还要再加上两条：带领大家去干和督导检查。我把它简化成“怎么干”和“干没干”。

从理论上来说，距离管理链条的末端也就是基层越近，越需要反复思考“怎么干”的问题。因为，现实的情况是，你距离一线越近，越是要指导、培训，甚至率领下属去干。所以，你就得想好怎么干，这要求你一定要做到自己会干！

此外，你在懂得了干什么、让谁干、知道怎样干，把任务分派下去之后，还必须学会按照预定的目标、步骤、要求去不断地督促、检查下级的工作。否则，人们各干各的或者不积极去干，你的目标可能就无法实现。所以，干什么、让谁干、怎么干、干没干，这四件事之中，别看督促检查在最后一个环节，但是，要想实现目标，它是最有效的手段。

让员工做他们想做的事情

在职场中，多数组织并不是永远处于激昂奋进、整齐划一、万众一心、齐头并进的状态的。实际上，在很多组织中，下属对领导者下达的指令总是执行不力，而这类组织中的领导者也常常处于比较尴尬的令不行、禁不止的状态。那么，怎样让员工主动地去执行老板的命令，实现组织目标呢？可以说，我的老板们在这些方面独有建树！

干自己想干的。

我曾经读过文艺复兴时期的巨匠拉伯雷的代表作《巨人传》。在这部长篇小说中，有一个叫卡岗都亚的国王，帮助他的修士们建立了特来美修道院，那是一个人类理想的天堂——体育运动场应有尽有，各类文化书籍读也读不尽，修道院中的男男女女各个英俊漂亮、健康快乐……这个修道院的院规只有一条——“做你想做的一切！”

无独有偶，我在不同公司的两个老板陈若愚、常泽都曾经先后对我说过类似的话！怎么样，有趣吗？令人振奋、向往吗？

在央视市场研究（CTR）工作期间，我的总经理陈若愚在明确我的职责之后，就说了一句话：“你看着干吧！”听了这个话，作为副总经理，我就很仔细地去观察市场、研究业务、抓紧各项工作。特别是自从陈总提出把CTR建成中国最大的市场研究公司的大目标后，为了朝这个目标发展，我发现，虽然我每天都有干不完的工作，但还是充满激情！

进入电通广告公司的最初三个月，由于不熟悉广告公司的业务，我非常着急，就对常泽总经理说："我都不知道该怎么干，电通是不是找错人啦？"言外之意是我不能对不起电通，如果不成，我走人，你们另请高明。她说："你看了三个月了？那就再看三个月，慢慢你就知道该干什么了。看的过程中，想干什么，你就干什么！"

结果，我带着电通和中央电视台广告部的两个团队共同完成了中央电视台黄金时段招标价值研究，为我们的客户认识中央电视台准备了研究报告。对这个报告，电通和中央电视台两方都很满意，而员工和媒体对我的研究和沟通能力也有了很深的了解。它的直接结果是，电通的策略研究水平进入了一个新的、更高的层次，而我自己也在工作中，逐渐介入了实际业务。

回想起来，我从心底佩服这两位老板。其高妙之处就在于，她们给了我巨大的舞台，却很少告诉我到舞台上去做什么。结果呢？我的责任感空前的高涨！作为一个副手，我认定，凡是公司应该做，而老板还没有做的事情，都应该是我做的！结果，我一天到晚都把自己安排得满满当当的！

我敢打赌，这是她们所期望的！

青年朋友们，在今后的工作中，你们可能会日益担负更多管理的责任，而你们可曾遇到这样的老板？或者，在老板给你们任务之外，你们可曾主动地给自己一件一件地找工作做过？

帮助员工成就梦想！——一个女孩与F1赛车梦的故事。

在电通的一次招聘中，我和老板同时看上了一个大学毕业生小溪。但是，小溪告诉我们，她在某个网站做F1车赛推广工作。她说，她特别喜欢那个工作，因为，她特别神往F1比赛和那些明星！我的老板跟她说："那你就先去干那个工作，什么时候想来我们公司了，就来找我。"之后，我跟老板说："你还准备等她呀？"老板说："这小朋友，值得等！"

过了半年，那个女孩小溪找回来了，说希望来我们公司，原因是那边推广F1的工作告一段落，一天到晚闲得慌。老板对她说："我知道你喜欢F1，这边有两个客户是F1专门的赞助商，今后你仍然有机会去介入F1的。"

一年以后，F1在中国上海首次比赛，我老板给小溪搞到一张观摩票，还给她买好机票，送给她说："去看一场F1吧！"那女孩惊喜交集——她没有想到，自己真的能够看上F1！更没想到，老板竟然还能记着她的梦想！

后来，那女孩成了我们公司很好的员工。她学习业务非常专心，做工作非常刻苦，受到客户和所有同事的赞扬！

每个年轻人都有很多的理想、梦想，甚至幻想，这是非常宝贵的！理解他们，想尽办法，帮助他们实现这些理想！想过吗？作为老板，你，可能是唯一可以帮助他们的人！帮助他们，你就像是他们可以信赖的父兄！如果你可以这样对待员工，那么员工会如何对你呢？我想一定是你指向哪里，他们就冲向哪里！这样，还有什么做不成的事情呢？

员工有困难一定要倾力相帮！

我在某个外企工作的时候，有一天，我们集团一个我非常欣赏的员工给我打电话诉苦说，因为最近跟他的老板没有处好，不想干了。尽管这个小伙子不是我团队的员工，但是，我觉得，要是让这样的人才流失掉，对我们集团来说就太可惜了！于是，晚上下班以后，我自费坐飞机去了他办公室所在的城市。第二天一早，我又坐第一班 7:30 发出的飞机回到北京的办公室。

到达那个城市的晚上，我和他及他的爱人一起吃了一顿晚饭。晚饭中，我了解到，他的老板并没有对他形成特别坏的看法，他也没有面临非要离开公司的那种境地。实际的情况仅仅是他的老板对他的现状有些不满而已。在给他指出应该加强跟他的老板沟通的建议之后，我对他说：

“有了矛盾，就去解决矛盾。出了问题，就去解决问题。你觉得这个老板不好相处，别的老板就好相处吗？出了咱们公司这个门，别的公司就没有类似的矛盾吗？还会有，没准比现在还糟糕呢。要是遇到点矛盾就逃脱、回避，这在人生的路上，什么时候算是一站啊？”

“如果想跳槽发展，你能不能骑驴找马？一边找机会，一边做好自己的工作？想想，让咱们这么大一个公司当你的‘驴’，怎么样？”听我跟他开玩笑，他也笑了：“那可不敢！”

我接着说：“那么，你找到‘马’了吗？如果找到了，比这个公司有前途、职务高、挣钱比这边多，明天就走！没有找好工作，是吧？那你干吗去呀？仅仅是想先休息一段，是吗？累了，可以请假休息，但不必辞职休息！听兄弟一句话，大冬天的，不出门！”

那时候，正是世界乃至我国经济形势都比较严峻的时期，这小伙子当然听得懂我“大冬天的不出门”这话中的分量！他说：“我想想。”

第二天一大早，我乘飞机回北京，刚进办公室，他的电话就来了：“我不走了。”直到现在，他工作做得得心应手，所有跟他合作的同事都很喜欢他。

作为年轻人，经常会有一些工作的烦恼。有的，甚至是很难解决的。比如，小到领导的一句批评、客户的一顿抱怨，大到管理者对员工的某个处置，都可能给年轻人带来烦恼。这时候，作为领导者，你有责任帮助他们做出分析、找到正确的道路！

还有一些年轻人，仅仅就是少年烦恼、浪漫情怀，经常会冒出一些无名的惆怅。在我看来，这是只有年轻人才会有的、非常宝贵的、能够体现出他们丰富人格的怀忧情愫。但是，年轻人自己想不明白，遇到这种情绪，就觉得过不去了，有的人就会用“闪辞”这类在职场上非常激烈的手段去处理。

对这些年轻人，作为管理者，你要告诉他们：完全没有必要！你已经长大了，要让你的心理年龄随着你的实际年龄一起成长！当然，如果你忧郁过度，那么，就运用假期去旅游。在旅途中，你可以开阔胸襟、放开情怀、拓宽视野、荡涤忧愁。旅行，永远是解脱烦恼最有效的手段！

对于初做管理者的朋友，我还想说，你应该知道，在企业初创阶段，人员很少，工作很艰苦。大家在一个办公室里没日没夜地加班，甚至在一个锅里吃饭。你必定了解、关心每一个员工的困难、苦恼、烦心，等等。你可以开导、帮助他们，排解心绪的烦恼。

但是，当企业进入一定规模以后，你就不可能去无微不至地关怀每一个人了。这时候，你不得不适度增加管控的力度，这都是正常的。但即使如此，你也要时刻牢记，创业初期，你说“上阵亲兄弟，打仗父子兵”；企业成熟了，你也依然应该是员工可以视作兄弟姐妹的亲人，你依然要爱护他们、心疼他们，别冷了兄弟姐妹的心！

下级来请示难题，请他们带着解决方案来

我说爱护下属，并不是要把组织办成好朋友俱乐部。在这里，我想讲严格管理和自治两个问题。

先说严格管理问题。

在做管理工作的过程中，我一直强调企业是半军事化的组织，除了要给员工广泛的自由之外，也必定要有严格的管控。这样，才能实现组织目标。问题是，什么才是严格的管理呢？在这方面，我也曾有过教训，在这里和青年管理者们分享。

> 一般来说，我是很少发脾气的。我欣赏的，是那种人性化的管理。但是，有一次，在一个大的商务活动中，我面临着巨大的外部竞争、客户的压力、合作者的不理解，却发现手下人一连几件事情都做错了，有几个关键的环节没能按照标准去工作。于是，我把手下人大骂一通！骂得大伙一声都不敢吭，甚至还有人哭鼻子！
>
> 出了那间房子，一位我非常欣赏的总监跟出来对我说：“您这样不好！不对！看得出您面临很大的压力。但是，骂人不管用！”我迅即感到了错误，再次开会的时候，我给大家道了歉。至今，我都为自己当时的粗野而惭愧。

事后，我也深深地对此进行了反思，清楚地认识到，骂人，不是严格的管理！

在我们的周围，有无数缺少经验又缺乏培训的青年人，但他们每天依然做出了很多精彩的工作，成就着组织的使命。诚如你所见，他们也做了很多蠢事，犯了很多低级错误。不要看不起他们，不要乱骂他们——你也曾经由此而来，你明白他们做错是因为“他们不知道”！你要做的应该是：

告诉他们，不要这样，要那样！

平静地接受他们的错误，哪怕，你的内心翻江倒海！

接下来想，即便是下属有问题，你也没有权利骂！而且，骂，不能解决问题！就算是手下再没有经验，根子也在你这里，为什么平时不培训他们呢？不培训的结果就是，在大事件上，他们没经验，没办法，就会出乱子！而要想实施严格管理，还是要依靠制度。严格，仅仅是严肃地指出存在的问题与制度或流程上的差距。

有一个我分管的团队存在员工不能按时上班的问题。一开始，对这种情况，我不太重视，认为我们这种单位总是加班，晚来点也没什么！后来，我的老板看到了，说：“你分管的那个队伍怎么那么稀松啊？”对我来说，这已经是最严厉的批评了！

我立即把我的团队成员都找过来。首先我做了自我批评，说出过去我不重视这个问题的原因，指出我们这个组织中其他团队的任务也都非常重，甚至比这个团队还要忙，工作难度还要大。但是，他们的队伍都是整整齐齐的！最后我严厉地指出：“请各位严格遵守，不要去碰公司的制度！”

此后，我看到这个团队每一个成员都是按时，并齐刷刷地来到班上！我对大家说："孺子可教，再接再厉！"

所以，年轻的管理者们，记住，要想让你的团队能够打仗，并且能够打硬仗，就要建立规则并且遵守，而不要让自己的团队稀松一团，经不起摔打！

再说自治管理。

对下级，仅仅严格管理就够了吗？远远不够。从一个具体问题说起吧。

作为一个管理者，你是不是经常发现，每天，下属总是没完没了地请示、询问一些基本的问题？这些问题主要分为两类：一类，你借用自己的经验，立刻就做了回答，下属满意而去；另一类，你根本无法立即做出判断，拿不出解决问题的具体办法或者指导意见，结果，你看到了员工一脸茫然或者满眼失望。

有什么好的解决办法呢？看看我的故事能不能对你有所启发？

上世纪八十年代末期，我在国家医疗保险改革研讨小组工作，小组的任务是提出我国医疗保险改革方案。有一天，我完成了一个报告，交给领导层。此后，一位睿智的领导给了我一生都忘不了的指示，他说：

"在国务院，给上级领导的报告，一般至少要写出三个内容：存在的问题；问题产生的原因；解决问题的办法。前面两个都相对好写，关键是要写好第三个问题。那么，怎样提出解决问题的办法呢？

第一，要拿出三个以上解决问题的办法；第二，对这三个办法提出我们倾向性的意见，也就是说，你要明确说出你倾向使用哪个办法；第三，陈述你的倾向的原因，回答‘为什么’。”

后来，我按照这个方法顺利写完了报告，并且形成我一生都受益的管理下级的方法：自治。我经常这样对下属说：“请你们不仅要带着问题来，而且，还要带着解决问题的办法来——不是一个办法。除了要带着办法来，还要带着你们的倾向也就是你们建议采用什么办法！当然，别忘记原因。”

自治的结果是，我的工作压力相对减轻了，我的同事们解决问题的能力显著提高了！

对此，初做管理者的你可能会提出，为什么会是这样？管理者不就是给下属解决问题的吗？管理者不就是要比下级强吗？管理者不就是“师傅”吗？

我说，管理者当然应该有更加丰富的经验和处理各种问题的能力。但是，面对下属带来的问题，就算是管理者有办法，也不要立刻拿出来。一定要先听下属的意见，否则，下属什么年月才能长大？什么时候才可以自己独当一面地完成任务？

另一方面，领导者不一定比下级强，特别是在处理具体问题方面，下级完全可能比上级强！因为，下级了解一个具体问题的信息一定比上级多！在很多实际情况下，下级更加清楚地知道应该怎样解决问题，因而也才真的能拿出有效解决难题的办法！

我在国家机关工作的时候，有一次和一位领导干部出差，在他的软卧车厢里，我们讨论一个我国亟待解决的问题。

> 我曾经问："海里（指中南海）领导怎么说？"他说出一句让我目瞪口呆的话："中南海里无真理！"记得当时，他看着我张嘴无语的窘境，笑呵呵地说："真理在下面，在群众里面——要到群众里面找办法，找真理！这就是我们出差调研的原因。"

所以呀，领导就算是下级的"师傅"，也仅仅是一个时期，特别是员工成长初期的师傅。当下级慢慢成长起来的时候，在你担负的领导责任越来越多的时候，在解决具体问题方面，下级甚至是能够做上级师傅的。

回顾一下，无论是严格管理，还是自治管理，我想，都可能是你对下级管理的有效方法；同时，如果想让下级进步快一些，实行自治管理，可能是更加有效的办法。

——完——